曹文轩纯美小说系列

山羊不吃天堂草

曹文轩 著

江苏凤凰少年儿童出版社

曹文轩，北京大学中文系教授，北京作家协会副主席。主要作品有《山羊不吃天堂草》《草房子》《天瓢》《红瓦》《根鸟》《细米》《青铜葵花》《蜻蜓眼》《大王书》《我的儿子皮卡》《丁丁当当》《火印》等。创作并出版绘本《飞翔的鸟窝》《羽毛》《柏林上空的伞》等40余种。学术性著作有《中国80年代文学现象研究》《第二世界——对文学艺术的哲学解释》《20世纪末中国文学现象研究》《小说门》等。人民文学出版社出版《曹文轩文集》（19卷）。《红瓦》《草房子》《青铜葵花》等被译为英文、法文、德文、希腊文、日文、韩文、瑞典文、丹麦文、葡萄牙文、俄文、意大利文等文字，计70余种。曾获中国作协全国优秀儿童文学奖、宋庆龄文学奖、冰心文学奖、国家图书奖、输出版权优秀图书奖、金鸡奖最佳编剧奖、中国电影华表奖、德黑兰国际电影节"金蝴蝶"奖、北京市文学艺术奖等重要奖项60余种。2016年获得国际安徒生奖。

国际安徒生奖简介：

国际安徒生奖（The Hans Christian Andersen Awards）是世界儿童文学领域的最高奖项，由国际少年儿童读物联盟（IBBY）于1956年设立，由丹麦女王玛格丽特二世赞助，以童话大师安徒生的名字命名，每两年评选一次。1966年增设了插画奖。

该奖表彰为青少年儿童文学事业做出永久贡献的优秀儿童文学作家和插画家。该奖一生只能获得一次，一旦获得，便拥有终生荣誉。

2016年4月4日，在第53届意大利博洛尼亚国际童书展上，2016年"国际安徒生奖"正式揭晓，曹文轩获得该奖项，这是中国作家第一次获得该奖项。

　　曹文轩，用诗意如水的笔触，描写原生生活中一些真实而哀伤的瞬间。

　　　　——国际安徒生奖评委会主席帕奇亚当娜

1

　　明子觉得自己被一泡尿憋得慌，便去找厕所。他很容易就找到了，但那个厕所总是朦朦胧胧的。他好像从没有见过这个厕所。他有点犹豫不决。他想让自己拿定主意，可头脑模模糊糊的，生不出清醒的意识来。尿越来越憋人，小腹一阵阵刺痛，伴随着，还有一种麻酥酥的感觉。他搞不清楚自己的这泡尿是撒呢还是不撒。他觉察到自己的身体很沉重，仿佛被捆绑了似的。他想挣扎，可意念似乎又不特别清楚。一会儿，这些感觉又慢慢地消失了……这是深夜时分。

　　城市在酣睡中。秋风好像无家可归的流浪者，在无人的大街上游荡着。夜真是寂寞。发蓝的灯光毫无生气，疲惫地照着光溜溜的大街。秋风摇着梧桐树，于是大街上就有斑驳的影子在晃动，像是一个灰色的梦。偶尔有几片枯叶离了偎依了好几个月的枝头，很惶惑地在灯光下晃动着。其情形，像一片薄玻璃片扔进水中，在水中忽左忽右地飘忽着下沉，不时地闪出一道微弱的亮光。它们终于落到地上的枯叶里。

当风大了些的时候,这些枯叶就顺着马路牙子往前滚动,发出干燥而单调的声音,把秋夜的静衬得让人感到寒丝丝的。

仿佛在极遥远的地方,传来一声火车的汽笛声。

这里有一座高大而古老的天主教教堂。教堂顶上,那个十字架在反射到天空中的半明半暗的灯光中,显得既哀伤,又庄严神圣。在深邃的夜空下,这个凝然不动的简洁的符号,还显出一派难言的神秘和威慑力量。

在教堂的背后,沉浮在夜色中的,是一座座高大的现代化建筑。它们的高大,使人有一种渺小感和一种恐慌感。它们是在仅仅几年的时间里面,令人吃惊地矗立在人们的视野里的。它们把辽阔无垠的空间变得具体了,也使空间变得狭小了。它们使人无法回避。但这个城市里的人,并不都知道,这些建筑在白天或是在黑夜,到底是用来干什么的。这些建筑的不断凸现,并没有给他们带来什么变化,仿佛它们是属于另外一些对他们来说十分陌生永不可沟通的人的。

与教堂的神圣以及这些建筑的高大形成一个极大的反差,明子他们师徒三人所栖身的小窝棚,在这夜色中,就显得十分猥琐和矮小了。

小窝棚搭在距教堂不远的一座大楼后墙下的一片杂树林里,是他们用从建筑物的废墟上捡来的木头、油毡和从垃圾堆里捡来的塑料薄膜以及纸箱板等搭成的。白天,当明亮的阳光把大楼照得更加华贵时,它看上去,就像是一大堆垃圾。

他们来到这个城市已经半年多了。至今,明子对这座城市还是没有一点熟悉的感觉。他觉得这个他生活于其中的世界,是遥远的,陌生的,永不可到达的。城市对他来说,是永不可解释、永不可捉摸的,是可望而不可即的。有时,他隐隐地还感到了一种恐怖感和一种令人难受的压抑和悲哀。他在小豆村生活了十六个年头，很少想到在两千多里地以外还有这样一个世界。他原以为，世界本没有多大。他六七岁时，甚至认为，这个世界除了小豆村，只还有一处地方，离小豆村大概要走一天一夜的路程。世界就这么大。当半年前，他和师傅、师兄又坐汽车又坐火车地行了两天两夜，被抛到这座城市时，一方面他感到惊奇和激动，一方面又感到晕眩和紧张。这个在小豆村机灵无比的孩子，常常显得局促不安、愚蠢可笑。他有了一种前所未有的卑下心理。当他很呆笨地站在大街上，或呆头呆脑地混在人流中时，本来就生得瘦小的他，就觉得自己更加瘦小了。那种隐隐约约却紧追不舍的自卑感，一阵一阵地袭击着他的心灵。

他常常地想念那个平原上的贫穷不堪但却让他感到自足的小村子。

但回去是不可能的。他们必须生活在这个并不属于他们的世界。

夜在一寸一寸地缩短。

明子又觉到了尿憋人。他又朦朦胧胧地见到了厕所。这回，来不及再考虑了。当厕所的形象一出现，几乎就是在同时，尿就又急又冲地奔流出来了。尿热乎乎地在身体下部的一条渠道流动着，又把一种微痛但很舒服的感觉散布于腹部乃至全身。他有一种说不出的好感觉。他没有想到尿尿竟是这样一种让人愉快的事情，当终于尿完时，他的身体像绷紧的弦松弛下来了。

不知过了多久，他觉得身子下面有点温热，心微微紧张了一下。

两只猫在不远处的垃圾箱里同时发现了一块什么食物，

抢夺起来,并在喉咙里呼噜着,各自警告着对方。后来竟互相厮咬起来,不时发出凄厉的尖叫声。

明子突然一下醒来了。身子下面的温热感也一下子变得十分明确。一个意识猛然跳到脑海里:尿床了!

他用手摸着褥子,证实着尿湿的面积。情况真使他害臊和不安:褥子几乎都湿了,并且湿得很透,能绞出水来。

他一动不动地躺在湿乎乎的褥子上。

他几乎是肯定地觉得,与他同睡一个被窝抵足共眠的师兄黑罐,此时此刻,是醒着的,并且正在十分清楚地用后背忍受着那腌人的潮湿。

明子心里有一种深深的歉意。

明子的印象中,上次尿床距今大概才半个月时间。

这个坏毛病,像沉重的阴影一样,一直撵着明子,使他很小时就有了一种羞耻感。随着一岁一岁长大,这种羞耻感也在长大。明子的身体发育得很不好,又瘦又小,像一只瘦鸡,走起路来,显得很轻飘。他的脸色总是黄兮兮的,眼睛深处驻着不肯离去的忧郁。这大概与这毛病总有点关系。

明子认定,这个毛病是过去喝稀粥喝出来的。

在明子关于童年的记忆里,有一个很深刻的记忆,那就是喝稀粥。家里的日子过得十分窘迫,一天三顿,总是喝稀粥。那是真正的稀粥!把勺扔进粥盆里,能听到清脆的水音。如果用勺去搅动一下粥盆,会瞧见盆中翻起的水花,在水花中稀稀拉拉地翻动着米粒。他很小的时候,就能自己用一双小手抱着一只大碗喝这稀粥了,直喝到肚皮圆溜溜的,像只吃足食的青蛙。如果用手去敲肚皮,就像敲着一只牛皮鼓。晚上那一顿,尤其喝得多。不知怎么搞的,小时候是那么困乏,一上床就睡着,一睡着就醒不过来。困乏与尿多的矛盾的直接后果就是尿床。天长日久，就成了习惯，夜里有了尿，就不由自主地流泻出来。

明子长到十岁以后，这个毛病虽然好了些，但却一直不能根除。

当自己用身子去焐干湿漉漉的褥子时，明子有时甚至对自己有一种深深的仇恨。

离家之后，明子总是小心翼翼的。他不能让师傅发现尿床。在他看来，师傅是凶狠的，甚至是可恶的。他不愿看到他满脸恶气的脸色。晚上，他尽量少喝水，并尽量迟一点入睡。入睡之前，他总是一次又一次地往外跑，哪怕是一滴尿也要将它挤出来。可是，这并不能杜绝这一毛病的再现。如果，他一人独自睡一张床，也许能使他的心理负担小一些。然而。这小小的窝棚，只勉强够放两张床，师傅自然要单独占一张，他不得不和黑罐合睡一张，并且不得不和黑罐睡一个被窝，因为他们两人只有这一床被子。他家匀不出一条被子来让他带上。

明子把双腿张开，把双臂摊开，尽可能多地去焐潮湿的褥子。他的臀部和后背已感到火辣辣的腌痛，但他只能一动不动地忍受着。他睁着眼睛，很空洞地望着棚顶。他想让自己想一些事情和一些问题，可总是不能很顺利地想下去，常被臀部和背部的火辣辣的灼热感打断。

黑罐也一动不动地躺着。

明子知道，这是黑罐在默默地忍受着痛苦，而装出根本没有觉察的样子，以使他不感到歉意。可是明子在明白了黑罐的这番心意之后，心里却越发地感到羞愧和歉疚。

明子歪过脑袋去看睡在棚子另一侧的师傅。远处折射到窝棚里的灯光很微弱。明子惟一能看到的，就是师傅那颗摘了假发后的亮光光的秃脑袋。"三和尚!"明子在心里情不自禁地默念了一声,觉得这名字很有趣。他无聊地玩味着"三和尚",暂时忘了身下的难受。明子和黑罐在背后开口闭口都称师傅为"三和尚"。他们觉得他就应该叫"三和尚"。"三和尚"这个名字最自然,最真切,最得劲。

三和尚心中似乎有什么重大的怨恨,翻了一个身,从胸膛深处长长地叹出一口气来。有一阵,他似乎呼吸有点困难,吸气出气,都变得急促和沉重,还夹杂着痛苦的呻吟声,像是在梦魇中挣扎着。

明子感到有点害怕,禁不住靠紧了黑罐。

明子觉得他和黑罐与三和尚之间有着一种冷漠,有一种敌对甚至仇恨的情绪。他和黑罐有一种结成同盟以抵抗三和尚的凶狠和喜怒无常的默契。

明子被煎熬着,等待着天明。

在这似乎漫无尽头的煎熬之中,明子的灵魂也在静悄悄地增长着韧性。心底深处的羞耻感,却在激发着种种可贵的因素:自尊、忍耐、暗暗抗争、不低头颅、不受他人欺骗、怜悯一切受苦的人……痛苦反而使他对人生和生命有了这种年龄上的孩子所没有的体验和成熟。若干年以后,当他成为一个堂堂正正、地地道道的男人时,他会感谢身体的痛苦和童年时受到过以后还将不断受到的生存和生活的苦难的。

他平静地坚持着。

黑暗在渐渐淡化,城市在慢慢苏醒。

三和尚的秃顶更加明亮起来。明子甚至可以借着天光看到棚子角落上挂着的假发。明子记得,一到这座城市不久,三和尚就到处打听着哪儿卖假发。这件事对他来说似乎实在太重要了。仿佛他此次远行,不是为来干木匠活,而是专为买假发来的。那天,明子和黑罐正在收拾棚子,一个中年汉子倒背双手,大摇大摆地走到了他们面前。他们只顾收拾棚子,没有理会这位中年汉子。"嘿,黑罐、明子,你们眼瞎啦!"明子、黑罐略一吃惊,掉过头来,镇定细瞧:三和尚!三和尚咧嘴笑着,有几分得意,又有几分难为情。明子第一次发现,三和尚原也是一个长得很有风采的男人!那乌黑乌黑的假发,完完全全地覆盖了那丘"不毛之地",使他一下子年轻漂亮了许多。当三和尚转过身去,请明子和黑罐欣赏时,明子忽然看出了破绽:那假发只不过像顶帽子,遮不住后颈和耳根旁的光溜,边缘齐刷刷的,反而将那儿的光溜衬得格外光溜,让人看了心里别扭。当三和尚一伸手,像揭掉头皮一样,将假发一把抓下时,明子感到了一阵恶心,浑身起了鸡皮疙瘩。"猜猜,多少钱?"明子和黑罐猜不出。"一百八十块!"这个数字让明子和黑罐感到咋舌。再说,三和尚又是个吝啬鬼,一分钱不是掰开花,而是数着格子花,怎么竟下狠心掏一百八十块买这么个玩意儿?但明子后来有空回想那次他在芦苇荡里见到的情景时,他完全理解了三和尚这一空前绝后的慷慨行为。从此,三和尚出门必戴假发,并且在黑罐从垃圾堆捡回的那块破镜子前好一阵调整和端详。

远处楼上,谁家违抗居委会的规定而偷养的公鸡叫了。从门缝中漏进的曙光,使煎熬了半夜的明子心里产生了一种冲动。

三和尚从被窝里伸出胳膊,很难看地打了一个哈欠,然后眼皮上翻,去望他的假发。他的眼神告诉人,每当他凝神望着它时,他心里会泛起许多往事,许多情绪。对于他来说,它的意义似乎是无比丰富和深刻的。

三和尚忽然皱了一下眉头，用劲嗅了嗅鼻子："哪来一股尿臊味？"

明子紧张了一下，没有吭声。

三和尚支起身子，又嗅了嗅鼻子："确实有一股尿臊味！"

明子闭上眼睛。

"黑罐、明子，你们听着，以后常洗洗你们的大腿裆和臭裤衩！"

"我们洗了。"黑罐答道。

"那哪来的尿臊味？"三和尚掀起自己的被子闻了闻说，"以后夜里再撒尿，跑远些撒，别在门口撒。"

黑罐"嗯"了一声。

"天亮啦，起吧，洗把脸，一起到路口小摊上吃油饼喝豆腐脑，吃完了，明子直接去等活，黑罐跟我到那个绝八代的人家接着干。我天南海北，做了这么多年木匠活，没见过这么抠门的人家！"

明子等黑罐起了床，才起床。他把被子放平，盖住了褥子。

三人走出门大约一百步远，黑罐说："你们先走，我觉得凉，回去取件褂子。"说完，掉头便回。

明子站住了。

"倒知冷知热的。我们先走。"三和尚说。

"我等一等他。"

"也好，省得这个笨蛋又走迷了路。"三和尚说罢，独自一人前头走了。

明子往回走了几步，远远地看见黑罐从棚子里抱出了褥子，将它晾到一根树枝上。

明子心中充满了感激。

2

十字路口。

这里是繁华地带,有三路公共汽车、两路无轨电车经过,整日车水马龙,川流不息。

南北马路的一侧,云集了从各地来的木匠。各种各样的牌子,或斜倚在马路牙上,或挂在路边树上,还有挂在胸前的。上面或写着"可做最新款式家具,手艺精到,价格合理",或写着"来自南方,手艺高强",或写着"包工包料,令你全家满意"……这些木匠大多兼做漆匠,因此,马路牙上放了一溜擦得透明照人的各种颜色的漆板。

他们在这里等活。

这个地点,似乎不是某个管理部门指定的。他们来到这里,是一种无言的默契。他们必须给这个城市的市民造成一种强烈的印象和记忆:如有木匠活,就到这里来找木匠。而且只有到这里来,才能找到木匠。不知不觉之中,这里就成了一个劳工市场。他们像路上行人一般在不断流动,找到活的便离开这里,没有活了就到这里等活,一些木匠走了,一些木匠来了,有些木匠可能因为生活维持不下去而回了老家,永远也不会再回这儿,但这个市场却永不消失,而且趋势是人越来越多。

他们操着各种各样特征鲜明的口音,在互相对话,在向路人询问是否有活可做。他们中间似乎没有太大岁数的,大多为年轻人或像明子这样的半大小子。这原因大概是因为老年人已没有走出熟地去闯荡世界的心境和勇气了。半大的小子又似乎特别多,这大概是因为他们干活还不太在行,师傅便派他们来这里等活。

当他们全部闭口不言时，谁也不能判断出他们各自来自何方。在城里人的眼里，他们太相像了，一样的脸色（粗糙，贫血，缺乏光泽，呈黄黑色），一样的表情（木讷，目光呆滞，脸部缺乏活跃的情绪）。他们的衣着也差不多，还是十多年前这个城市里的人也曾穿过而今绝不会再穿的衣服。令人不可思议的是，他们的身材几乎是一律的矮小。他们或坐在马路牙上，或交叉着双腿倚在树上，或坐在新买来的破旧自行车的后座上。他们与城里人明确地区分开来，就像一捧大米与一把赤豆那样差别分明。

生活规定好的角色，使他们很难有城里人的高贵神情和傲慢态度。他们所处的位置是绝对被动的：他们是求别人让他们干活，是被别人选择的。他们常常听到很气派的一声："你，跟我走。"他们又都希望自己能得到一笔生意。因此，目光里总免不了含着几分恳盼，几分讨好。

明子把六七块漆板放好，将一把锯子象征性地抓在手中。

三和尚总派明子来等活，那倒不是明子不能干活，而是因为明子有一种机灵和讨人喜欢的嘴巴。那天，三和尚指着明子的鼻子说："你小子听着，在这种人堆里混，你那份机灵倒是很值几分钱的。"

明子与任何一个木匠的神情似乎都不一样。他一点也不焦急，倒像是来物色人干活的，从这里溜达到那里。他蹲下身子，看了一会儿几个木匠打扑克牌，又趴在一个安徽凤阳来的小木匠肩上，看了一大段武侠小说。溜达累了，他就靠树坐下，脱了鞋，双腿一伸，在太阳光下晒脚丫子。

过来一个人，问："封阳台吗?"

那人话音未落，"呼啦"一下拥上十几个木匠来：

"封！"

"封！"

"我们是专封阳台的！"

那人问："价钱多少？"

"这要看阳台大小。"

"价钱好说。"

"不会跟人瞎要价的。"

一个湖南常德来的木匠，抓住那人的自行车车把："走呀，师傅，我有自行车，跟你到家瞧瞧阳台再谈价不行吗？"那样子，旁若无人，好像那人就专冲他来的。

又有好几个木匠，向那人显出更大的热情。

他们紧紧围着那人，都不屈不挠，仿佛那人会跟他们每人都订下一个封阳台的活似的。

那人非常认真地叙说着他家阳台的大小，又非常认真地与木匠们讨论着价钱，木匠们也都一个个地认真地与他对话，都力图给其他木匠们造成一个印象：人家是和我谈生意的。

足足纠缠了有一个小时，那人却说："我先打听打听，那房子倒是盖好了，还没分我呢。"便推车走了。

弦绷得紧紧的木匠们，一下子松弛下来：

"这——人！"

"瞎耽误工夫！"

"耍人哪！"

木匠们很气恼，一个个嘟囔着，回到了自己的位置上。紧张一解除，一个个显出筋疲力尽的样子来。

一直在晒脚丫的明子禁不住"扑哧"一声笑，用一句刚从这个城市学来的骂人话,轻轻骂了一声。他动了动腿,依然晒他的脚丫子,饶有兴趣地观看着大街上形形色色的情景:警察向一个用自行车驮着一个姑娘的小伙子恭恭敬敬地敬了一个礼,还不等手在空中举定,突然一变脸,大吼一声:"你们干什么哪?!"

车站的牌子底下,一男一女,全然不管前后左右到处是眼睛,像长在了一块儿,拥抱在一起,胡乱地吻来吻去,打老远都能看到他们额上唾沫的闪光。

一辆无轨电车飞驰而过,突然从车窗口飘出一块粉红色的纱巾来。这纱巾飘了飘,飘到人堆里。城里人真清高,谁也不去捡这好端端一块纱巾,任它在地上躺着。过了一会儿,来了一个流着鼻涕、见人直乐、走路直摇晃的傻子蹲在地上对这纱巾出半天神,然后把它捡起来,在空中摇来摇去,向马路那边的人大声嚷嚷,也不知嚷些什么。

明子忽然觉得有人在他的腰间捅着,掉头一看,不禁叫道:"鸭子!"

鸭子是一个小男孩,也就十二三岁的样子,是明子几天前在这里等活时才认识的。

鸭子比明子矮半头,但长得出奇的结实,脸蛋儿红黑红黑,嘴巴总是油光光的,一看就知道,这孩子吃得很不错。他的后背上插着一根两尺多长的细竹竿,竿头上立着一只灰褐色的鸟。那鸟的腿上拴了一只活的铜扣,有一根两尺多长的细绳连着铜扣和竹竿。那鸟常常飞起,但绝不超过绳子所能允许的长度,在空中自由舒展地飞了飞,又很满足地落回竹竿,把嘴在竿的两侧左擦一下,右擦一下,颤抖了一下身子,把羽毛弄得很蓬松,仿佛一下长成了大个。

"它叫什么鸟?"明子的家乡有很多鸟,但从未见过这种嘴巴古怪的鸟。

"叫蜡嘴儿。"

那天,明子急着要去五金店买两根锯条,没来得及与鸭子好好说话。他对鸭子几乎还一无所知。

"你从哪儿来?"明子问。

鸭子立即变得困惑起来:"我也不知道。"

这简直不能使明子相信:"你怎么能不知道自己是从哪儿来的呢?"

"我真不知道。"鸭子似乎有了一种孤单的感觉,更往明子跟前靠了靠。

明子还是不能相信。

鸭子回忆说:"我记得,我老早就住在这城里。我、爸爸,还有两个哥哥,我们住在护城河上的一座大桥下。我们在那里搭了一个小窝棚。但我知道,我们不是这个城里的人,是从很远很远的一个地方来的。我记不得爸爸有没有说过那个地方了。"

"他带你们来这里干什么呢?"

"我也不知道。爸爸经常带着我们在大街上走。我和哥哥们每人戴一顶棉帽子,爸爸也有一顶。我们每人还有一双死沉死沉的皮鞋,走在大街上,很响很响。都是从各个地方捡来的。爸爸在前头走,后头跟着大哥,大哥后面跟着二哥,二哥后面跟着我。爸爸一定要我们挺着个胸膛走,谁哈腰,爸爸就大声骂他'熊样'。夏天,天就是热得要命,爸爸也不允许我们摘掉帽子,说摘了帽子就会受凉生病。我们真的谁也没有生过病。"

"怪不得你头上总戴着顶破帽子。"

"我爸爸特别爱干净,常在大桥下为我们洗衣服。他把衣服在河边水泥台阶上使劲地搓来搓去,洗干净了,就挂在大桥上晾干。好多好多,一晾一大片,有很多人在大桥上低下头来看。那时,我们好高兴。"

"你们在哪儿做饭呢?"

"做饭? 我们从不做饭,总是在桥洞里热一热现成的饭菜。"

明子不明白。

鸭子说:"那些饭馆里,有很多很多人吃不完他们买的菜。爸爸领着我们帮饭馆里干点活,他们很高兴我们把剩菜用盒子和塑料袋装走,说省得他们费事。有一回,我们一下装回三条大鱼来,那些鱼几乎没有动过筷子。我们吃了三天,才吃掉。我二哥吃伤了,拉了好几天稀。可又吃了一条鱼,却不拉了。"

他一口气说了一大串明子没有吃过甚至闻所未闻的好吃的东西,进入了对那些菜肴的津津有味的回忆。

明子点点头,心里总算是明白了。

鸭子还说:"我爸还可能是个读书人。每天早上,他都叫我们兄弟三人认字。他把字写在桥墩上,然后教我们念,上——下——来——去……我们坐在桥洞里,大声地念,桥洞里嗡嗡地响。桥上的人就把身子趴在栏杆上,勾下脖子朝我们望。我们就越大声地念:上——下——来——去……"

明子打断了鸭子对往事的回忆,问道:"你现在怎么就一个人呢?"

鸭子变得伤心起来:"那会儿,我们走到一个很热闹的大街上,人特别特别的多。穿马路时,爸爸和大哥二哥都过去了,我被一辆汽车拦在了马路这边。车特别特别多,一连串来了好多辆,我怎么也过不去。我忽然听到爸爸在大声喊

'鸭子',我望过去,见到几个穿白衣服戴大盖帽的人把爸爸他们扭到一辆车上去了。大哥和二哥也在'鸭子鸭子'地喊我。我听见一个大盖帽说:'什么鸭子鹅的,不准瞎叫!'等终于没有车再过,我跑过马路,早没有爸爸和大哥二哥的影子了……"鸭子要哭了。

停了好一阵,明子说:"你赶快回到那座桥下等呀。"

"我找不到那座桥了。后来找到两座桥,可都不是那座桥。过了好多天好多天,我才找到那座桥……"

"见着你爸他们了吗?"

鸭子摇摇头:"家里的东西都不在了。不知是爸爸他们拿走的,还是被别人拿走的。我在桥边等了好几天,也没等着他们,我就离开了那座桥。"

"有几年啦?"

"我不知道。"

"也许,他们被送回老家了。你该回老家去。"

"我不是说过了吗,我不知道是从哪儿来的。"

"你有口音!"明子忽然有了主意,拉着鸭子让他在各地来的木匠们面前挨个说一通话,确认一下鸭子到底是哪儿的人。

四川的木匠说听鸭子的口音好像是四川的,湖北的木匠说听鸭子的口音好像是湖北的一个什么地方的……可又都说不太像。最后,这些木匠们围到一起专门讨论这个问题,得出一个共同结论:鸭子的话早串了音了,谁也不可能再认定他的根一定是哪儿了。

于是,鸭子的脸上就有了悲哀。

明子就带鸭子重新回到他们原先坐的地方,一个劲地安慰他:"总能找到你爸他们的。"

鸭子的境况,把明子又带到那种时常扰乱他的心的情绪里。他默默地望着——

马路对面是装饰华丽的百货大楼、钟表店、珠宝店……

街上不时闪过一辆又一辆锃光瓦亮的小轿车,偶尔还会有几辆豪华的大轿车首尾相衔极气派地行过,那里面坐着的是长着各种颜色的头发但一律满面红光的外国游客;

时髦女郎挎着玲珑小包,好看地扭动着腰肢穿越斑马线;

拎着老板箱、腰间别着 BP 机的公司职员(或倒爷)在路边等待出租车;

……

明子想到了小豆村,想到了三和尚和黑罐,想到了木匠们,想到了鸭子和自己。他很困惑,很迷惘。他默默地望着,而且只能是默默地望着。他有许多事情搞不清楚,有许多问题想不明白。而且可能永远也搞不清楚想不明白。小时候,老人们常在油灯下或月光下讲天堂,他也多少次饿着肚子、蜷着身子梦见过天堂。但梦里的天堂,比他眼前的这个世界差了远去了。他曾以为,眼前这个世界才真正是梦。然而,他清清楚楚地看到了小汽车吐出的一缕乳白的轻烟,清清楚楚地闻到了那些时髦女郎走过时留下的经久不散的让人迷糊的香气。他甚至能用手去触摸这个如梦的世界。他力图用老人们注入他脑子里的有数的几个概念——"福气"、"命"、"修来的"等等——去解释他眼前的一切。当他认为这一切有了解释以后,他的心里好像很安静,很踏实。但以往的经验告诉他,用不多久,这纠缠人的困惑和疑问,还会来纠缠他那颗还很懵懂、很不会思想的脑袋的。

"你在想什么?"鸭子问。

明子摇了摇头:"没有想什么,我在看街那边的树枝上有一只被风刮上去的塑料袋。"

衣服油渍麻花的鸭子似乎并没有这些思想。

"我到街那边去,那边人多。"鸭子说着站起身来往马路那边走。

明子忽然想起什么,叫住鸭子,问:"你现在还是靠吃人家剩下的饭菜吗?"

鸭子很高傲地一摇头:"不。我自己掏钱买饭菜吃,想吃什么就吃什么。"

"那你靠什么来挣钱呢?"

鸭子扭过头去,亲昵地望着竹竿上的蜡嘴儿:"靠它。"

"它?"

"你跟我来吧,反正没有人会偷你的漆板。"

明子觉得鸭子的话说得也太奇怪,就跟着鸭子过了马路。

鸭子选了一块人来人往的地方站住,从后面取下竹竿夹在腋下,捉住蜡嘴儿,摘下它腿上的铜扣儿。

"你要干吗?"明子问。

鸭子朝明子一笑,双手一抛,将蜡嘴儿抛在空中。那鸟儿就在空中飞翔起来,并升向高空。

"它飞了。"明子仰望着天空说。

蜡嘴儿越飞越小,后来竟消失在天空里。

"你怎么把它放了,你不是说要靠它挣钱吗?"明子除了更加糊涂,还为鸭子觉得可惜。

鸭子却笑而不答。

明子在想:这鸭子的脑子是否出了点毛病?

"你看呀。"

明子再抬头仰望天空时,只见那只蜡嘴儿又飞回来了。它在他们头顶上盘旋着,越旋越低,最后落到了路边的树枝上。

　　"你能把它唤下来?"

　　鸭子摇摇头:"你能。"

　　"我?"

　　"它要钱用。你在手里抓五分钱硬币,它就会下来。"

　　明子将信将疑,从口袋里掏出一枚五分钱硬币,用两只手指捏着,举在空中。

　　这时,已经围过很多人来观看。

　　鸭子打了一个口哨,只见蜡嘴儿斜刺里飞下来,直落到明子的手上,用坚硬的嘴巴啄了啄那枚五分钱,然后用嘴一拔,将它从明子手中拔出,展翅飞开,飞到了鸭子的肩上。它低下脑袋,一张嘴巴,那枚五分钱便又稳又准地落在了鸭子敞开的上衣口袋里。作为奖赏,鸭子从裤兜里掏出一粒谷子放到蜡嘴儿的嘴边。蜡嘴儿用嘴叼住,磨动了几下,将谷壳吐了出来。

　　明子感到十分惊奇。

　　这时,只见许多围观的人举起了硬币。

　　于是蜡嘴儿忙碌开了,就在硬币与鸭子的口袋之间飞来飞去,叼——松口,叼——松口……鸭子的口袋里不时发出硬币跌落在硬币上的清脆的金属声。

　　有一阵,那些举着硬币的胳膊竟像森林一样竖在空中。

　　鸭子的口袋已经鼓囊囊的,沉甸甸的。

　　但,那些喜爱猎奇的人们,还争先恐后地在口袋里搜寻硬币。那场面好热闹:没有硬币的,在用纸币向人们兑换硬币;一对情侣中姑娘在向小伙子求着:"给我一枚嘛,给我一枚嘛!"……

打远处走来一个警察。

鸭子召回小鸟,重新套上铜扣,向明子使了个眼色,掉头进了一条小巷里。

"你要钱吗?"鸭子从口袋里掏出一把硬币来。

明子摇摇头。

"缺钱花,对我说。"

明子还是摇摇头。

"这鸟是一个老头儿送我的。那天,我饿得走不动了,坐在一个巷口翻白眼,那老头过来了,问我为什么坐着不动。我就把一切告诉了他。他叹了一口气,就走开了。可是过了一会,他又回来了,从他背后取下这支竹竿和这只鸟,对我说:'让它来养活你几天吧。'于是,他把这一招教给了我。"

"那鸟只认老头儿,会认你吗?"

"我也这么想。但老头告诉我,那鸟不认人,只认这根竹竿。这竹竿上有记号。老头临走时说:'这可不是长久之计。你过了这难关,可要用自己的双手刨食吃。这鸟虽然会干这行当,可你大爷只是让它叼我自己的钱,你大爷只不过图个开心。'我问他,怎么才能把鸟还给他。他说:'不了。这鸟被我困着好几年了。你混上饭了,就撅了竹竿儿,让它远走高飞吧'。"

"你没听那老头的话。"明子说。

鸭子说:"我才不会听呢。那老头,真傻。"

明子说:"自己卖力气挣的钱,才干净。"

"谁说的?"

"不用别人说。"

"我不管。"

明子忽然少了与鸭子说话的兴趣,回到了马路这边,依然老老实实地等他的活。

　　中午时,鸭子又来了。

　　明子朝他点点头。

　　鸭子打开一只纸包,露出两根奇大的炸鸡腿:"给你一根。"

　　明子瞥了一眼,只见那鸡腿被油炸得黄亮亮的,十分好看。但他咽了咽唾沫,从怀里掏出一只又冷又硬的馍来,一边啃,一边朝大街那边毫无意图地望……

<h2 style="text-align:center">3</h2>

　　大概是一个什么节日到了,因为城市的夜晚变得非同寻常。

　　大街两旁的重要的、高大的建筑,由无数灯泡勾勒了轮廓,仿佛镶了金边。它们在深蓝色的天幕下,鲜明而又遥远地矗立着。电视台的发射塔的顶端闪着红光,那红光之高远,仿佛与天幕上的星星混淆在一起了。有几家大饭店,被一种专门的灯光前后左右通体照亮,那光是乳白色的,大楼感光后,就变成了银蓝色。大大小小的商店、饭馆,皆亮起五颜六色、梦幻一般的霓虹灯。夜幕下,无数的轿车用红色的尾灯,在淡淡的雾气中,划出一条条红线。一街流淌着炫目的灯光。

　　人站在街头凝望,会觉得这是神路天街。

　　明子他们早在夜幕刚降临时,就莫名其妙地有了一种激动,尽管这个节日似乎与他们无关。那番景观,是他们的想像力绝不能达到的。它足以使他们这些来自穷乡僻壤的木匠们兴奋、目瞪口呆。有一阵,他们坐在马路边的栏杆上,完全被眼前的情景镇住了,久久地沉浸在一种静穆之中。

外边的世界,竟是这样子的!

身后的公寓里,谁家的录音机在播放音乐,其中有两句唱词很入人耳:外面的世界很精彩,外面的世界很无奈。

明子他们自然不能像高等学院里的那些大学生们,也不能像城市里其他浸透了现代意识的人们那样去理解这两句平白却又让人回味无穷的唱词。但人所有的直觉,使他们也能对它有所感受。

有一阵,他们觉到了自己被一种全身心的幸福弄得心灵发颤。欲望不高的三和尚还感叹了一句:"我们该知足啦。"

他们像三只大鸟落在马路边的栏杆上,他们坐了很久,傻呆呆地观望着,有时,互相说几句傻呆呆的话。他们故意把傻话说得特别的傻,然后傻乐。

是黑罐第一个说:"我屁股坐麻了。"

三和尚接答道:"走走吧。"

于是,他们就沿着大街往前走。

商店的橱窗总是吸引着他们。平日有了闲空,他们逛大街时,总是将橱窗一个一个看过去。因为节日而重新换过的橱窗,更具魅力。

在一个巨大的橱窗里,绿色的背景下,明亮的灯光照耀着一行由低向高斜挂着的高级旅游鞋,造成一种运动的感觉;

在另一个巨大的橱窗里,一个身材修长的模特穿着一件雪白的貂皮大氅,微微向后倾着身体;

…………

明子他们趴在大玻璃上看,直把鼻子压得平平的。有时，他们能够看到标价。他们特别希望能够知道那橱窗里的东西到底卖多少钱，因此，可以听到他们互相不时地问："有价钱吗？"

"那双皮鞋，哎，就是那双，四百五十块钱！"黑罐有点吃惊地说。

明子和三和尚就从另一个橱窗赶过来看。

那双皮鞋闪闪发光。

他们搞不清楚这双皮鞋为什么会值这么多钱。

三和尚不知从何处听来的道理，转而摆出很在行的样子说道："这是用摩洛哥的皮子做的。还不是上等的皮子。上等皮子做一双鞋，值千把块钱。"

明子和黑罐对这种价格似乎理解了一些，但又有了新的不理解："为什么摩洛哥的皮子就贵了呢？"

"结实。一双鞋能穿几代人。"这一解释，纯属三和尚自己的想像。

明子死活想不明白，就说了一句怪话："人皮做的。"

三人便望着那双鞋，发出一阵嘲笑。

"你们知道大街上走着的有钱人与没钱人的区别在哪儿吗？并不在于谁穿得好看。人家有钱人要用名牌货。名牌货，卖的不是货，卖的是牌子。知道腰里一根皮带多少钱？一千多。知道脖子里拴的领带多少钱？二三百。知道口袋里那只钱包多少钱？又是二三百。一双袜子，能卖到一百多……"三和尚在明子和黑罐面前，算是有见识的。

走了好一阵以后，橱窗中一个棕色模特身着的一件裘皮大氅的价格，惊得明子他们简直无言以答：两万两千元。

在他们看来，那件大氅并不好看。黑罐说像灰鼠皮。

"有人会买吗？"明子疑惑着。

"有人挂，就有人买。"三和尚一点也不怀疑。

在议论这一价格时，他们不自觉地陷入了这一价格与他们的消费水准的"残酷"比较。

"这么多钱，让我一辈子顿顿吃红烧肉，也吃不完的。"黑罐说。

"我们一年辛辛苦苦斧头凿子地干，才挣几个大钱呢？"三和尚说。

明子说："如果像老家那样过日子，这么多钱快能养活我们三个人一辈子了。"

这种本来不应比较的比较所产生的直接效应是：他们今晚最初时的快乐一下子消失了，代之而起的是一种淡淡的悲哀。

橱窗的强烈刺激，使他们心底里都有了一种心思。

他们不再去观看橱窗，只是沿着大街盲目地往前走。

走了一阵，他们又都滑入了无聊的心境。他们又重新瞧见了他们与这个世界的隔膜。这个世界越是在今天晚上向他们呈现辉煌，呈现千重魅力，这种隔膜就越是深刻。

"这个世界跟我们无关！"

他们的脑海里不会跃出这一清醒意识继而变成语言由他们的嘴说出。但一种朦胧却又拂之不去的潜意识已沉淀在他们的灵魂深处。

是的，这个世界与他们有什么关系呢？这个世界永远也不会注意到他们。因为他们过于卑微和无足轻重了，尽管他们每天辛勤劳作，甚至比那些充分受用这个世界的一些人们付出了更多的心血和力气。这个世界不会因为有了他们而觉得增色，也不会因为没有他们而觉得减色。他们就是他们自己。他们永远只能在远远的地方看看这个世界。他们是这个世界的过路人。

"回去吧。"明子说。

"睡不着觉,这儿的夜又是那么长,回去干什么?"黑罐说。

"再玩玩吧。"三和尚说。

"那我们到地铁站里玩去。"明子说。

今天地铁的乘客特别稀少,显得很冷清。

他们沿着台阶往深处走。大概是为求得某种效果,他们三双脚踏在一个节拍上,空洞的足音在深邃的地铁站里变得单调而宏大:通!通!通!……

强劲的气流变成风,迎面扑来,掀着他们乱蓬蓬的头发和衣角。

他们挺起胸膛,坚决地走下去。

明子的衣服一直解开着,于是像旗子一样被风吹得飘舞起来,"哗啦啦"直响。

他们在最后一级台阶坐下。

一列地下火车靠站,抛下一些乘客,一个个都无表情,并且一个个都行色匆匆,从他们身边一闪而过。

三和尚掉头往上一看,觉得自己现在坐着的地方距离出口竟那么深远,仿佛自己到了地心一般。

明子和黑罐也都掉头去看。那台阶一级接一级,又仿佛要通到天上去。

"黑罐,"三和尚说,"你数一数,一共多少级。"

黑罐似乎也有这种念头,就起身往上走去,并在嘴里数着:"一,二,三……"他的背本来就有点驼,往上爬时,身体躬得更低,仿佛在攀登陡峭的山崖。

黑罐的声音越来越小:"二十、二十一……"

"四十五级!"黑罐在上面大声回报。

"才四十五级?"三和尚又对明子说:"他这个人笨。你再数一遍!"

"好!"明子很愿意,起身就往上跑,"一,二,三……"过了一会儿,向三和尚大声叫道,"四十七级!"

"四十五!"黑罐说。

"四十七!"明子说。

黑罐与明子在上面争执起来。

"娘的,到底是多少?"三和尚决定亲自数将上去,"一、二、三……"当他把脚放在最上面一级台阶上时,由他嘴里冒出的数字却是:四十六。

"一起来数嘛。"明子说。

于是,三人站到同一起点上。

"一———二!"三和尚系紧裤带发了口令。

通!通!通……

"一、二、三……"

又一列地下火车进站。迎面走来几个乘客,见明子他们三个横着一排迈着整齐的步伐旁若无人地走下来,便闪在一边打量着,然后发出小声议论:

"这群土老帽儿!"

"吃饱了撑的!"

"有病!"

"闲的!"

"傻瓜!"

但明子他们不管,专心致志地数下去。

经过考证和协商,三人共同认定了一个台阶数字以后,又在地铁站里晃荡了一会儿,直到他们察觉到有一个警察在

用怀疑的目光注意着他们以后,才若无其事地走出地铁
站来。

　　天已很晚了,他们只好百无聊赖地走向自己的小窝棚。

　　他们似乎都不太愿意回到那低矮黑暗散发着尿臊和霉
烂气息的窝棚里去。回去干什么呢?他们觉得,这里的夜似
乎特别的漫长,像一条永无止境的荒野大路似的。他们得一
寸一寸地打发时间。当夜幕降临时,他们希望瞌睡能袭住他
们的全身。他们不想想什么事情,反而希望脑子里空空的,
或是沉沉的想睡觉。夜晚的寂寞和无聊,甚至使他们感到微
微的恐慌。黑暗之中,他们总有一种熬的感觉。他们想拉
呱,可又对不上话。黑罐心里有话,但口拙,结结巴巴的,还
不如不说。明子不愿和三和尚多说话,而三和尚总把他们当
三岁的小孩看,觉得与他们说话好无味。他有时生出一种
冲动,想谈女人,可他知道黑罐与明子对此一窍不通,也没
生出那种情趣。他觉得与这两个嘴上没毛的"小畜生"在一
块,完全没有什么好说的。

　　惟一能够打破一点寂寞的便是黑罐随身带来的一把
胡琴。

　　路过一座住宅楼时,黑罐一侧脸,透过窗子发现一楼一
户人家的电视正打开着,说道:"电视!"

　　窗帘是完全拉开的,那电视如同放在室外一样清晰。这
是一间客厅,客厅里的主人们或是到厨房收拾去了,或是进
卧室戏闹去了,电视开着,却无人观看。

　　明子他们便大大方方地成了观众。

　　这是千载难逢的便宜。他们一排站着,痴呆呆地看着,
完全忘了这是看人家的电视,并且是隔着窗子偷看人家的
电视。

电视里正播放一个故事片,只见一个男人骑着一匹马,在林子间的草地上驰骋,过了一会,便消失在林子里。又过了一会,那个男人又骑着马在林间的水泊边出现了。他翻身下马,把缰绳系在树上,朝水泊边的一间好像被人遗忘的茅屋走去。他的脚步声使屋里的一个年轻女人匆忙而慌张地跑出,朝那男人跑来,然后扑倒在男人的怀里,发出微微的娇喘声……黑罐忽然叫了起来:"那女的像李秋云!"

明子立即踩了黑罐一脚。

黑罐"哎哟"一声,但却没有明白明子的意思,"明子,你踩我脚了。"然后继续观察,继续坚持自己的看法,"真像李秋云!"

李秋云是三和尚的老婆。

三和尚好像没有听见黑罐的话,两眼瞪圆了盯着电视出神。

从里屋走出一位穿着睡衣的年轻姑娘,向外一瞥,见到了三位偷看者,下意识地拢了一下敞得太开的睡衣,两眼鄙夷地轮了他们一眼,随即耷拉着眼皮走过来,像舞台上拉大幕似的,把金丝绒的巨大窗帘"哗啦"一声拉上了。

明子和黑罐感到很尴尬。

三和尚也忽然地醒悟过来,掉过身去,在前头悻悻地走着。

4

他们终于回到了自己的窝棚。

明子点亮了蜡烛,于是三条人影被扯得很长。微风摇曳烛光,人影虚幻地晃动着。

三和尚一把扯下假发,将自己放倒在床上。他的脸色很不好看,内心被什么痛苦咬噬着。

黑罐不知道此刻能不能拉胡琴,望着胡琴发愣。

明子白天等活时,跟河南小木匠借了一本只剩下一半的武侠小说,挨着烛光没头没尾地看起来,翻书的影子投在棚子上,很奇怪。

三和尚直挺挺地躺着,那样子让人发毛。

"你们都是哑巴呀?"三和尚侧过身去,无缘无故地发起脾气。

黑罐挪了挪屁股,依然还是哑巴。

明子不理三和尚,仍去看他的书。那书正写到险处。可是他搞不太明白:那两个剑客没带剑,凭什么杀了对方? 两剑客的对话,也让他似懂非懂。一个问另一个:"你为何不带剑?"答:"剑在我心中。"那个问话的不禁大声笑起来:"你今必死于我手。""何以见得?""因我心中无剑。"

"黑罐,"三和尚从床上爬起来,"今天我来一段。"

黑罐很高兴,拿起胡琴来就调弦:"唱什么调?"

三和尚说:"悲调,大悲调。"

他们那一带人,都爱吼淮剧。淮剧分下河调、快活调等。其中悲调一唱起来,很是悲切,悲调中的大悲调更是悲痛万分。那地方上的人最爱听的就是悲调。那唱腔似乎脱胎于哭泣。其情感,其格调,与他们的心情好像很贴切。它能淋漓尽致地将他们心中那种绵延不断的伤感和愤恨表露出来。那平原上的有线喇叭,一得空就播放淮剧团的悲调,偌大一片土地,似乎毫无理由地常常沉浸在悲伤的情绪里。

三和尚唱淮剧很拿手,悲调尤其唱得地道。三和尚过去参加过农村文艺宣传队,曾经用这悲哀的长调,把台下许多人唱出泪花,唱出啜泣声来。三和尚至今还记得台上台下哭成一片的动人情景。

黑罐在很认真地调弦。

"怎么这么难调!"三和尚说。

这把胡琴太蹩脚。它不是买的,黑罐买不起一把胡琴。它是黑罐自己做的。琴桶是黑罐在人家盖房子时,捡的人家一截毛竹头做的;琴杆是黑罐用自家的竹子做的;蒙在琴桶上的皮,是黑罐从自己抓到的一条青肖蛇身上剥下的。只有两根弦和一把弓是买的。

黑罐终于将弦调好,为了好滑弦换位,又将弦在后脑勺上蹭了点脑油,然后与三和尚对了一个眼神,便拉开了过门。

三和尚甩了衣服,清了清嗓子,摆开架子,等过门一过,便一抬头唱起来。

明子放下了手中的书,他是很爱听三和尚唱的。他听着,心里会很好过的。

唱了什么词,这似乎并不太重要。三和尚、黑罐和明子对唱什么唱词,都不在乎。感动他们的就是那种天下独一无二的调子。有时,三和尚能忘了整段唱词,只是光哼调子,但丝毫也不减色彩。

这调子最初肯定不是什么专家们创作出来,而是由那些哭妇,那些悲苦之人,从心中自然叹唱出来的。它太原始和真实。它毫无节制,毫无高贵气息,是一种本能的抒发。它有时像冬天的寒风掠过残荷和枯枝而发出的凄厉声,有时则像渊底绝望的呼喊。浅唱低吟时,似乎生命虽已很细弱,但还是在切切地渴求着生存。高歌猛吼时,似乎天塌地陷,四周大火熊熊或白浪滔滔。它将人的感情一丝不剩地拖拽出来,让注满悲愤之情的心暂时获得彻底解脱。

　　三和尚今天唱得格外的投入。那声音颤颤的,像风中抖动着的钢丝。他完全地淹没在曲调里,失去了他自己。他眼里没有窝棚,没有黑罐和明子,没有想到自己仅仅是在唱歌。他今天的声音比以往任何时候都沙哑,然而这沙哑更能让人的心在胸腔中发紧和打颤。

　　很少有人想到淮剧的主要乐器为什么是胡琴。胡琴的哀怨本质太能与这种调子和谐了。低调和颤音,手指来去滑动造成的情感跌落,能把淮剧的悲调情感更为充分地显示出来。

　　黑罐也很投入。他忘掉了自己是在给三和尚伴奏,忘掉了还有一个明子在一旁听着,丝毫不顾自己的样子,直拉得摇头晃脑。拉到悲切处,他仰脸望着棚顶——不是望着棚顶,似乎是望着无限的苍穹;拉到难忍时,他把胡琴压倒,然后躬下背去把胡琴拥入怀里。他的胡琴拉得很不好,手指常常按不准音,并过分地将手指大面积地压住琴弦,然后拼了命去揉弦,使胡琴发出一种难听的怨哭声。他笨拙而用力地拉着那把弓,常把弓扯成半圆形,那样子很像拉大锯。这些动作和那些不准确的音符,反而使他和三和尚、明子更为动情。

　　三和尚的秃顶在烛光里闪着冰凉的光芒。

　　烛光里,明子还看到三和尚的鼻梁两侧有了两道泪痕。这形象与他平素那副凶狠霸道的冷酷样子毫无相通之处。

　　也许,只有明子能够明白和理解三和尚的心情。

　　三和尚的老婆李秋云,是个长得极标致的女人。她人走到哪儿,哪儿都仿佛忽然明净了许多。老人、小孩,男人和女人,都喜欢看着她。她长得不算高,身体很轻盈,春日里,走在堤边柳下,几只燕子在她身边的柳下来回地飞,让远处

的人觉得她的那份轻盈,很像那些燕子。她的眼睛黑黑的,
当阳光照着时,很迷人地眯缝着。她总是专心地做自己的
事,偶尔听见远处有脚步声,一抬头,那眼睛总是一亮,直亮
到人心里去。她的衣服都是自己做的,针线活儿总是做得又
细又巧,那些衣服极合体地装扮着她,怎么看怎么合适。夏
日,阳光照着水田,她去插秧,挽着裤腿在田埂上走,那样子
总也让人忘不了。她的农活也干得好,秧插得很快,像蜻蜓
点水一样轻巧敏捷,一天活下来,身上还没有一滴泥点。她
常常低低地哼歌儿,总不肯大声地唱。每逢这时,人们便将
活儿做得很轻很轻。那声音柔和而清纯,在安静的田野上如
水一样流淌开去。她人又乖巧,见人总有几分羞涩,从不跟
人争吵或高声说话,遇见稍微惊险的事儿,总是本能地缩起
身子,眼睛里尽是惊吓,很让人怜爱。

李秋云嫁到小豆村时,才十七岁,像个孩子。

人们不太想得通:李秋云怎么嫁给了三和尚。

那时,三和尚总戴一顶网眼帽子,即使炎炎夏日也不肯
摘去。

其实道理很简单:三和尚出身于木匠世家,几代人的辛
劳,积累了一份很像样的家产。五间青砖青瓦房高高矗立在
尽是低矮茅舍的村子里,家中的樟木箱子里压着许多布
匹……另外一点也很重要:木匠手艺传到三和尚手上,已到
了极致。三和尚的手艺,方圆几十里,路人皆知。李秋云的
父母认定了一个颠扑不破的真理:荒年饿不死手艺人。于
是,尚处在懵懵懂懂之中的李秋云便懵懵懂懂地嫁给了三
和尚。

三和尚很疼他的老婆。有好几年,他就不出远门干活
去,总是守着她。她也不让他远走,说:"房子大,晚上睡觉

我怕。"

　　过了一年又一年,李秋云越发出落得好看了。同时,人们也隐隐地看出她的眼睛里比原先多出一丝惶惑,一丝茫然,一丝忧伤。人们有时看到她拎着水桶,站在河边上望着自己的影子愣神,还看到她有时站在池塘边,好半天动也不动地望着远天的几片闲云。她人也似乎变得特别容易伤感。一场大风雨,把她家门前树上的喜鹊窝摧毁了,一只羽毛未丰的小喜鹊落在了菜园里。她捉住它,好一阵心疼,然后到处问孩子们谁能养活它,明子想了想,要了它。明子老记着她将小喜鹊交到他手上时她那双充满怜悯之情的眼睛,就小心地喂养它。可是过了半个月,小喜鹊到底还是死了。明子记得,当她知道这一消息时,笑了一笑说:"我也在想,恐怕是养不活的。"她的眼睛里却蒙上了泪幕。

　　两三年前,人们发现,李秋云的眼神重又晴朗起来,并且人也比过去活泼了许多,脸色总是红红的,说话时微微有点喘,像是刚刚小跑了一阵。

　　一回,明子去放羊,听见前头一个大人对另一个大人说:"李秋云跟川子好。"

　　明子似懂非懂。但他觉得李秋云是应该跟川子好,并在心里悄悄地一阵高兴。明子一直在心里莫名其妙地嫉妒三和尚。每当他在路上遇到李秋云和三和尚时,明子只叫"秋云嫂",却不叫三和尚。关于川子,明子只有一个看法:川子是好汉!

　　川子比李秋云要小几岁。川子人长得很帅,高个,浓眉大眼,走路能走出风来。川子不管走到哪儿,人只要往那儿一站,就把人都镇住了。川子人也好,很乐于助人,特别是那些弱小的人。这几年,川子还显出了人们过去未能意识到的本领和智慧。他从办窑厂开始,到如今,居然开出三个厂子:服装厂、皮革厂、草编厂。三和尚早已不是小豆村的富人了。但川子还是从前那个见老人过桥,赶紧翻身下车去搀扶老人的川子。川子是明子心目中的英雄,川子也是明子的朋友。明子叫川子为哥,不叫叔。

那天,明子到离村子一里多地的芦滩上捡螺蛳,一抬头,眼前的情景让他惊住了:川子和李秋云正手拉手,走向芦苇荡的深处。

芦荡尽头,正悬挂着一轮巨大的夕阳。橘红色的阳光,柔和而烂漫地照着深秋时节的芦苇。那一蓬蓬芦花在阳光下闪烁着迷人的亮光。远处的水上,有一条帆船在夕阳的背景下缓缓而行。

李秋云偎依在川子的怀中,迎着夕阳,一步一步地往前走。

明子觉得他们很光彩,样子很好看。

明子一直看到他们消失在芦苇荡的深处。

明子背起柳篓往村里走,一路上很兴奋,时常蹦跳几下,直弄得篓子里的螺蛳“哗哗”响。

三和尚的家门口,是明子的必经之路。当他临近三和尚家时,他心里忽然对三和尚产生了一点同情和怜悯。他下意识地掉过头去,望了一眼那片在黄昏中已经模糊成一片的芦苇荡。

从三和尚家的院子里传出一阵阵沉闷的劈裂声。

明子在院门口站住,还听见了三和尚的粗浊的喘息声。他停了停,轻轻走过去。从门缝往里窥探着:三和尚甩掉了帽子,露着光亮的脑袋,赤着上身,抡圆了胳膊,正用一把寒光闪闪的斧头去砍一个新做好的大衣柜。明子知道,那大衣柜本是三和尚在家做好,准备运到县城里去卖的。三和尚现在却在一斧子一斧子地劈。三和尚的样子很可怕,眼睛红红的,喉咙里呼噜呼噜地响。那只大衣柜一会工夫就瘫痪在了地上。三和尚还不罢休,仍然用斧子去劈那些板子,仿佛要将它们劈得粉碎。三和尚终于精疲力竭,两只胳膊脱臼了一样,疲软地垂挂着,那把斧头要着地不着地地还抓在右手里。他神情又凄清又木然,失神地望着院顶上的天空。那样子很像一只被啄掉了毛已无一丝抗争力量的公鸡。

明子的心不禁难过起来。

三和尚似乎觉得院子里太闷人,走过来拉开了门。

明子第一回叫了一声"叔"。

三和尚坐在门槛上,用那双可以制作世界上最精美家具的手,抱着自己那颗让他感到猥琐的脑袋。

明子低下头去往前走,没有回一次头。

…………

明子当然知道,眼前唱得泪水盈眶的三和尚今晚如此心情到底是为什么。并且,似乎只要他肯想,还能想明白三和尚为什么要远远地离开小豆村。

眼前展开的世界倘若能给他们带来信心、舒适和快乐,三和尚的心情也许不至于糟糕到这步田地,然而情况很不如意。这个世界虽不拒绝他们,但冷漠无处不在。今晚上,这种感觉变得格外的强烈。

在明子看来,三和尚的悲哀也许夸大了一些,他有点太声嘶力竭。但即便如此,三和尚的吼唱,仍然还是引起了明子的感情共鸣。有一阵,他用正在变音的嗓子,很难听地轻声跟着唱。

大悲调的数板,最使人肝肠欲断。

黑罐的弓歇在琴桶上。

三和尚深吸了一口气，开始一段漫长的数板，数板的要求是句子间无间隔，中间不能换气，一气到底，声音由低到高。节奏逐步加快，如同一匹悲愤的马从黑云下奔驰而来。三和尚字字句句，一通数落之后，黑罐一起弓，三和尚又自然转入唱腔。黑罐手中的弓像在寒风中的一条绸带在弦上颤抖不已，随即在进行了一个旋律的大回旋和节奏由快到慢、声音由高到低的过程之后，黑罐的弓终于与三和尚的声音一起息住。

三和尚长吸了一口气，又长舒了一口气，显出一副身心疲惫又很轻松舒坦的样子。

黑罐揉着酸痛的手腕，也很满足，像终于卸了一副粪桶担子那样。

明子忽然觉得他们很可笑。

5

明子已接到了一份活，待做完这个人家的活，就去做。明子就不必去等活了，与三和尚和黑罐一起来到这个"绝八代的"人家。

"绝八代的"要为三个儿子做三套组合家具，现已做了一套，还剩两套。

"绝八代的"与三和尚商定：不按工作日计算工钱，三套家具的钱一把扔，另管中午晚上两顿饭，至于香烟等，看着给。"绝八代的"是这样打的算盘：若按工作日算，木匠们就不会卖力气赶活，拖个十天八天的，除了多给工钱，还得赔进去许多工夫和饭钱。

三和尚他们干得很窝火："绝八代的"招待得太不像话。

三和尚他们到达之后不久，"绝八代的"男主人拿出三包香烟来，递给三和尚一包，扔给黑罐一包，还有一包抓在手上不松，问明子："小师傅也会抽烟？"

"抽的。"三和尚说。

"绝八代的"男主人，将烟在手里掂了掂，只好朝明子扔过来："给！"便进屋去了。

三和尚点起烟来，觉得抽起来很费力，便从嘴里拿下来看，发现那本来就算低档的烟还霉了，心里就很生气，对黑罐和明子说："你们俩，都把烟点起来，过一会儿，他们来问什么，谁也不许吭声。"三和尚决定损一损"绝八代的"。

过一会儿，"绝八代的"男主人又走出屋来，问："师傅，还差什么？"

三人皆无言。

"师傅，今天不需要买什么东西吧？"

仍无语。

"师傅，怎么不说话呢？"

三和尚从嘴角摘下烟来，不真不假的："能说话吗？一说话，这烟就灭。"

"绝八代的"女主人出来听见了，摆出一副很抱歉的样子，"哎哟，是让孩子去买的，他也不看看烟霉了没有。"其实这烟就是她自己买的，是处理烟，两毛钱一包。

一阵小小的不愉快之后，三和尚还是回答了主人的问话："马上要用三合板了，买个八张吧。寸半的钉子买半斤。乳胶买三瓶。两寸合页买二十，寸半合页买十六。大把手八对，小把手十对，什么样式的，你们自己看着买。"主人走后，三和尚就开始分工："明子凿眼，黑罐锯料，手脚麻利一些，赶早离开这绝八代的人家。"

三和尚干活很潇洒,一招一式,都很讲究。也只有在这种时候,明子和黑罐才对他有所好感,并且还有几分钦佩。

三和尚对工具绝对考究。他固执地认为,好木匠必须有一套好家伙。他的锯子、斧头、刨子以及各种型号的方凿圆凿,都是精选或精制的,并且他绝不让别人动一下它们。他把这些工具,总是磨得(锉得)锋利无比,绝不将就着使用。他深深地记住祖父的遗训:"工欲善其事,必先利其器。"对待徒弟们,也是这样要求,见谁敢用钝了口的工具,马上就骂。他甚至因为黑罐一连两天不磨斧头动手重重打过黑罐一个后脑勺,还恶狠狠地骂了一句脏话。他要求徒弟们必须一丝不苟,哪怕就是晚上收工,也得有规矩:各人必须将自己的家伙一一收好,不得到处乱丢。什么事,他都讲究一个漂亮。一处干完活,在装家伙时,必须按一个固定格式装:将松紧锯条的绳子放开,将其他工具插入其中,先放大刨,后放小刨,再放包着凿子等小工具的麻布包。那锯梁上有一个眼,钻头正好戳入其中。上路时,钻杆斜斜地往肩上一放,全部家伙便很整齐平稳地靠在了背后。三人的都一样,一路走倒也真是好看。

三和尚的计算能力很让人吃惊,不管什么样的家具图纸,他一拿到手,只要将那尺寸看清了,便立即能告诉主人需用多少方料。家具做成了,这料几乎不多不少。做家具的第一道工序是打线放料。三和尚好像绝不思索,一把尺,一只墨斗,很迅捷地量,很迅捷地打墨线,那料一根一根地在他手中颠倒和翻动,从一边不停地扔到另一边。几套组合家具做到最后,一尺长的衬儿都不会多一根少一根。

明子和黑罐在三和尚打线放料时,还未有活干,就在一旁呆呆地看,觉得三和尚真是个神人。

锯、刨、凿,三和尚样样拿手,而最拿手的是砍、劈、削。三和尚的一把斧头,是出了名的。正是这把斧头,明子和黑罐家里人才让他们去跟三和尚学木匠活。那斧头极稳地被他操在手中,力量按他的意志,恰到好处地贯彻到斧口上。他曾不用锯子和刨子,只用一把斧头做出一组家具来。写字台的桌面,用四五块板子拼成,边与边之间,皆用斧头管直管平,做成后竟看不出头发丝粗的缝隙。

明子和黑罐很喜欢看三和尚干活。一种节奏,一种韵味,一种力量,一种派头,很让人激动,又很迷人。

即使“绝八代的”人家如此“绝八代”,在三和尚的指挥下,也还是把一套家具做得无可挑剔,使主人禁不住夜里打亮灯又观赏一遍。

“这户人家没良心!”三和尚吐掉只燃去一小半就熄灭了的烟说,“这活得看着干了。”

这等于给了明子和黑罐一个信号:这活可以干得不必太认真。

平素干活,三和尚有一个规矩:不准说话。因此,明子与黑罐觉得与三和尚一起干活,真是实在太寂寞又太闷人。今天,由三和尚自己破了这一规矩。他慢悠悠地划线,慢悠悠地与明子和黑罐聊开了:“过去干木匠活,可比现在有趣多了。就说做船和修船吧,那活干起来,比看一场大戏都有意思。过去没有水泥船,我们那一带都是木船,最大的木船有五间屋长,是海船。每年秋天,收了庄稼,总有许多船拉上岸来修理和重新刷桐油。那活大,自然不是一个,也不是两三个木匠干得了的,就由船主请来方圆十几里的十几个几十个木匠来围着干。船倒扣过来,摺在架子上,上下都有人干,该换板的换板,该补的补,该堵的堵,缝里的旧麻丝全都剔出来。一切都弄清楚了,就上最后一道工序,那就是刹麻丝。那时,所有的木匠,都来干同一种活。大多数时候,各个木匠都散漫着干,但每天太阳将落不落时,总有一次像唱歌似的大合奏。大伙推出一个领头的,由他起板落板。这人,自然是手艺最好的。"说到这儿,三和尚满脸放光,"只要里头有我祖父在,这领头的就肯定是我祖父。如果我祖父不在,我父亲在,跑不了,肯定是我父亲。其他人都拿一把斧头一把凿,只有领头的是拿一把斧头和一把送钉。其他人都围着船帮,只有领头的坐到翻过来的船底上。大伙都将麻丝与油石灰在船缝里浅浅地填好,左手把凿子抓定对着船缝,右手皆把斧头举起来,一齐用眼睛望着领头的……"

明子和黑罐都禁不住停下了手中的活计,把眼睛直勾勾地望着眉飞色舞的三和尚。

"每逢这时,总要围上成百的人来观看。那一刻,鸦雀无声。只见领头的举起斧头,轻轻地一击送钉,那送钉又正巧打在钉上,就发出'丁'的一声。斧头再举起,再击,这一回比头一回力重。随着第三声'丁',所有的斧头齐刷刷地击下去。不是随便击的,有一定的谱,过去的木匠都得学,都得记住。那谱是这样的:丁丁答、丁丁答,丁丁丁丁答,丁答、丁答、丁丁丁丁答,丁丁丁、答答答,丁丁丁丁丁、答答答答,答答丁……"

三和尚很带劲地在嘴里打着这些节奏。明子和黑罐被这种节奏弄得很兴奋,情不自禁地在地上跺脚。

这单纯的"丁答"声,似乎变幻无穷。三和尚说:"打下去,得有二十分钟。是好听吧?你们想呀,那大船就成了黑罐胡琴上的琴桶,这么多人一齐敲打,那声音还不传出去四五里地？这么打呀打的，那钉子也就慢慢地送进板里去了，那麻丝也就慢慢地、结结实实地刹进船缝里去了。最后收音，那干脆，刀切的一般齐。"他看了一眼明子和黑罐那副入迷的神态，问："怎么样，想打吗？"

明子和黑罐都点头。

"那好。虽然你们永远也不会再去修木船了，但学了这一套也不枉为个木匠。"三和尚便一遍又一遍地教明子和黑罐。

黑罐脑子慢，总也记不住。三和尚不时地骂"笨蛋"、"笨瓜"或"葫芦不开瓢"。

明子脑子快，几遍就记住了，并跃跃欲试。三和尚也乐意重显往日的雄风，便让明子拿了家伙，两人一个"丁"一个"答"地试打起来，几遍过后，居然能不打一个磕巴地连贯一气了。这"丁答"声如同对话，一呼一应，一唱一和，在这"绝八代的"院子里，热热闹闹地响着。

"绝八代的"男主人和女主人，起初倒也被这节奏所动，跟着拍脚板子，但立即想起来：这么样子干活，得多贴好几顿饭。于是男主人笑着说："三位师傅，差不多啦。"

三和尚和明子依然在打那点子。

女主人上前道："师傅，还得求你们抓紧干活。过些天，他还得到贵州去出差。"

明子说："你又不出差。"

三和尚笑着说："就算你们俩都出差，还有三个儿子在。总不能一家子都出差吧？我们这也叫休息。歇出劲来了，这一会半会的工夫也就找回来了。"

男主人与女主人只好干笑着走进屋里去。过一会儿，女主人送茶来了："喝点茶吧。"

那玻璃茶杯里,倒也有半下茶叶,但那水却还是白的。等女主人走进屋子,三和尚呷了一口,一皱眉头:"一点茶味也没有。"

明子过来看了看,一语道破:"是他们家人喝剩下的茶。"

三和尚觉得受了侮辱似的,对黑罐说:"泼了!"

黑罐就把茶一杯一杯地泼在地上。

三和尚一肚子气,转而冲黑罐嚷道:"你那是锯料呀?倒轻手轻脚的,木头怕疼是吧?"

黑罐有点无所适从,也是三和尚说的,干活手脚要轻。

三和尚瞪了一眼黑罐,先不再管他,莫名其妙地谈起高桥头的木匠鸭宝来:"鸭宝这人很坏。一回,碰到一个抠门的人家,他一生气,趁人家主人出去拉屎的工夫,把四五根木方子都锯掉了一截扔到了垃圾桶里,然后用泥抹了抹茬口。人家那木料是根据尺寸买的。鸭宝等主人回来,说料不够长。那主人就扛着木料到木材厂去吵了一架,临了,还得掏钱再买。"

黑罐一边听着,还是一边小心翼翼地锯着。

三和尚放下墨斗,盯了他一阵说:"明子,你来放料。"

明子心里明白三和尚的念头,拿过黑罐手中的锯子,睁着眼睛就把锯子放在了线里两寸远的地方。

黑罐叫起来:"明子,不在线上。"

还没等黑罐说完,那锯子已经下去半寸深了。

黑罐还要叫,三和尚踢了他一屁股:"瞎叫什么哪?"又走过来冲着明子说:"你眼瞎啦?还不快把它由竖料改成横料!"

明子拿过一根横衬来比着,又是几锯子,把一根好端端的竖衬料子改成了横衬。余下的那一小截木料,就躺在了地上，让人看了觉得好可惜。

黑罐从地上捡起那一小截木料来看着。

三和尚一把夺过来："锯了你胳膊啦？"顺手一扔，扔进了一大堆刨花里。

中午吃饭，主人家照例先吃了，然后再请三和尚他们进屋吃。三和尚他们明明闻到了炸带鱼味和炖羊肉味，明明听见过一阵烹炒声，但现在放在他们面前的还是一大碗清水煮白菜。那家人来来回回地走，一个个嘴上还油光光的。那女主人显得万分的亲切："三位师傅就别客气，干这力气活真不容易，务必将饭吃饱了。"

三和尚一声不吭。

黑罐只顾呼噜呼噜地喝汤。

明子真想将汤碗扣到那个一脸慈母笑容的女主人的脑袋上。

三天后，男主人搔着无毛的后脑勺，很纳闷地问三和尚："师傅，这三合板用起来怎么这样快呢？我快几乎天天买三合板了。"

三和尚一脸不高兴："你们家人一时也没离开过我们。晚上收工，你们也都是看着我们走的。这三合板那么大，我们也不能揣怀里一块带走吧？"

男主人连忙说："不不不，没那个意思。我只是纳闷。"

明子心中暗笑：板子是还在你们家，但在大柜的夹层里。

新式家具做起来很简单：做一个架子，然后里外拍一层三合板或五合板。这两天，明子趁主人不在意，就将几块大大小小的三合板藏到了夹层里。明子干时，三和尚是看见的，但却微微发一冷笑，并不去阻止他。

三个人很窝火地又做了几日。这是最后一天了。一大早，就听见男主人对女主人说："今日晚饭前，活就完了。中午多割些肉回来，谢谢三位师傅。"

过了个半把小时，三和尚他们确实看见女主人的篮子里有一大块肉在一闪一闪地亮。

明子心里说：铁公鸡，到现在才肯拔毛！

三人干活就略微认真了一些。可是中午坐到饭桌前时，他们看到女主人端上的倒也是一碗肉，但却是没有一丝瘦肉的大肥肉块子，那肉在碗中颤颤的让人发腻。木匠们一直是吃得很好的。即使在城里，不管去谁家干活，就冲三和尚那一手好木匠活，人家也会好好招待他们的。明子他们是肉吃够了的。明子夹了一块，直觉得那块在筷子上光打滑的肥肉，活像一只白白的会蠕动的大肥虫子，心里禁不住一阵恶心。他把碗放在桌子上，看了三和尚一眼，一口气往碗里夹了七八块大肥肉，说到院子里看一眼乳胶瓶子盖上没有，将碗端了出去。

那些家具基本上都已做好，还有两组柜子，就剩外面拍板了。

明子走过去，站着不动好一阵，最后突然打定了一个什么主意似的吐了一口气，用筷子夹起肥肉，一块一块地扔到了夹层里。

傍晚，终于彻底收工。

男女主人加上三个儿子一起出来，与三和尚他们好一番客气，将他们送出门口。

路上，三和尚问明子："你那碗肥肉呢？"

"扔到夹层里了。"

"为什么？"

"夏天，让这绝八代的人家闻闻臭味。闻到臭味还找不出臭味在哪儿。"

"你小子太坏!"三和尚的表情说不清是指责明子还是赞许明子。

又走了一会,三和尚说:"对拿人不当人的人,不能太客气了。"三和尚教给明子和黑罐的,不仅仅是技艺。

6

冬天已经走来。

天空开始变得灰暗起来,无精打采地笼罩着城市。最先掉光叶子的,是这个城市长得最多的白杨树。路边水沟里,已被落叶填满。清洁工们无可奈何,只好点起火来焚烧,因此,到处可见一团团烟雾。它们飘散到空气里,与无数家小餐馆的火锅中冒出的烟,与街头无数个烤羊肉炉子冒出的烟,与一辆辆巨大的运输车冒出的烟混合在一起,把本已在灰暗天色中的城市弄得更加灰暗。

三和尚又让明子来等活。

在路边,明子见到了许多熟人,又见到了许多陌生的面孔。人数又比以前多了不少。这说明,没有活干的情况越来越严重了。天暖时,人们可请木匠在室外干,而天一冷,则需在室内干。可又有多少人家有空房子够木匠施展的呢?即使想做家具的人家,也在心里说:等明年开春再说吧。生意就这样自然清淡起来。大街上依然人来人往,但很少有人注意这些眼巴巴的木匠们。他们一个个如同飞累了的鹤,神情漠然地立在路边上。

明子似乎并不特别悲观,他总相信自己能等到活。

他有点想鸭子。

鸭子好像知道这一点，骑着一辆破自行车出现在他眼前。

"你的车?"明子问。

"买的,才四十块钱。"鸭子说。

明子看了看说:"我骑骑。"

"骑吧。"

明子不太会骑车,车歪歪扭扭地往前滚。这车太破,链条磨着链盒,不住地发出"呱唧"声,满街的响,引得很多人掉过头来望。

这辆破车,引起了木匠们的极大兴趣,甚至兴奋。一张张木然的面孔,一下子皆活泛起来。他们就这样一天天地毫无希望地等待着。尽管谁也没有捆绑住他们,但他们却必须坚持在这儿。就这么站着,就这么坐着一天下来,枯燥得要命。他们真希望能发生件什么事情。一辆自行车从大街上过去,那挂在车把上的篮子里有一条活鱼蹦到了柏油路上,在光天化日之下蹦跳,就这样一个新鲜的形象,也会引得他们一个个都振作起来。当那骑车的下车抓那鱼而抓了几次没抓住时,他们就会激动得"嗷嗷"乱叫。

明子也很兴奋,那"呱唧"声越大他就越兴奋。那车像喝醉了酒,在大街上横冲直撞。

木匠们又"嗷嗷"地叫了起来。

当明子把车骑回时,便有很多人过来抢:"让我骑一下!""让我骑一下!"

这辆破车,激活了毫无活气的木匠们,一个个皆动作起来,来回地跑动喊叫。直到鸭子心疼得快哭了,明子才把那辆车夺回来。

他们又回到了原来的氛围中。

"买车干吗?"明子问鸭子。

"一天可多跑些地方,多让鸟叼些钱。还有,我愿骑着它到处玩。"鸭子一点不像这些垂头丧气的木匠们,而总是无忧无虑。

"冬天来了,你住哪儿?"明子问。

"一个老奶奶给了我一间小屋,那小屋原先是她的小儿子养鸽子的。你什么时候去我那儿玩玩吧。"

"有门牌号吗?"

"有。"

"往你那儿寄信行吗?"

"行。"

"我们没有住处。家里没法往这儿寄信。你给转一下吧。"

鸭子给明子留下了地址,明子也给鸭子描述了他们的窝棚所在位置。

"这些天,你还来这儿吗?"鸭子问。

"等不到活,总得来等。"

"我挺忙的,先走了。傍晚时,我再来找你。"鸭子骑着车走了。

明子望着鸭子由于腿短不容易够着脚蹬而一扭一扭的小屁股,听着"叽唧叽唧"的磨擦声,心里不禁有点喜欢起鸭子来。

或许是对等待失去了信心,或许是因为生活上发生了困难,在鸭子走后的一两个小时里,有两个木匠仅为了很少一点报酬离开了这里。一个是给人家去修理厕所的门,一个是给人家去做一只狗窝。主人们把价钱压得很低,若再讨价还价,就甩一句"不想做拉倒",摆出决意要走的样子。这些木匠们似乎没有太多的人的自尊和职业的尊严了。严峻的生存处境使他们也顾不上太多不实在的东西了。

长久地坐在马路边上，明子感到有点寒冷。这儿的冬天似乎要比老家那儿的冬天来得快一些。明子不禁又想起老家来。

深秋的风吹着芦苇荡，露出一弯弯正在啃草的牛背来；

水边的芦苇经不住粗硕的芦花的重压，将腰弯下，像是在饮水；

天空里的雁阵，正在白云下慢慢地南下；

田埂上，安闲地停着几只乌鸦；

…………

明子有一种预感，寒冷的冬天里，他将会在这座城市里接受一种前所未有的煎熬：他们将经受严冬的磨难；活会很少，甚至没活，日子必定艰难；他的尿床也将会频繁地发生，而冬天是很难晾干被子的。此时此刻，他觉得那个贫寒的家才是温暖的。他有点恨起三和尚来：为什么要把我们带到这么远的地方？

下午三点钟左右，终于来了一位顾客。

首先抢到他跟前对话的是从山西汶水来的一个木匠。木匠们都叫他"巴拉子"（他的面颊上有一块疤。据说，是在以前抢活时与湖南帮木匠发生打斗时，被对方砸过来的凿子划破的）。他本来就很凶，这几天，因为一直等不到活，变得更加暴躁了，整天憋足劲要和谁打架。因此，当他抢了对话权之后，别人也就不太敢凑上前去搭话了。

在一棵被附近饭馆的油烟熏黑了的树下，软塌塌地坐着一个小木匠。他来自安徽大别山山区，年龄比明子还要小，脸蟹壳那么大，黄黄的，两只眼睛由于瘦弱，显得更大。他一直看着那个顾客与巴拉子在讨价还价。

"一组六十五块,管中晚两顿饭。"巴拉子坚持这个价格。

顾客:"一组六十块。"

"六十五!"

"六十!"

"六十就六十!"巴拉子退让了一下。

顾客:"不管饭。"

"那不行,管饭六十,不管饭七十。"

"不做了。"

"拉倒。"巴拉子转过身去,做出一副不稀罕的姿态。

小木匠站了起来。他的眼睛里闪着亮光。他已经等了十几天活而毫无结果了。他的师傅已经认为他"没用",而准备叫他回老家去了。他似乎有点畏惧巴拉子,可是渴望得到活计的念头,又是那么的强烈。他勇敢地走向那个顾客。

所有的木匠都望着这个穿着过于肥大的绿军装的瘦小身躯,向前迟缓地移动。

巴拉子把眼珠撂到了眼角上来侧视他。

他像一只见到一汪清水而不顾危险的小鹿,仍冒冒失失地往前走。

明子禁不住从地上站了起来。

小木匠走到顾客面前:"我可以让我师傅他们去做。我师傅是有名的木匠。"

"六十块一组不管饭?"

"六十块一组不管饭。"

"什么时候可接活?"

"两天。"

就在这时,巴拉子过来了,飞起一脚,踹在了小木匠的屁股上。小木匠向前扑去，跟跄了几下，终于扑倒在马路上。

木匠们又"呼啦"一下围过来。

小木匠久久趴在地上。当他终于爬起来时，地上已有一摊血。他的鼻子下挂着两条血痕，眼中噙满泪水。

巴拉子还要上来继续揍小木匠。

明子忽然冲过来，像参着毛的小公狗，朝巴拉子龇着牙："你敢！"

许多木匠不敢与巴拉子交锋，神色慌张而胆怯，只是将小木匠护在身后："算了算了，就饶了他吧。"

巴拉子不干，让他的一帮人上，继续揍小木匠，也揍多管闲事的明子，嘴里骂的不能听。

明子被木匠们按回去一会儿，又挣出脑袋来，朝巴拉子还以脏骂。

忽然有人叫："警察来了。"

巴拉子一点不在乎，冲过来，一把又揪住了小木匠，扬手就打，被两个警察反扭着甩到了一边。他疼得直咧嘴，但还是要往小木匠身上扑，被两个警察死死扯住。这个家伙完全失去了理智，竟反转身与警察挥起拳头。两个警察火了，一使专门训练的招数，一扭一撇，就将他牢牢缚着并扭走了。一路上，他仍骂骂咧咧，并不时发出狼一样的嗥叫声。

木匠们的心情忽然沉重起来。

那个小木匠"呜呜呜"地哭了起来。

那个顾客早没了影子。

听着巴拉子的嗥叫声渐渐消失，明子说不清楚心里是什么滋味。

木匠们又回到了自己的位置上，依然又是那番神情。

小木匠坐在马路牙上，把下巴放在膝盖上。

不到傍晚,鸭子就来了。见明子心情很不好,就不跟他多说话,静静地坐在他身旁。鸭子其实也很孤单。他想有一个朋友。他说不清原因,老惦记着找明子玩,想与他呆在一起。那鸟似乎很累了,蹲在竿头上,把嘴插进羽毛里困去了。

　　太阳即将落进西边的山谷,天空中,飞着一大群从郊外觅食而归的乌鸦。它们在空中"哇哇"鼓噪着,黑压压的一片,正往城中的一些安静的林子飞去。

　　明子一直注视着一个五十多岁的大爷。他推着自行车,沿着马路边慢慢地往前走,一副犹豫不决的样子。他想停住向木匠问点什么,可是又没问。迟疑了一会,他终于骑着车走了。

　　明子的目光便随大爷的后背挪移着。忽然,他跳了起来,对鸭子说了声"你看住漆板",推过鸭子的自行车上了马路,并立即骑上,朝那位大爷追去。

　　自行车依旧"呱唧呱唧"地响。

　　追了好远,明子才追上那位大爷。他骑到大爷身边,很乖巧地叫了一声:"大爷。"

　　大爷一扭头,见明子正冲他甜丝丝地笑,问:"你叫我?"

　　"当然叫您哪,大爷。"

　　"有事?"

　　"您想找人做木匠活,对吗?"

　　"你怎么知道的? 我也没说。"

　　"您这已是第三回来了。"

　　大爷瞧着明子一副机灵相,心情颇愉快:"你倒眼尖。"

　　"您大爷心好,怕问了人家,人家答了话,您若不想做,心里觉得对不住人家。要不,您就是心里没底:就这些木匠,能把活做好? 所以您就没打听。对吧,大爷?"

　　大爷笑了："你这小嘴!"他把车朝路边骑去。

　　明子便跟了去。

　　大爷下了车,明子也下了车:"大爷,您就做吧。"

　　"就你?"

　　"不,我哪能给您大爷做呀? 我是等活的,不是干活的。干活的是我师傅。我师傅是有名的木匠,人家叫他三斧头,他光在这城里干活,就四五年了。只是现在天冷,活淡些,放在春天,您大爷请都请不来。今年春上,我们在东城做家具,一连三个月没有挪开窝。家具做好了放在那儿,没有不说活细的。这家没做完,那家就等着了。谁吹牛,谁是小狗子。大爷您做吗?"

　　大爷犹豫着。

　　"您怕价高?"

　　"多少?"

　　"您说个价。"

　　"还是您说吧。"

　　"一组六十五块,管中晚两顿饭。不贵,他们都要七十块。谁骗你,谁是小狗子。"

　　大爷拿不定主意,推着车往前走。

　　明子紧跟相随,一路磨着,直磨到大爷掏出笔来,在纸上写了家庭住址,还画了一张线路图,并死心塌地要将一份很可观的活交给明子他们做。

　　明子拿了住址,又将大爷送出去二十米远,说声"大爷,慢骑。"才往回骑。一路上,他很激动,把车蹬得飞快,并故意歪歪扭扭地骑。那"呱唧"声,生猛地在黄昏里传播着。

　　鸭子还守在那儿等他:"有活了?"

　　"有了。"明子把车还给鸭子,"我可能要过十多天才能到这儿来。想找我玩,晚上到我们的小棚子找。"说完,他收拾起漆板,将它们扔进包里,与鸭子又说了几句话,就互相分手了。

　　路边的木匠们都已走了。

　　明子往车站走去。当他回头再瞥一眼路边时,突然发现那个小木匠还坐在树下,那几块已失去光泽的漆板还在马路牙上摆着。他的一双大眼在昏暗的灯光下发出饥饿的亮光。

　　明子站住了一会,朝他走过来:"你还没走?"

　　小木匠显然刚刚哭过,声音有点哑:"我再等等。"

　　"天已黑了。"

　　"我再等等。"

　　"先回去吧。"

　　"我再等等。"

　　"还等什么呢?"

　　过了一会儿,小木匠还是说:"我再等等。"

　　明子看了看他,转过身去,还是往车站走。他感觉到小木匠从树下站起来,又停住脚步往回看。

　　小木匠果然站起来了,目光里含着一种惜别,一种难过,一种无奈,望着明子。

　　明子走过去。

　　"也许我明天不来了。"小木匠说。

　　"为什么?"

　　"我要回老家去。"

　　"你师傅让你回去?"

　　"我等不到活。"

　　明子不知向他说什么好。只是把头低下去。过了好一会儿,他弯下腰去给小木匠把漆板和那块招揽生意的牌子收起,送到小木匠手上:"回去吧。"

小木匠接过这堆板子。

"回去吧。"

"我再等等。"

明子转过身,大步朝车站走。当他穿过马路再回头望时,他看到灯光下的小木匠,又把那些板子一块一块地放开,然后又坐到了冰凉的地上,紧紧地蜷着身体,以抵御晚间的寒冷。

明子的鼻子酸了,并有泪水模糊住眼睛。看了很久很久,他突然大步走回街这边,一直走到小木匠的面前,将那张纸条递给他:"我等了一份活。这是这家的地址,你拿着。"

"不,我不要。"小木匠突然哭了起来。

"拿去吧。对你师傅说,务必要把那位大爷家的活做好了。"说完,朝车站跑去。

"明子——"

明子再也没有回头。

7

以后的日子里,明子的运气并不好。他总也等不到活。他希望鸭子能来找他玩,可不知为什么鸭子总也不来。

这天下午,明子实在等得不耐烦了,便早早地离开了这里。

明子下了汽车,要穿过一大片住宅区,才能走回小窝棚。

明子在楼群间走着,无意之中,看到前方的空中有一块白色的纱巾在往下飘落着。那纱巾在几座高楼形成的"峡谷"气流中,还往上空飘了一阵,然后才极缓慢地往下飘来。

在毫无生气、一切都变得僵硬单调的冬日,这一形象就显得很生动。明子一点也不急着赶路,他站住,用眼睛一直盯住它。

纱巾终于落到地上。一阵风从地面上卷来,将纱巾吹成一团棉絮状,将它吹向路边的臭水洼里。

从十多层高的阳台上,传来一声柔弱的女孩声音:"能帮我捡一下吗?"

明子抬头仰望,只见高高的阳台上,有一张苍白的脸正往下望,与此同时,他还见到阳台栏杆上贴了许多五颜六色的画。

"行吗?"女孩用女孩特有的声调问,并配以女孩特有的目光。

纱巾继续吹向臭水洼。

"它就要落进去了。"女孩不禁从栏杆上伸出胳膊。

当纱巾就要被吹进臭水洼的一刹那,明子箭一般射出,一把抓住了它。他仰头望着女孩,举起纱巾,仅仅用神态和姿态对她说:你下来取吧。

女孩不知为什么犹豫着。

明子还是向她举着那条纱巾。

女孩不安地问:"你能帮我送上来吗?"

"你为什么不下来自己取呢?"

女孩将头侧到一边去。当她再次把脸转过来时,不知为什么,已是满脸的伤感。她望着明子:"你能帮我把它拴在那根树枝上吗?"

明子走向那根树枝。当他回头仰望女孩时,他见到的是一双温情脉脉忧伤动人的黑眼睛。那双眼睛在病态的脸上,正失望地看着她的那块洁白的纱巾。明子停住了,转身问:

"你住在几楼?"

女孩似乎在出神地想什么,没有听见明子的问话。

"你住在几楼?"

女孩微微一惊,答道:"10楼。1008号。"

"你等着吧。"明子走进门洞,找着楼梯,"吭哧吭哧"地爬到10楼。他找到1008号,那门已开着。他眼前的情景是:红地毯上,小女孩安静地坐在一张轮椅上,正感激地望着他。

明子将纱巾递给她。

女孩接过纱巾:"你进来吧。"

明子望着红地毯,迟疑不决。

"进来吧,没事的。"

明子很不自然地走进屋子。

"你怎么这么长时间才上来,电梯忙吗?"

"我不知有什么电梯,我是爬上来的。"明子用袖子擦了一下额头上的汗。

女孩笑了,随即用手去转动轮椅,为明子忙碌起来:拿毛巾,剥橘子,倒饮料……

明子一边很不好意思地推让着,一边问:"你们家还有人吗?"

"我爸爸是记者,我妈在一家公司工作,他们总是一早出去,天很黑很黑了,才能回来。"

"一天里,就你一个人在家?"

"嗯。"

明子心里有点为这女孩难过起来。

或许是这女孩太孤独、太寂寞,明子的到来,使她控制不住地兴奋和快乐起来。她的脸色变得红润,那双眼睛变得明媚而活泼。她忘了自己身下的椅子,全当它是轻盈的双足,将轮椅在屋里来回地转着,一会指指墙上的一张照片:"那是我爸,那是我妈。"一会从里屋抱出许多只有一个女孩家才喜欢玩的各种长毛绒玩具来。

"你们家阳台上贴了那么多画,是你画的吗?"

"嗯。"

"为什么贴在阳台上?"

小女孩忽然地又伤感起来:"当爸爸妈妈上班的时候,我在屋里憋得慌,就到阳台上去,看外面的天空,外面的小花园。我特别喜欢看到的是人。我看他们提着篮子买菜,看他们从小车里探出身子来……最最喜欢的是,他们也能看我。我就把画贴到阳台上。学生们放学路过楼下时,就会抬起头来望。那一刻,我心里真高兴。过些日子,我见他们不再抬头看时,就又重新换上新画的画。"

明子环顾了一下屋子,觉得这屋子特别的空大。

"你是个木匠,对吧?"

"你怎么知道的?"

"我天天在阳台上看外面,好几次见着你和另外两个人背着木匠工具,从这楼下过。"

明子点点头:"我们就住在后面不远的地方。"

"你叫什么名字?"

"明子。"

"我叫紫薇。"

"我该走了。"明子局促地一边搓着手,一边往门外退。

紫薇一直把明子送进电梯里。

明子回到窝棚后发现只有黑罐一个在,问:"他呢?"

"他让我在家等你,叫你一回来就跟我走。"

"去哪?"

黑罐说:"后面工地上。"

"找到活了?"

黑罐摇摇头。

"那去那儿干什么?"

"我也不知道。只是让你去。"

明子便随了黑罐,穿过一条巷子,来到一片建筑工地前。

三和尚正坐在一截残墙之上。

暮色笼罩着工地。一座大型建筑正在施工之中。吊车的巨臂,直升入高高的半明半暗的空中。到处堆满了建筑材料:钢筋、水泥、木材……已有几盏发蓝的工地用灯亮起,把乱糟糟的工地照得如同在魔幻里。

三和尚只用眼角斜射出的目光,窥望着工地。在他的视野里,杂乱无章的工地被简化了,简化得只剩一大堆已被加工成一块块方子的上等木材。他凝然不动地坐在残墙上,目光清冷。

明子不明白地问:"到这里来干吗?"

"坐下来看看。"三和尚并没有回头来望一眼明子和黑罐。

明子和黑罐只好跟着坐下来。

"好好看看。"三和尚说。

明子在心里骂三和尚:神经病!

晚风阵阵掠过工地,冲他们吹来。黑罐不禁哆嗦着缩成一团。

三和尚不知在想什么,无意识地像摘一顶帽子一样从头上摘下假发。于是,他的秃顶就在寒冷的空气中,被一束灯光照亮,像一只葫芦之类的东西,飘浮在夜色中。

明子不耐烦地站起来:"我回去了。"

　　三和尚看了最后一眼工地，熄灭掉眼中的一丝阴谋，对明子和黑罐说："今天晚上，不回去烧饭吃了。找一个酒馆，我做东。"

　　明子和黑罐站着不动。

　　三和尚头里走："跟着我。"

　　明子和黑罐很奇怪，但想到要美餐一顿，自然也是很乐意。

　　找了一家酒馆坐定。三和尚要了一瓶酒，三只酒杯，几盘凉菜，又点了几个炒菜。

　　三和尚两杯酒下肚，眼睛像灯珠似的又红又亮，压低声问："你们刚才看见什么了？"

　　明子和黑罐答不上来。

　　"没看见那堆水泥后面有一大堆木材？"

　　黑罐嘴里正堵着一块肉，把头直点。

　　明子似乎明白了三和尚的心思，心微微地一个冷颤，不由得也喝了一口白酒，顿觉一条灼热的火流流入胃里。

　　三和尚的话却离开了这一话题，转而谈与这话题毫不相干的话去了："明子，你说怪不怪，你们家那群羊，死活就不肯吃那片草，最后竟一头一头地饿死在荒野上。真惨哪！这群畜生，真让人想不明白。为着这群畜生，我知道的，你们家几乎倾家荡产。还欠人家多少债？"

　　"不少。"明子说。

　　"你父亲说你家掉进债窟窿里了。他让你跟我学木匠手艺，指望着你救活这个家呢。我对他说了，别太指望这个行当能有多大出息。你知道吗？你父亲哭起来了，说这只船说什么也不能沉了，就拜托我了。我哪儿有那么大的能耐呢？可不是，现在连份活都找不着，带着你们两个坐吃山空。"三和尚的声音里有几分悲凉,把酒喝得"咕咚咕咚"响。

窗外的夜色正浓重起来。

被捂得严严实实的小酒馆里,烟雾朦胧,空气甚是浑浊。

"还有黑罐家,真是厄运呀!你父亲那人,大半辈子嘬酱油喝稀粥,出门作客,光着脚走路,临到人家了,才从怀里掏出鞋来,找个水塘边洗了脚穿上鞋,真是跌倒了还要抓把泥。为的就是盖幢房子。人累弯了腰,房子倒也很体面地立起来了,谁想到一把天火,将它烧得连根筷子都没抢出。这大冬天的,还不知道怎么个过法呢?"

黑罐嘴里鼓着饭菜,肩一耸一耸地啜泣起来了。

"命哪!你们懂什么叫命吗?这命你躲也躲不了的。"三和尚将一杯酒一咕咚倒进肚里,"我们三个,千山万水的,怎么跑到这儿来了?命撵着赶着我们呢。"

明子茫然地望着窗外的大街。

一直到酒足饭饱,三和尚也没有再回到关于木材的话题上。他背过身去,一连解开几条裤子,从缝在内裤上的口袋中掏出钱来付了账,与明子和黑罐一起走出酒馆。

回到小窝棚后很久,三和尚才一脸严肃地说:"明子,你听着。看这样子,一天两天的,也等不到活做。那堆木材你是看见了的,趁天黑扛些回来,就在家里做活,然后卖出去。"……

"你说是偷?"躺着的明子禁不住从床上坐起来。

三和尚似乎很忌讳"偷"这个字眼,道:"放在露天地上,顺手拿几块,也不为偷。"

明子却一口咬定:"这就是偷!"

三和尚满脸不高兴:"你硬要说是偷,就算是偷吧。这事不能让黑罐去做,他人笨,你机灵,人又小……"

"不,我不去偷!"明子叫起来。

"怕人家听不见!"三和尚瞪了他一眼,"你先在心里想想。"

黑罐坐在床上直发呆。对这件事情的是非利害,他似乎失去了判断力。

明子跑出了小窝棚。他在心里喊着:我不偷! 我不偷!

冬天夜晚的城市,很早就寂静下来。人们都守在被暖气烤得暖烘烘的屋里绝不肯出门一步。只有那些不畏严寒的恋人,偶尔出现在高大建筑的阴影下,或落尽叶子的梧桐树下。不远处有一片林子,黑暗里不时传来一两声寒鸦半睡半醒时的叫声。

明子在街上走着。前后左右的灯光,常把他一个人分裂出好几个浓淡不一的影子。他无意中又走到了那片工地,他在傍晚时坐过的残墙边站住。工地的绝大部分在黑暗之中,他朝不远处望去,他看不到那堆木材,但能感觉到那堆木材。三和尚在酒馆中讲的那番话,又在他耳边响起。有那么片刻时间,他的灵魂发生了动摇,下意识地朝堆放木材的方位瞟着。一阵寒风,使他打了一个寒噤。他转过身去,像逃犯一样,逃进黑暗里。

当他再仔细判断自己所在的位置时,发现自己是在那个叫紫薇的女孩家的楼群间。他想让自己截断一直被木材缠住的心绪来回忆一下紫薇的面孔。可是不知为什么,那张面孔怎么也不能浮现于他的脑海之中。他拼命去想,可就是想不起来。他失望地坐在楼群间的小花园里的木椅上,此时此刻,他觉得自己的脑子和身体都很累,就闭起眼睛靠在椅背上。他的心一直微微发酸,想哭却又哭不出来。他不想立即回到小窝棚里去。他想到了自己尿床的毛病。这些日子,可无论如何不能尿床。绝不能让三和尚知道这一点。他有一种预感：三和尚将与他过不去，他将与三和尚暗暗较劲。

他睡着了，后来又被冻醒。他的双腿被冻麻木了，站了几次，未能站起。他只好弯腰用手去揉搓双腿。好一阵，他才能行走。

他重新回到了窝棚里，发现黑罐人不在，只有三和尚一人坐在床上。

三和尚的面孔冷冷的。

"黑罐呢？"

三和尚不回答。

他突然想到了什么，大声问："黑罐呢？"

"不知道！"

明子再一转目光时，发现三和尚的床下，已堆了七八根木头方子。这时，他又听见窝棚外有木头拖在地上时发出的声音，心里一切都明白了。他向三和尚投以挑战的目光……

8

三和尚和黑罐做了一个大立柜卖了，又做了一张写字台，也卖了，共得五百元。当着明子的面，三和尚分给黑罐一百元，其余四百元，他数了数，照例一连解开好几条裤子，放进缝在内裤上的口袋里去了。

明子的任务依然是在等活。

明子终于见到了鸭子。

小家伙生了一场大病。

"那些天，我昏昏沉沉地躺在床上，全是那位奶奶照顾我。那奶奶人真好。"生了一场病，鸭子变得多愁善感起来。

肉体的痛苦,使他在不多的日子里,一下子成熟了许多。或许是病瘦了显高,或许是真的长高了一点,总而言之,在明子的感觉里,他高出了一截。

那只鸟好像也清瘦了一些,但那对琥珀色的眼睛却比原先更亮。它忠实地守立在竿头。

"那天高烧退了的时候,我浑身是汗,一点力气也没有,但脑子特别的清楚。看着老奶奶不停地为我忙,我心里想,以后,我得找点事情做了。"鸭子说。

"你能干吗呢?"

"等你出师了,我跟你学徒吧。"

明子摇摇头:"不,学什么都行,就是不要学木匠。"

"为什么呢?"

"很苦。"

两人整整一天都呆在一起。

回去路过那片楼群时,明子一眼看见,公园的铁栅栏旁,停着紫薇的轮椅车。

这几天,明子路过那片楼群时,只要抬头,总能见到紫薇。紫薇似乎早就看到了他,因为,每当他抬头仰望时,紫薇已经向他摇着那块由他捡起的白纱巾。他也向她笨拙地摇摇手。"你怎么在这儿?"明子问。

"在等你。"

"……"

"你怎么不到我们家来玩呢?"

明子从未想到过这件事。

"去吗?"

明子不知道怎么回答。

"那我们就在这儿玩一会儿行吗?"

明子点点头,在离紫薇五六步远的地方站着。

今天无风,天气不算太冷。

明子倚在铁栅栏上。明亮的天色下,他第一回如此清楚地阅读了紫薇的面容。她的脸色实际上要比他原先感觉的要苍白得多,眼中的忧郁也要比原先感觉到的浓重得多。她的头发很黑,眉毛更黑,一挑一挑的,如两翼鸦翅。鼻梁又窄又挺,把两个本来就深的眼窝衬得更深。明子很吃力地阅读着,因为,他总也记不住紫薇的面孔。

紫薇的整个生命,似乎只体现于上身,尤其是那双漆黑如夜的眼睛。她的下肢似乎已经不属于她了。她平静而又无可奈何地坐在那张欲要与她终身相随的轮椅上。

明子的目光落在她的膝盖上。他想问问紫薇那腿是怎么了,可又不知道该不该问。

"你想知道我的腿,是吗?"紫薇也低下头去,望她的膝盖。

"……"

"两年前,我得了一场奇怪的病,一连昏迷了十多天。我像睡着了,什么也不知道。我从医院被抬回家时,窗台上的水仙花已经抽出好长的叶子。那水仙花的根,是我昏迷前的头一天才买回来的。打那以后,我的脑子就没法指挥我的腿了……"紫薇用手轻轻地抚摸着缠绕在铁栅栏上的枯藤上的几片未落的干叶。

"你不应该总坐着,得练练行走。"

紫薇摇摇头:"我永远也不能行走了。"

"你多大?"

"十五岁。"

"总有一天,你能行走的。"

"不会的。"紫薇的神态,是一种完全屈服的神态。

明子还能说什么呢?

"你们老家好玩吗?"紫薇问。

"好玩。"

"有河吗?"

"有。出门就是水,走三里路,要过五座桥。"

"有鱼吗?"

"有很多鱼。记得我很小的时候,见到稻田往河里放水,就跑回家拿只竹篮子,看到一队鲫鱼来缺口里戏水了,就把竹篮往缺口的下游一插,再用脚从上游往下一搅和,一提竹篮子,那里面就能有七八条鲫鱼,有的有巴掌大……"

这些情景对于紫薇来说,自然是新鲜迷人的。她微微仰着脸,定定地望着明子,很入神地听他说。

明子向紫薇说了很多老家的事,直到天黑了,才一惊说:"我该回去了。"又问道:"你怎么回去呢?"

紫薇说:"我坐电梯上去。"

明子看着紫薇将轮椅慢慢摇到门洞里,眼看就要摇进电梯里,连忙追上去说:"你明天傍晚,在这里等我一下行吗?"

紫薇回过头来望着他。

"我给你一样东西。"

"什么东西?"

"明天你就知道了。"

紫薇点点头。

明子向她摇摇手,快步赶往小窝棚。

晚上,黑罐拉胡琴,三和尚吼淮剧,明子一人跑了出去。他来到一个大垃圾场。每天夜晚,总有几辆清理废墟的大卡车不知从哪儿来,往这儿倾倒废物。这里面虽然很难捡到像样的木材,但总能找到一些棍呀棒的。明子在山一样高的垃圾堆里刨呀挖呀,最终搞到了一小堆材料。他又从一堆瓦砾里拽出一根电线来,将这堆材料扎成一捆,高高兴兴地将它扛回小窝棚。

三和尚见了木材,讥讽地问:"你不是不偷吗?"

明子反驳道:"我这是从垃圾堆上捡来的,不是偷!"他把"捡"与"偷"两个字狠咬了一下。

"你有种!"三和尚在鼻子里哼了一声。

第二天,明子宣布:"我今天不去等活。"

"为什么?"三和尚问。

"有点活要做。"明子露出一副"谁也不能让我改变主意"的样子来。

三和尚只好瞪了他一眼,对黑罐说:"我们今天把那个酒柜做完。"

一天里,三和尚就铁青着脸。

一天里,明子旁若无人,有声有色地做他的活——一副拐杖。

一天里,最尴尬的便是黑罐。他不时地瞟一眼三和尚,又瞟一眼明子。他想跟明子谈几句话,可一看见三和尚的脸色,便又只好去干他的活。

下午两三点钟,明子就把拐杖做好了。他先用粗砂纸打磨了几遍,又用细砂纸打磨了几遍,直把那副拐杖打磨得又光又滑。他把拐杖举起来看了看,觉得自己的手艺很不错,脸上露出得意的笑容。他用衣袖擦了擦拐杖上的细末,准备开路时,三和尚叫住他:

"你这副拐杖为谁做的?"

"一个女孩。"

"女孩？"

"女孩！"

"给多少钱？"

"是我送她的。"

三和尚点点头："那好，下次干活，从报酬里扣你一部分工钱。"

"随便。"明子满不在乎地回道，然后像扛一挺机枪一样扛着拐杖就走。

紫薇早等在花园的铁栅栏下，一见明子，高兴地将轮椅摇过来。

"给。"明子把拐杖送到紫薇面前。

紫薇摇摇头。

"为什么？"

"我不会再站立起来的。"

"你试试。"

"试过。"

"再试试。"

过了好一会，紫薇说："好吧。谢谢你，明子。"

明子帮她把拐杖在轮椅上放好。

"你忙吗？"紫薇问。

"不忙。"

"再说说乡下的事好吗？"

"你还想听吗？"

"想听。"

还是在那栅栏下，明子滔滔不绝地讲他的小豆村，讲他的童年，讲那一方生他养他的土地。

紫薇很钦佩明子：他知道那么多她连想也没有想到过的

东西！

"有一回，我去芦苇荡里挖芦根，看见一群黄鼠狼在拜太阳。好几十只黄鼠狼，毛色金黄金黄，在太阳下，亮闪闪的。它们全都迎着太阳，立直了身子，用两只前爪朝太阳作揖。我躲在芦苇丛里都看呆了……"

此时，明子发现自己原也很富有的。那种隐隐约约的卑下感一下消失了。他变得大方起来，恢复了在小豆村时那副颇有点自负的样子，在紫薇面前的拘谨也少了许多。他有时像在小豆村的高高的麦垛上，或在放鸭的小船上一样笑起来。他甚至爬到了栅栏上坐下，把两只脚垂挂着。那双穿着军用鞋的脚，还像钟摆一样，前后摆动着。

紫薇必须微微仰起脸来听。

天很黑了，明子和紫薇还都不想回去。对于紫薇来说，回去就意味着回到孤独里，而对于明子来说，回去就意味着回到压抑中。

冬天的月亮很清白，淡淡地照着城市。

最后还是明子先向紫薇说了声"再见"。

明子回到窝棚时发现黑罐又不在了。

"你玩得很开心？"三和尚阴阳怪气地说。

明子不答理，钻到被窝里看他新借来的武侠小说。

夜风慢慢地大起来，吹进窝棚里，不住地摇曳着烛光。

明子忽然警觉起来：黑罐怎么到现在还不回来？他再去看三和尚时，只见他的神色也很不安。

又等了好久，黑罐还是未能回来。

明子再也等待不住了，踢掉被子，穿上鞋就往窝棚外跑。

"哪儿去？"三和尚问。

"找黑罐，黑罐！"明子话未说完，人已出了窝棚。

三和尚也跟了出来。

　　两人一前一后，直往那个工地走。

　　明子一边走，一边小声叫着："黑罐！黑罐……"

　　街上空空荡荡。

　　三和尚有点慌张，急匆匆地往前走，脚步有点乱。

　　他们来到工地旁。明子朝堆放那堆木材的方向轻轻唤着："黑罐！黑罐！"

　　没有黑罐的回声，也没有黑罐的影子。

　　明子不由得大声叫起来："黑罐！——"

　　三和尚推了明子一下："你轻声点！"

　　明子根本不管，一边叫着，一边往那堆木材跑去。

　　三和尚无奈，只好跟了上去。

　　明子的呼唤声响彻了整个工地，但回答他的只是起重机的"隆隆"声。

　　明子和三和尚一直找到凌晨两点，才从一个在工地烧锅炉的老头那儿打听到，黑罐偷木材时被保卫人员抓住，被扭送到附近派出所去了。他们又摸了好久，才摸到派出所。

　　黑罐被关在一间小屋里。派出所人员见他老实，倒也没太折腾他。他坐在一条长凳上，在蓝幽幽的日光灯的灯光下发呆。他的脸上还留着刚刚被扭到这儿时的惊吓痕迹。他似乎哭过，脸上脏乎乎的。他似乎失去了思维能力，两只眼珠定定地望着对面的白墙。

　　明子一见黑罐，禁不住扑到窗口叫道："黑罐！"

　　黑罐只是愣着不动，听明子又叫了一声"黑罐"，才像从噩梦中醒来，连忙走到窗口。

　　三和尚立即找派出所的值班人员去了。

　　"你冷吗？"明子问。

黑罐摇摇头。

"害怕吗?"明子问。

黑罐点点头,又摇摇头。

明子与黑罐对望着,两人眼中都蒙上了泪幕。

值班人员过来打开门。

三和尚进了屋,见了黑罐,突然飞起一脚,重重地踢在黑罐的屁股上,随即又挥起巴掌,对着黑罐的嘴巴就是一巴掌:"妈的,你有出息了,知道偷东西了!"

值班人员立即推开他:"不要打人!"

三和尚扬着巴掌,像断了缰绳的牛一样,还要往上冲,被值班人员死死顶住。三和尚就跳起来大声地骂:"你这不要脸的东西! 你撒泡尿淹死算了!"

黑罐站在墙角里动也不动。

那个值班人员看了一眼黑罐,忽然动了恻隐之心,对三和尚说:"掏钱吧!"

三和尚仿佛没听懂似的望着那个值班人员。

"没明白不是? 罚款呀!"

三和尚嘴里嘟嘟囔囔地不知说什么。

"想不想领人回去?!"

"想,想。"三和尚连连说。

"掏钱吧。四百块!"

三和尚磨蹭了半天,终于背过身去解裤子,像掐他肉似的掏出四百块钱来。

领了黑罐出了派出所不久,三和尚问黑罐:"前几天给你的一百块钱呢?"

黑罐答道:"寄家啦。"

"你倒挺快!"

走了一阵,三和尚对明子骂开了:"吃里扒外的东西! 不是你把等到手的活让给人,也不会让黑罐偷木材的!"

明子拉着黑罐冰凉的手走着,不去理会三和尚。

回到窝棚以后,三和尚解开裤子,把钱掏出来点了又点,忽然嗅了嗅鼻子,说:"这股尿臊味哪来的,我总有一天会搞清楚的!"

9

明子不知道自己为什么要跟三和尚憋着劲。

这天,鸭子在他等活时,送来两封信,一封是他的,一封是黑罐的,惟独没有三和尚的,而三和尚是写了信的,并且,明子看得出,三和尚一直在等回信。明子拿到这两封信,心中莫名其妙地感到兴奋。他几乎已经看到了三和尚嫉妒和难受的样子。下午,他早早回去,离窝棚还有十几步远,就高声叫起来:

"家里来信啦!"

黑罐第一个冲出窝棚,三和尚跟随其后。

明子把一封信举到黑罐面前:"给!"

三和尚用眼睛问:有我的吗?

明子装着没看见,搂着黑罐的肩膀进了窝棚。他特地脱了鞋,盘腿在床上坐定,把双手在裤子上搓了又搓,才把信展开(其实,他已把那封信看过三遍了)。

黑罐急急切切地看家中来信,撕口时,几乎把信撕了。然后站在那儿就看起来。由于激动,那信纸在他手上直颤抖。

他们离开家已很长时间了。明子和黑罐又是第一次远离家门。他们很想家，非常想家。明子和黑罐在睡梦中，在感到辛苦和难过时，都哭过。然而他们只能写信回家去，而不能得到家中任何消息。因为在未得到鸭子的地址之前，他们没有任何通讯地址。他们常常毫无理由地为家和家中的人担忧：谁谁生病了没有？谁谁冬天添置了棉袄没有？那笼长毛绒兔子能捱过冬天吗……

其实，最痛苦的是三和尚。尽管如此，他还是刻骨铭心地爱着李秋云。他觉得她是世界上最完美最叫人难忘的女人。他常常为自己的猥琐和种种卑下的情操而羞愧并仇恨自己。他也很恨李秋云，特别是在想到一些事情的时候，他能恨得咬牙切齿。他知道她不爱他，她有时肆无忌惮地表现出这一点。这使他无法忍受。他也是男人！可他又不能去揍她打她。她知道这一点，几次面对他凶狠的目光，轻蔑地昂着头，撇着那张让人灵魂颤栗的嘴。他知道自己失败了。既是无可奈何，也是无法忍受，他离开了家。另外，他想挣一大笔钱。每当他想起川子有那么多钱时，就嫉妒得要命！到了这座城市之后，他发现自己丢不下李秋云。他常常想她，甚至能够在心里原谅她，只要她收敛一点，不让他知道，也不让村里人知道，他能够忍受住这份耻辱。他常常给她写信，并且不时地给她买一些东西放着。打十多天前他和明子、黑罐一起把信发出后，他总希望能得到她的信。

明子一边看信，一边夸张地快活着。看了一会儿，还大声地读起来："今年的稻子收成不错，冬天的粮食够吃了。屋后的鱼塘已放干，出鱼共十六斤，给毛头家送了一条黑鱼，给东头三奶奶送了斤把鲫鱼……"

黑罐也很高兴，一边看，一边说："家里收到我寄的钱了；我大哥结婚了；我姐有了个孩子……"

三和尚躺在床上,脸色发灰。明子瞥了一眼三和尚,先是觉得很开心,但很快就觉得自己有点过分了,就把声音压低,读着读着没了声音,读着读着不读了。样子还像读,但实际上没读,没心情读。

　　黑罐的眼睛从来看不出什么事来,明子不读了,他倒朗朗的、读书一样地读起来:"到芦苇荡割了三天芦苇,足足两大船,都已运回家了……"

　　"出去念!"三和尚凶凶地说。

　　黑罐直发愣,过了一会,真的走出去念了。

　　窝棚里就只剩下三和尚和明子。

　　明子觉得空气很紧张。

　　"明子,"三和尚站了起来,"昨天,她来了是不是?"

　　"半路上遇到的。"

　　"你回她我不在是不是?"

　　"你告诉过我们,你要出去。"

　　"可你知道我后来没有出去。"

　　"……"

　　三和尚冷冷地说:"你是不想跟我学手艺了,是吧?"

　　"我没有说过。"

　　"不想学,你就走。"

　　"我没有说过!"不知为什么,明子哭了起来。

　　三和尚没有再说,从床下拖出一只破皮箱来打开,从里面拿出一件女人穿的羊毛衫,装进一只塑料口袋里。好像要出门,因为他在破镜子前仔细检查了假发。

　　明子默默地看着。他知道,那件羊毛衫是三和尚跑了十几家商店为李秋云买下的。

　　三和尚夹着羊毛衫出去了,并留下一句话:"你们自己弄饭吃吧。"

黑罐走进窝棚问明子:"他去哪儿?"

"大概是找她去。"

黑罐似乎明白了,把头点了点。

明子说的那个"她",是一个卖豆芽的女孩,来自湖南湘西。岁数也就比明子大六七岁,要比三和尚小十四五岁。几个月以前,一天,她在路边卖豆芽,见了收工回来的三和尚他们问:"师傅,买点豆芽吗?"当时,天都快晚了,但她还有半筐豆芽没能卖出去。三和尚望了一眼这个女孩,直觉得暮色中的她生得很单薄,忽然起了同情心,便要了两斤豆芽。后来,只要路过那个路口时,总能见到她在那儿卖豆芽。一来二去的,她跟他们就认识了,见了面,点点头,抬抬手,打一声招呼。这期间,三和尚顺手帮她收拾了一下挂在自行车两侧装豆芽的箱架,又应她的请求,到她的住处,给她重做了几只抽豆芽的大木屉。三和尚偶尔看一下她,觉得这女孩有点让人怜爱。他把她看得更小了一些,也更弱了一些。她也用更小更弱的女孩儿的目光看他。打那以后,三和尚有空时,就过来到她的屋里坐一坐。这是一间租借的平房,既是作坊,又是她睡觉的地方。碰上有要用力的地方,三和尚就赶快过去代她做或帮她一把。她总也羞涩着,笑眯眯的。三和尚出门时,她送他到门口,把头半低着望着他消失在黑黑的胡同口。

在明子印象里,她很瘦,就像她卖的豆芽菜。

这一夜,三和尚没有回来。

后来有几天,三和尚的脾气软和了许多,甚至有了笑容,也不再吼悲调。但明子不知为什么,对他更憋足了劲。三和尚很恼火,决心好好"拿一拿"他。

这天一早上起来,只见大雪纷飞,黑罐说:"今天就蜷被窝吧。"

明子跟着说:"睡到中午再起来。"

三和尚却说:"明子得等活去。"

明子躺着不动。

三和尚说:"明子你听见没有?"

明子顶道:"我不去。"

三和尚吼道:"不去,你就回家!"

"我就是不去!"

三和尚说:"你可想好了。"那话后面的意思是说:你如果真的不去,我就真的让你滚蛋。

黑罐坐起来套棉袄:"明子,我们一起去吧。"

三和尚说:"不行。那家的零活还没干完,今天你得跟我去干零活。"

明子依然躺着不动。

三和尚再也没有吭声,掀掉被子,气哼哼地穿起衣服来。在往脚上蹬鞋时,他对明子说:"好好好,你不去,我去!"

黑罐连忙用脚拨了拨明子。

明子踢翻被子,一骨碌站在了床上。他一边流泪,一边胡乱地穿着衣服,然后连衣服扣都没扣上,就冲出了窝棚,冲进了风雪里。

雪下得很大,阴霾的天空下,一片沸沸扬扬。远处的建筑,被大雪遮蔽了。只有近处的建筑灰蒙蒙地耸立着。

明子吃力地走出楼群。他的身后,是一行深深的脚窝。

街上的自行车一下子变得稀少起来。偶尔有几辆行过时,骑车人显出一脸紧紧张张、小心翼翼的神情。公共汽车慢吞吞地行驶着。每一块车站的站牌下,都黑压压地站满了人。他们似乎穿了所有能穿的衣服,一个个臃肿不堪,并都捂得严严实实。许多姑娘们捂得只剩一对眼睛在耸起的毛茸茸的衣领里眨巴着。汽车一到,他们就像一只只塞满棉絮的大包挤挤擦擦往车门里拥。挤得很紧很紧,但并没有一人发出痛苦的叫声,大概是因为身上实在很绵软的缘故。

明子双手深深地笼在袖筒里,缩着脖子,佝偻着腰,哆哆嗦嗦地往前走。他头上竟没有一顶帽子,一头短发像庄稼地里的稻茬。那雪一团一团地落在茬棵里,很迅捷地接触到头皮,使他不停地打寒噤。他的领口开得很大,那锐利的风和刁钻的雪片钻进去,一直钻到胸脯。明子觉得自己穿的是一层冰凉的铁皮。他的裤管很短,鞋又不暖和,脚很快就感到了疼痛。

明子无数次从"棉花包"里被挤出来,两个小时以后,他才挤上汽车。

长长的马路边上,只有两三个木匠在等活,显得十分清冷。

明子来到这里,把一摞漆板和招揽生意的牌子放好后,赶紧躲到商店的廊檐下。

过来一辆大卡车,车斗里,几个工人用铁锨将黑色的煤渣卸到马路上。目的是化雪防滑。过不一会儿,车压人走,一条马路便变得黑乎乎的,丑陋不堪。即使这样,还是有人连车带人摔倒在路面上。雪还在不住地下。不知谁家的鸽子被撵到了天空,在天空下盘旋,鸽哨声响彻了寒冷的世界。

明子冻得上牙打下牙,打得格格响。他便把一排手指插到上下牙之间垫着。他的身体缩得更紧,耸起的肩胛几乎与头顶相平。他用一双过于黑白分明的眼睛,不时地瞅着路边。他几乎要在心中祈祷上苍了,让上苍保佑他能找到一份活。早一点找到,他可早一点离开这里。北方的寒冷实在太严酷了。过了一两个小时后,明子感到身上有点发热,不一会儿,额上居然冒出虚汗来。冷风吹过,虚热退出,身体便越发感到寒冷。这种寒冷几乎到了能冻结他思想和意志的程度。有一阵,他一动也不动了,把眼睛半眯着,毫无想法,也毫无感觉地看着眼前的世界。一切,都很模糊,留不下任何印象来。他的灵魂与身体都变得麻木了。他隐隐约约地感觉到血管里的血也在慢慢冷却。

"明子!"有个木匠叫了他一声。

他惊了一下,那股顽强和韧性又忽然地醒来。他使劲眨了眨眼睛,搓了搓手,在地上蹦跳起来。

其他几个木匠也先后跟着蹦了起来。

明子越蹦越快,越蹦越高,落地的声音也越来越大。

那几个木匠也是如此。他们像沉睡的机器一样开始发动起来。

行人在看他们。

冬天的他们,显得更寒伧。

明子觉得生命开始在冻僵的躯体里奔流起来,并且有喧嚣的欲望,便情不自禁地大叫起来:嗷——!

几个木匠立即遥相呼应:嗷——!

嗷嗷——!

这毫无内容但饱含着情绪的粗野而无教养的"嗷嗷"声,直冲雪花飘飘的天空,在大街两旁的建筑之间撞来撞去,形成一种声浪。

他们跳得更加发疯,并故意跳得更加难看。

围观的行人越来越多。

这反而使情绪失控的木匠们更加狂烈起来。

明子跳着跳着,跑动起来。

那几个木匠一见,也跑动起来。

他们或来回跑,或兜着圆圈,一忽像挨了鞭子一纵一纵的牛,一忽又像耷拉着翅膀的公鸡。跑到后来,他们跑到了一起,又改换成跳。不知是谁把胳膊放在了谁的肩上,接着一个接一个把胳膊互相搭到肩上。几张嘴互相对着"嗷嗷"叫,在他们中间形成的一个圆圈里,从中喷出的热气汇成一团,在低温里冻成乳白色,朝空中袅袅升腾。

他们的眼睛里,慢慢地都有了泪花……

累了,他们就歇一会儿。当寒冷又将他们冻得失去思想和感觉时,便又来一次跳,一次叫,一次跑。

下午四点钟的光阴,明子居然等到了活。

在回家的路上,明子的感情变得很脆弱。他不怎么恨三和尚了,他直想哭,心总是酸酸的。

路过那片楼群时,他透过雪花,看到了紫薇和她的轮椅车。

轮椅车一动不动地停在厚厚的雪地上,轮子有一小半陷进了雪里。

紫薇静静地坐着,那样子,像一座雕像。

明子跑过去:"你怎么在这儿?"

"等你。"

"……"

紫薇从放在腿上的塑料袋里拿出一条棕红色的围脖,又拿出一顶棉帽来,双手捧着,递到明子面前:"我爸我妈一直想去谢谢你,可总也抽不出时间来。他们让我把围脖和帽子交给你。"

"不。"明子后退了一步。

"收下吧。"紫薇望着他的眼睛。

明子不知道该怎么办。

紫薇把轮椅车一直转到他跟前："给你！"

明子伸出双手去接住。

"把围脖围上吧。"

明子把围脖围上了。

"把帽子也戴上吧。"

明子把帽子也戴上了。

紫薇点点头，笑了笑。

"你用那副拐杖了吗？"

紫薇说："用了。每天晚上，我让爸爸妈妈扶着我在屋里走。我有点相信你的话了。爸爸说，等春天到了，他们要将我送到另外一家医院去治疗，听说那家医院很会治这种病。"

"你肯定会站立起来的。"

紫薇点点头，睫毛上的雪花在闪烁亮光。

明子把紫薇送到电梯口。在回窝棚的路上，明子哭起来，后来竟失声大哭起来……

10

这年冬天，大家心情都不好。

二月初，黑罐第一个听到了雷声。他蹬了蹬明子："响雷了。"

明子听到雷声在极远处的天空里滚动着。

三和尚也听见了，坐起身，披起衣服。

这神圣的雷声，给这个世界酝酿出了一派肃穆的气氛。

这雷声时响时息，仿佛在给天地万物某种信号。

三人都睡不着，无言地倾听着一直到天明。

过了些日子,冰封的世界开始缓缓地溶化。灰暗了好几个月的天空,慢慢地变得明净起来。那些高大的建筑物,从模模糊糊中显现出来,轮廓逐渐分明,直至刀切的一样,突兀在人的视野里。教堂的钟声也从浑浊变为明朗,顶上的十字架仿佛是用吸饱墨汁的排笔在天幕上新刷上的。冻得发白的泥土开始湿润变黑。白杨树干向阳的一面,开始泛潮,微微发出绿色的光泽。湿乎乎的阳气,正在无垠的空间里生长着浓厚着。

　　人的心里似乎也生长着希望。

　　天似乎暖和得很快,北风一停,瘦削的太阳忽然变得强壮起来,阳光晒到人肩上,有了重量。似乎往上漂浮了许多的天空中,总飞着鸽群。它们分别为不同的主人饲养,在空中迂回,盘旋,互相交叉,最终还是一队一队地各自飞去。

　　白杨树终于在风中摇起薄薄的、绿晶晶的叶子。

　　明子的运气忽然好起来,一连等了几个活。当然,他没有立即对三和尚说。他想获得一些由他自己支配的时间。

　　三和尚的脾气温和了许多,不再跟明子较劲,即使明子有时还是露出与他作对的心态,他也不特别在意了:不跟他小孩子计较。不知为什么,他反而有主动想与明子改善关系的意思。是因为自己常常不回来过夜呢? 还是因为明子和黑罐的翅膀正一天一天地硬起来?

　　其实明子忽然地也没有与他较劲的欲望了。他甚至觉得他去她那儿是件自然甚至应该的事情。那天,他看到了她,她穿着那件明子曾看见过的毛衣。那件毛衣是那么合体地穿在她身上。她的脸色变得十分红润,两只依然露出稚气的眼睛,透出一种妩媚。她似乎丰满了一些,成熟了许多。她朝他微笑,但显然把他看成了一个孩子。

有一段时期,明子生活得很自在。有两天,他根本没去等活,伙同鸭子到郊外的风景区很快活地游览了两回,一回是明子请鸭子,一回是鸭子请明子。

再后来,明子把许多时间花费在紫薇身上。

春天的气息,使紫薇越来越不安宁。那天,她去阳台上观望,不远处的小学校的操场上,鼓号队正排着整齐的方队练习鼓号,那节奏分明震人心弦的鼓号声,使她一阵阵的冲动,温热的血液不时像小小的浪头冲击着她的心房。她凝神远望,目光里满含渴望。

鼓号队走出了校园,走到大街上去了。

当紫薇回转身面对那间沉寂的屋子时,她再也无法忍受,摇着轮椅冲出屋子,直往电梯口。

她来到了小公园的铁栅栏下。

四面全是高楼。这一座座由钢筋混凝土构成的巨大长方体,被隔成无数个方块空间,加上铁的门,铁的窗,把一户户人家隔绝开来。它装了很多很多人,但,人们很少看到有人。它孵化出一个一个孤独来。

紫薇忽然厌恶起这些几乎要向她压来的建筑物。她仰起脸来,望着上面一方蓝澄澄的天空。

明子来了。

"你能带我走出这楼群吗?"

明子点点头,推动了她的轮椅车。

轮椅车像在一片原始森林里行驶着,过了很久,才走出楼群。

当轮椅甩开最后一座大楼时,仿佛拉开一道帷幕,一个紫薇曾经见过、但已陌生的世界出现于她的眼前:车水马龙人流如潮的大街,正在融融春光里闪烁着。

紫薇痴迷地望着。

明子推着轮椅，沿着大街往前走。

在紫薇眼里，这许许多多的形象，都是生动的。她忘记了是在轮椅上，也忘记了明子。

前面到了高高的立交桥。那桥十分潇洒地抛向空中，又很优雅地弯曲下去。

"想上去看看吗?"明子问。

"想。"紫薇说。

明子便使劲地推着轮椅。那桥抛得很高，快到桥中央时，明子的身体几乎倾向到地面。他用双脚使劲蹬着，将轮椅一寸一寸地推上去。当轮椅能够平稳地停在桥面时，明子已大汗淋漓，直喘粗气了。

从大桥上往外看，世界显得开阔而有气势。往下看时，那纵横交叉的大街，就像几道河流一般。桥上风大，紫薇脖子上的纱巾飞张开来，她心里感到好惬意。后来，她在风中眯着眼睛，陶醉在一种美好的感觉中。

后来，明子又将她推到很远很远的护城河边上。

此时，大河两岸的垂柳已飘动起千条万条柔韧的枝条，远远望去，像是绿色的雨丝，又像是笼在绿色的云雾里。河水在春天的阳光里流淌着，水中的水草，一团一团地甩动，如同奔腾的马群飘动于气流中的尾巴。流水和潮湿泥土的气味，飘散在近处的空气里。

紫薇感到惊奇:从前，怎么就没感到这条河那样迷人呢?

她使劲嗅着这里的空气。

明子有点疲倦地坐在河坎上。

离河岸大约一丈远的水中，有一根芦苇的花竟然过去一个冬天了还未被人掐去。那枝芦花又长又蓬松，在阳光下像银子一样闪光。随着芦苇在水流中的起伏,它也在好看地抖动着。

紫薇忽然看到了它。

光光的水面上,什么也没有,就只有它这么一枝芦花。它深深地吸引住了紫薇。

明子没有察觉到这一点,依然坐在河坎上,望着流水旋成的水涡。

紫薇下意识地将轮椅进一步摇向河边。

明子被惊动了,连忙跑过来问:"你要干吗?"

紫薇的眼睛仍然盯着那枝芦花。

"你想得到它吗?"

"嗯。"

明子就找了根树枝去够那芦花,无奈它离岸边太远,努力了几次也未能够到。他回头看紫薇,只见她一点也不肯将目光从芦花上移去,便又掉回头去望着芦花打主意。

"够不着吗?"紫薇问。

"嗯。"明子有点无可奈何。

"我想要那枝芦花。"紫薇固执着。

"要么,我下水去给你够吧?"

"嗯。"

明子脱掉鞋,又脱掉长裤,未等下水,就被风吹得哆嗦起来。他犹豫地望了望紫薇。她并没望他,只望那芦花。明子在精神上坚定了一下,便走进依然冰凉彻骨的水中。他一步一步地试探着走向芦花。水流得很急,有几次,他差点将整个身体倒在水里。当水已经快到短裤时,他的手离芦花还有两尺多远。他不知道该怎么办了,回头仰望着紫薇。

"还差一点点就够到了。"紫薇说。

明子撩起上衣一直走下去。当水漫到胯骨时,他终于够到了那枝芦花。

紫薇拍着手,欢呼着:"够着了! 够着了!"

明子哆嗦着,但很高兴地爬上岸来,把芦花送到紫薇手中。

紫薇把芦花举起来,仰望着。这时,她瞧见阳光下的芦花四周闪耀着一种迷人的银光。

明子一个劲地哆嗦,颤颤抖抖地套上长裤。

"真好看!"紫薇伸出细长的手指,轻轻地抚弄着它。

明子见紫薇高兴,自己心里也高兴,虽然长裤里的短裤湿漉漉的,却一点也不在乎。

"我们回家吧。"紫薇心满意足了。

于是,明子推起了轮椅。

紫薇坐在轮椅上,高高举起芦花。那洁白如雪的芦花,在风中优美地飘动着。

此时此刻的紫薇,像一个天使。

经过长时间的推动和奔跑之后,明子很累了,两腿松软,身上出了许多虚汗。但明子愿意。如果紫薇要他明天再来,推她出去,他还是愿意。

紫薇真的提出了这一请求:"你明天还能来吗?"

明子说:"能。"

紫薇便专心致志地欣赏那枝芦花。当路边行人回头望着她手中的芦花时,她心里很得意。

轮椅又回到了那片楼群。

"我爸说,再过一个星期,就要送我到那家医院去治疗,那个医院有一个医生,刚从国外回来,是专治我这样的病的。"紫薇望着芦花问:"你说,我真的能站立起来吗?"

明子说:"我说过了,能!"

"我特别想上学,想上大街,想去公园……我再也不想总在屋里呆着了……"她闭起双眼,当她再将眼睛睁开时,睫毛上已挂着几颗亮晶晶的泪珠。

直到明子将轮椅推进电梯,她一直用双手举着那枝神圣的芦花。

11

春天里,也生长着欲望。

由于各种各样的原因,三和尚近来对金钱的欲望愈发强烈了。相对于明子和黑罐,他挣钱算是不少了。所得工钱,按三份分割。因为明子和黑罐是在学徒,三和尚毫无歉疚地仅让他们两人分得一份,而其余两份为他一人所得。但,这不能使三和尚感到满足。这似乎与他的希望相差甚远。近来,他的开销又一下子变得大了起来。他要给她买东西。他很乐意为她买东西。见到他认为合适的东西,他都想给她买。当她羞涩地穿起他买来的衣服,或戴上他买来的耳环时,他换了一个人一样,感情变得像一个女人似的细腻。他也觉得自己应该给她买很多很多东西。吝啬的三和尚,惟独对她慷慨如一个百万富翁。为她购买东西时,很是潇洒。

但,他又绝不能让内裤口袋里的钱少下去。

春天,是个好时节。不冷不热,白天又长,有木匠活的人家,都很愿意在这时节请人干活。这机会一定得把握住。要多多地干活,多多地挣钱。最近一段时间,三和尚不顾明子和黑罐的疲劳,常常让主人家拉出一百瓦的大灯泡来,吃完晚饭后继续干,一直干到夜里十二点。因为过于疲倦,明子近来连连尿床。因此,在见到紫薇时,那羞耻感便会很自然地浮上心头,使他老莫名其妙地脸红起来。

一天,干完一个人家的活,三和尚让明子和黑罐先回去,自己去看望一个几年前认识的木匠,晚上回到窝棚后,三和尚不知为什么事情而兴奋。明子和黑罐都已上床睡觉了,他却不睡,拿出笔来在一张纸上算来算去算什么账。算到后来,他把笔往纸上一拍,笑了起来。继而,竟然请黑罐起来拉段胡琴,让他吼几嗓子,搞得明子和黑罐差点以为他得了神经病。

第二天早上,三和尚说:"今天不干活。"他见明子和黑罐一脸疑惑,说道:"吃完饭,跟我走。"

三和尚领着明子和黑罐坐了几站公共汽车,下车后走一阵,便拐进一条胡同,进了一个院子,只见这里也有一伙人在干木匠活。

那个领头的,就是三和尚认识的那个木匠。三和尚常对明子和黑罐说起他。三和尚叫那人为"吴二鬼"。

吴二鬼不是明子和黑罐,见了三和尚,便直呼:"三和尚!"

跟吴二鬼学徒的两个,便偷偷地乐,有一个乐出声来,就使劲地压住。

"三和尚,你昨天刚来过,今天怎么又来了?"

三和尚说:"带他们两个来看看你的这套电家伙。"

这吴二鬼他们用的是电锯、电刨,连打眼都是电动的。这几套家伙合用一个电机,装上卸下,很简单,干起活来,又省劲又快。

明子和黑罐都觉得那套家伙很带劲。这木匠活,无非是锯、刨、凿。如果用了电家伙,实在是件让人快活的事。

"怎么样?"三和尚问明子和黑罐。

这明子和黑罐眼见着这板子一块块地锯下刨平,一个个眼被凿出,都很兴奋,心里手上都痒痒地,想亲自试一试。

"让我们动一动,行吗?"三和尚问吴二鬼。

"动吧!"吴二鬼说。

"你教教。"三和尚说。

吴二鬼说:"这还用教吗? 死人都会。"

三和尚他们三个连干带玩,连说带笑,到了中午,三个人对这些家伙都能把握了。三和尚对明子和黑罐说:"我们走吧。"

吴二鬼问三和尚:"你到底敢不敢赌呀?"

三和尚说:"不敢是孙子。"

"在哪儿?"

"不是说了嘛,到我们窝棚去。"

路上,黑罐问三和尚:

"你们刚才说赌,赌什么呀?"

"赌钱。还能赌什么呀? 这帮小子,找输呢。"三和尚说。

他们在路边一个小公园里,随便坐了下来。

三和尚问:"我们是不是也买一套电家伙呢?"

黑罐说:"要花七百块钱!"

明子说:"没有这么多钱。"

三和尚说:"不用你们花钱。"

明子和黑罐好像没听清楚三和尚的话,都望着他。

"过个一年两年的,你们都得离开我。到时候,总不能将这些东西拆开来分吧? 再说,你们都把钱寄回家了。这笔钱,就我一人出吧。"

不等回去仔细商量,当即三和尚就按吴二鬼的指点,领着明子和黑罐把那些电家伙买下了。

打那以后,三个人再干活时,都感到很痛快。明子人聪颖,面对这些家伙,心领神会,把玩时得心应手,仿佛它们就是他发明的。他干活时总显出一番潇洒来。他们的工作速度,比以前显然加快了许多。明子和黑罐跟着三和尚,也就干得格外卖劲:月底分钱时,他们会有一笔好收入。

月底,三和尚把明子和黑罐叫到跟前:"把工钱分给你们。"

明子和黑罐都知道总数,心里早已结了账了。两人笑嘻嘻地走到三和尚跟前。

三和尚很平静地说:"从这个月开始,一直到你们出师,钱分四股算。我分两股,这些电家伙得一股,你们仍合分一股。"

笑容顿时僵在了明子与黑罐的脸上。

三和尚将钱分为四堆,然后显出一副理所当然的样子,将其中三堆划拉到自己面前,然后从剩下的一堆里拿出二十块,说:"你们每人出十块,算是电家伙的磨损费和修理费。"

明子没说话,掉头走出窝棚。

三和尚对黑罐说:"你就给明子拿着。"

黑罐站着不动。

三和尚把那一堆钱往黑罐面前一推:"别让风刮跑了。你们应该这么想:我们挣得比过去多。"

黑罐还是站着不动。

三和尚恼火了:"你们小小年纪就如此贪得无厌!这套电家伙,省了你们多少力?! 人心不足蛇吞象!"

黑罐只好将钱收起。

明子认定这是剥削,并从心底觉得三和尚要弄了他和黑罐，再干活时，便消极怠工。这电锯、电刨、电凿本来是合用一个电机，是不可能同时使用的。有人使电锯了，其他两人就得仍然用原先的工具干活。自从电家伙买回来之后，他们就一直是电家伙与原先工具同时并举。而现在，明子手头凡有活，就一律使用电家伙。如果电家伙被三和尚或黑罐用着，他就在一旁磨蹭等待，似乎离开了电家伙，他就不能干活。

这明子与三和尚又暗暗地较上劲了。

明子还暗地里鼓动黑罐也这么干。黑罐人老实，胆又小，怠工了几回，被三和尚看出来了。当三和尚向他投以凶狠的目光之后，他咽了咽唾沫，赶紧用那把老锯锯他的木头去了。

明子不怕，并且有一种报复和破坏的心理。

三和尚就把目光移至眼角，不时轮明子一下。

后来的几天里，三和尚的脾气又变得很坏了，动不动就训斥黑罐，甚至破口大骂。对明子，他更是过不去。他每天对明子规定超出往常一倍的任务，非要明子干完了不可。

明子便更有理由占着电家伙。

黑罐悄悄对明子说："她回老家去了。"

明子说："我不管，这跟我没关系。"他不怕三和尚恼火，依然霸占着电家伙。

三和尚冷冷地望着他："你把电锯让给黑罐。"

"那我就完不成任务。"明子不听。

三和尚气坏了，顺手将手中一块两尺长的木头方子砸过来。

明子觉得耳边起了一股凉风，并觉得那木头方子擦了一下面颊，再用手去摸时，只觉得湿乎乎的。他知道是流血了。

他没有哭,咬着牙,继续锯板子。

三和尚往地上吐了一口唾沫,只好去打他的线。

黑罐从口袋里掏出一张纸来,递给明子,让他将面颊上的血擦掉,被明子一巴掌打掉在地上。黑罐很尴尬,只好低下头去干自己的活。

明子从地上又捡起一块打了线的板子。这时,他看见那板子上有一根长长的铁钉,正扎在线上,禁不住高兴起来。他抱起板子,就对准飞快转动的锯子。那锯子锋利地割着木板,锯末像一股黄色的喷泉一样,朝地上喷着。随着锯口离铁钉越来越近,明子的心也越来越剧烈地跳动着。他的眼前忽然溅出一串蓝色的火花,紧接着就听见锯子与铁钉相磨发出的尖锐刺耳的声响。他紧紧地用腹部顶着木板的一头,绝不让铁钉与锯口松弛下来。那蓝色的火花像火红的铁水倒进冷水中一样,极壮观地飞溅着。此时此刻,明子心中有一种说不出的快感。

当三和尚冲过来推开明子时,那个铁钉已经被电锯咬断,露出亮闪闪的茬口,而那锯齿已经被打歪,甚至打断了一颗。

三和尚没有揍明子,只是向他点点头,并还一笑:"我算认识你了。"随即声色俱厉,"你放下手中的活,依旧等活去。等不到活,我就倒扣你的工钱!你去吧,立即就去!"

明子头也不回地走开了。

明子在心里赌气:不叫我干活呀?那太好了!叫我去等活?我偏不去!他先在街上晃荡,忽然想起紫薇来:不知道她的腿治得怎么样了?便坐了车找紫薇来了。

紫薇见了明子,喜出望外,轮椅车在屋里来回乱转,为明子又抓果仁又拿饮料地忙个不停。看上去,她的心情很好。

明子问:"你的腿好些了吗?"

紫薇不说话,将轮椅转到门后,拿起明子为她做的拐杖放到腋下,兴冲冲地就要离开轮椅。明子一见,立即用手扶着她。在明子帮助下,她居然真的离开轮椅,用双拐撑住自己,立在地毯上。她朝明子快乐而骄傲地微笑着。

紫薇告诉明子,现在给她看病的医生,使用了最新的医疗手段,并会同一位气功师一起来医治她,效果奇好。每当她躺在床上接受治疗的时候,她甚至能感觉到她的双腿在生长着力量。当她第一回有了这种感觉的时候,她躺在那儿哭了。

"我说过,你能站立起来。"明子说。

"我妈说,我如果真的能站立起来,要特别感谢那个小木匠。"

"我不就为你做了一副拐杖吗?"

"不止这些。"

"就是这些。"明子从未想过太多。

紫薇很富感激之情地望着明子,这使明子感到很不好意思。

当明子从紫薇的谈话中知道,她的父母已经很难再坚持天天用板车送她去医院欲要雇佣一个人时,竟然不假思索地说:"我会蹬板车,我送你去吧。"

紫薇问:"那你不等活啦?"

明子想了想说:"我有办法。"

当天,明子找到了鸭子,把装着漆板的包交给了他:"你能替我等活吗?"

鸭子也是不假思索:"能。"他拿过包来问:"那你去干什么?"

"这你不用管。"

鸭子说:"我知道,你准是去找那个女孩。"

"不准瞎说。"明子叮嘱鸭子,"等到了活,就通知我,但不要让三和尚知道。"

一连过了好多天,明子整天都与紫薇呆在一起。早晨,他说要去等活,早早起床,来到那片楼群。紫薇早等在那里了。他把板车从车棚里推出,把紫薇扶上去,然后,蹬起来就往医院去。一路上,他很少说话,但心情很快活,蹬起来十分卖力,瘦瘦的屁股常常离开了坐凳儿,两只肩胛一上一下,像发动了的机器似的。遇到上坡,他就拼命地蹬那两条细腿,屁股越发地离开了坐凳。他为自己能在紫薇面前显示这样大的力量而感到兴奋。下坡时,他任那板车自由地冲滑下去。那时,他直觉耳边风呼呼吹过,不禁把平平的胸脯挺直,把头抬起来。每当紫薇问他累不累时,他从不说累。

紫薇接受治疗时,明子就坐在医院门口守着板车。

回家的路上,明子完全听从紫薇的,并且心里很乐意。一会紫薇说路边那一簇簇蓝色的小野花很好看,可掐下一些来,回家插在花瓶里,明子听罢,就把车停下,跳下车去,跑到路边,给紫薇掐下一大束小蓝花来,紫薇抱住时,几乎遮住了脸。一会路过自由市场时,紫薇一说那儿好玩,明子就把车蹬过去,直到紫薇说"我们走吧",明子才蹬起车……这车走走停停,一路上好自在。

有时,紫薇捧着一束花,或舞着刚从自由市场买来的金黄色绸带,小声唱起歌来。她的声音很细很甜。

明子觉得她唱得很好听,特别像李秋云,甚至比李秋云唱得还好听。

明子默默地听着,尽量让车稳稳地向前行驶。

紫薇常常也会长时间地听明子讲他怎么抓泥鳅,怎么在六月的大雨下撵那些在稻地里乱窜的鸭子。

　　不过,在紫薇面前,明子总是显得那么笨拙,那么容易羞赧,那么局促,像个小姑娘似的,而面对三和尚时显出的那副满肚子主意的"坏"男孩样子,一点也不见了。

　　紫薇总也觉得与明子呆不够,总是问:"明天,你还能来吗?"

　　而明子总是说:"能。"

　　这些天,天气也特别好。天空总是一派晴朗,空气里洋溢着草木蓬勃生长时发出的气息。

　　明子脱掉了桎梏了一个冬天的棉衣棉裤。他从所得的工钱里,拿出一部分来买了一件天蓝色的绒衣,又买了一双白球鞋。他觉得这两件东西,使他变得很有光彩。当他走在阳光下,受着太阳暖烘烘的照耀时,他有一种说不出的舒坦和激动。他觉得自己的身体在成长着,连血液都比过去流得温热和有力了。当他蹬着三轮板车在大路上飞快行驶,甚至把几位骑自行车的人甩到后面时,他觉得自己已是一个大人了。意识到这一点,他既感到喜悦,又感到羞涩。

　　这些日子,可能会使他终身难忘。

　　他沉浸在一种前所未有的感觉里。

　　他忘记了与三和尚的不快,同时也忘记了等活。

　　幸亏,鸭子真的等到了两次活。

　　一天,黑罐把他拉到了一边:"明子,你昏啦?你怎么忘了等活啦?"

　　"你怎么知道的?"

　　"我看见啦。你小心点,别让三和尚看见了。"

　　又过了好几天,明子才忽然想起自己原是有事的人。当

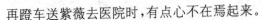
再蹬车送紫薇去医院时,有点心不在焉起来。

紫薇问他:"你怎么啦?"

明子说:"没有什么。"

开始,明子以"反正有鸭子在替我等活"来安定自己,但一连等了几天,也不见鸭子,心里不禁有点不安了。而这时,三和尚和黑罐把以前存着的活都已做完,已经断活两天了。这一点,明子没有充分估计到。按他的计算,活还要做一些日子。他没有想到,因为有了那些电家伙,干活的速度实际上比他算计的还要快。三和尚大概正是因为这一点,所以才用等活来惩治他的。很显然,现在要等到比往常多出一倍的活来才行。

明子又等了两天鸭子,然而鸭子终于没来。

这天下午,明子对紫薇说:"我得去找鸭子了。"

紫薇望着他:"明天,你还能来吗?"明子不知如何回答了。过了一会,他还是这样说了:"能来。"

明子赶到等活的地方,并不见鸭子,问其他木匠,谁也不知道,只是说:"鸭子都有一个星期没有来了。"

明子又赶到那个老奶奶家。老奶奶一边哭、一边说:"这孩子一个星期不回来了。"

明子的心情一下子变得乱七八糟。他担忧着鸭子,又惦记着活,还要想着:去不去给紫薇蹬车了呢?最后,他打定主意:明天,最后一次送她去医院。

第二天,当他将紫薇从医院蹬回时,只见三和尚远远地站在小公园的铁栅栏下正盯着他。他只好硬着头皮将板车继续蹬过去。

但,三和尚没有等到他将车蹬近就转身走了。

晚上,三和尚告诉明子:"最近三次活的钱,加起来你该得二百五十块。但现在一分也不给。"并很平静地补充道：
"你再不等活你就回家去,路费我给。"

12

她走后,三和尚心中空空落落的。他也不想摘下假发,
去吼大悲调,因为心中似乎并无悲哀之情。夜晚很难捱,尤
其是春天的夜晚。逛大街吧,他又不想逛,一是很无聊,二是
不觉之中常常逛出伤感或火气来。没有任何消遣之处,也没
有任何消遣手段,天一黑,他的心便惶惶的,虚得很。想与黑
罐说说话,他又嫌他呆,木讷。与明子之间总笼罩着一种冷
战的气氛。他觉得明子这孩子太倔,又太有主意,极不容易
驾驭和降服。他一直想用轭头套住他,结果发现自己没有这
个力量。非但没有能够使明子顺从他的意志,他反而看出,
这孩子是一种潜在的对抗力量。他的思路常常被他阻碍着,
他的计划总是被他揭穿,再贯彻起来,他几乎要摆出无赖的
劲头才行。他在心理上产生了一种压力:明子在精神上压迫
着他。作为师傅,他也感觉到自己似乎很喜欢这样的孩子。
好马总是有性子的马。但,他仍然被嫉恨把持着心灵,绝不
肯给明子笑脸。

窝棚里虽然是三个人,但三和尚觉得只有他一个人。

他说不清楚自己心里想不想她,他只是淡淡地记着她的
形象:一个比她实际年龄还要小的女孩儿。相比之下,他还
是想李秋云。有时想着想着,竟激动起来,夹杂着的一种情
绪就是烦躁。

那天夜里,两只猫很讨厌地在窝棚跟前闹。哼哼唧唧
的,像冬天风雪里的小孩哭,搞得他极烦。他先是忍耐,最后

终于忍耐不住了,拿起一根棍子就冲出窝棚。两只猫,一白一黑,一晃跑了。他提着棍子,又进了窝棚。可没过一会儿,那两只东西又回来了,并且继续闹,闹得更声嘶力竭。他气急败坏,提着棍子,光着脚就又冲出窝棚。两只猫,一白一黑,一晃又跑了。"妈的个巴拉子!"他不肯罢休,提着棍子就追。那两只猫绕着一座大楼转,他也便跟着转。两只猫,一个人,就在皎洁的月光下绕圈儿。最后,他被搞得精疲力竭,承认自己失败了,提着棍子,光着脚板,一路上骂着"妈的个巴拉子"往回走,光头在月光下倒也相映成趣。

黑罐与明子互相碰碰腿,躺在黑暗里发笑。

后来来了吴二鬼他们。当窝棚变成赌场之后,晚上,三和尚再不感到无聊了。他陷进了对金钱的疯狂的抓取里。

三和尚很会赌钱,小豆村的人都知道。或许是他的牌运好,或许是他的牌技好,他总是赢,难得输一回。通常,人们都不敢与他打牌。明子听人说过,有一回下小雪,三和尚将其他三个人赢了个精光,其中一个输得只剩下一条裤衩,回家去时,冻得在雪地里大声唱歌。

天一黑,吴二鬼他们几个,就像鬼影子一般闪进窝棚里来。

三和尚一见,两只眼睛就发光,仿佛见到了一些束手就擒的猎物。

明子只顾看他的武侠小说,偶尔瞥一眼吴二鬼他们,心中便暗笑:这几个蠢东西,又找倒霉来了!明子亲眼所见,在这一个星期里,"蠢东西"们就没赢过。

黑罐总是在一旁出神地看。

吴二鬼他们的魂好像掉在这小窝棚里了。进来时,一个个把眼睛瞪得铃铛大小,常在嗓眼里咽唾沫,把手节一根根抻得"咯吧咯吧"响。

三和尚却显出一副冷静的样子来。

床上倒扣着两只碗,碗底上滴几滴蜡烛油,然后把蜡烛往上一戳便凝住了。前奏是,几个人围住两支蜡烛,各自心怀鬼胎地盯住对方的脸,盯了半天,又似乎害怕看到对方的脸或怕对方看到自己的脸,都互相回避着。说的话也都不在牌上,只说一些八竿子打不着的莫名其妙的话。当其中一个人开始"噼噼叭叭"地洗牌时,一个个忽然地无声无息,四对目光,皆盯住了那牌。那目光,仿佛有"刺刺刺"的燃烧声。

他们打的是一种叫"火烧洋油站"的牌,就是在三和尚老家打的那一种。这种牌之凶狠,之狂暴,光听这名字便有所感觉。打起来极简洁,一人只摸两张,然后比点子大小。正因为简洁,才越发具有刺激性。

小窝棚关得死死的,像只盒子,外面不见一丝亮光。

窝棚里弥漫着粗劣烟卷冒出的烟雾,也弥漫着紧张,甚至恐怖。

这种气氛使人害怕,也使人发狂和禁不住跌落在魔力里。

明子有时看上去在看书,而实际上根本一个字也没看进去。他仿佛听见了好几只心脏榔头一样敲击着胸腔。当他终于守不住自己回头看望他们时,便久久不能把目光再收回到书上——尽管书上正写到千钧一发之处,那是一副副什么样的面孔啊!灰黑色的,板结的,腮帮的肌肉在抽搐,目光冷丝丝的,或含着渴望,或含着失望,或含着恼怒,或含着嫉恨,或含着一种残忍的快乐。当抓牌时,一床尽是手。那些短粗的、由于干木匠活留下疤痕的手指,像一群正在撕咬弱小动物的饥饿的狼群。

一屋子让人迷乱的空气。

黑罐已站到了悬崖上。这几天，他一直在看，并且越看越激动。他没有参赌，却一样忽地惋惜，忽地兴奋，忽地冲动得大叫一声。

吴二鬼说："黑罐，你带驴吧。"

赌只四个人，但却可以有许多人"带驴"。所谓"带驴"，就是你在一旁看着，如果你觉得某一门牌运不错，也可在这门牌的赌注后面放上你的少量的钱，若这门牌赢了，你也就跟着赢，放多少，赢多少。

黑罐有点动心。

三和尚却说："不让他'带驴'。"

吴二鬼鼓动黑罐："别听你师傅的。你如愿意，就押在我这门上。"

黑罐犹犹豫豫却又躁动不安地又看了几盘后，终于抵挡不住诱惑，把捏在手中早被汗浸透了的五毛钱押在了吴二鬼这一门牌上。

明子叫了一声："黑罐！"

"哎。"黑罐嘴里答应着，眼睛和心思却都在牌上。

明子只好也跟着等待结果。

黑罐跟着吴二鬼很容易就赢了五毛钱。他禁不住咧嘴乐了，并朝明子举起他的战利品。

那黑乎乎的五毛钱，却像闪电一样，在明子的心头倏地亮了一下。他低下头赶紧看书去。

这牌运宛如幽灵一般在窝棚里游荡着。当它愿意降临于谁时，这人摸什么小点子牌也得赢。如果你一旦失宠，那么，你就会像被扔于荒郊野外的弃儿一样，无论你怎么用神费力，最终也是徒劳无益，只是把钱囊掏光一空。

这一阵,牌运似乎倒在了吴二鬼一边,只见他连连赢钱。

　　不一会工夫,黑罐手里也已攥了一大把毛票了。他兴奋得本是贫血的脸也一片通红,两只手微微地抖。他回头叫明子:"你看呀,你来看呀。"

　　吴二鬼自然不理会黑罐。在他心思里只有三和尚。他朝连连输钱并且脸色越来越白的三和尚投以意味深长的一笑:你也有今日!

　　三和尚一笑:"还没有到后半夜。"

　　在赌这一点上,三和尚绝对是大家风度。他没有显出肤浅的焦躁,仍然是慢慢地摸牌,慢慢地展牌,输赢皆无笑脸。一般说来,他这个人很能掌握牌运。他深谙这一点。他对牌运有一种灵感,他能感觉到牌运来临时轻柔的让人心醉的抚摸,他也能感觉到牌运厌倦时,轻如羽毛飘走时的失落。当牌运来临时,他就胆大包天的扔赌注;而当牌运走脱时,他就十分吝啬地将一些毛票往桌上拍,堆很大,数起来却没多少。今天的局面,或是因为他没了灵感,或是他有意要让对方尝点甜头,不至于输怕了,另外一点也是三和尚的特点:后半夜来神。前半夜他打得很平静,甚至有点慵懒,但一过午夜,他的神经就会变得敏锐起来,秃顶和两只眼睛都闪闪发亮。

　　窝棚里不时响起粗浊的喘气声。有人赢了,发出这样的喘气,有人输了,也发出这样的喘气。不管是哪一种,这种喘气声都对人的神经很有刺激。

　　明子的心一蹦一蹦地跳,那些字,怎么也吃不进脑海里。

　　"明子,你也来'带驴'吧。"黑罐说。

　　明子拒绝道:"我不!"

　　说来也真奇怪,今天三和尚一蹶不振,后半夜也未能扭转局面。这时,他有点急了,想以大注赢回一些来:输十押二十,输二十押四十,逮住一回就行。然而,总也逮不住,只见他连连解裤子,到了后来,索性将那些裤子全都松开着。

明子不看书了,见着三和尚输得一塌糊涂,心里真高兴。

黑罐认定了吴二鬼这门牌,"带驴"带到后半夜,两只口袋里竟然塞满了毛票,而这其中有很多来自三和尚的内裤口袋。因此,当黑罐忘乎所以地大叫大笑时,三和尚恨不能抓起鞋子照他的嘴巴扇一鞋底。

吴二鬼他们大赢而归。

黑罐兴奋得不能入睡。

三和尚躺在床上常出长气。

明子的心有点乱糟糟的。小窝棚里仍然飘散着那种令人心惊肉跳让人灵魂跌失的气息。汗津津的面孔,汗津津的手,汗津津的目光,汗津津的喘息和汗津津的票子……一切,不时地从明子的脑海中飘过。他又在心里恨起三和尚来。

三和尚简直是堕落和邪恶的化身。

第二天,当吴二鬼他们又像鬼影一样闪进窝棚时,明子毅然决然地离开了窝棚,朝那片楼群匆匆走去。

来到小公园的铁栅栏下时,明子捡了一根小木棍,有力地敲击着铁栅栏。这是紫薇与他定的信号。敲了一阵后,他就在长椅上坐下。

过了一会,紫薇乘电梯下来了,将轮椅匆匆朝明子摇来。

"今天去医院了吗?"明子问。

"去了,家里已经雇了一个人。"

"又好多了吗?"

"又好多了。我觉得,我快能走了。"紫薇自信地说。

"那时你就可以上学校了。"

"可以去河边,可以去逛大街,可以去一切我想去的地方。"

不知为什么，明子心里却生出一股微微的失落感。

"天气真暖和。"

"想去河边吗?"

"想去。"

明子推起轮椅车。

这是五月的夜晚。空气中飘散着浓郁的紫丁香的香味。天上有一轮明月，洁白柔和的月光正安静地照耀着城市。到处长着的白杨树，已是绿叶满枝头，晚风吹来，"沙沙"作响，仿佛在下一场绵绵细雨。在一座高大建筑物门前的台阶上，几个小伙子几个姑娘，正弹着吉他唱着歌。

明子的心忽然变得明净起来。

轮椅车沿着路边的女贞树，慢慢地滚动。

紫薇总仰头望那片星空。

五月的河流，更是迷人。它不知从何而来，又流向何处，长长的，在前方很优雅地打了一个弯儿，飘向了远方。月光下，它是朦胧的蓝色，那细柔的流水声，在岸边一块露出的石头旁响着，隐隐约约的，可见水中间有几个人在用大轮胎做成的皮筏上，正在撒网打鱼。当鱼网飞到月光下时，那形象很让人着迷。对岸的景物是迷离的，影影绰绰，含着无穷的神秘。

明子沉浸于这宁静和安怡之中，稚嫩的灵魂得到了片刻的休息。

后来，他索性躺在斜坡上，闭起眼睛，直到紫薇说："我有点凉了。"他才想起该回去了。

一连好几晚，他都是一到晚上便逃出小窝棚去，或找紫薇，或一个人走到河边去。

他迟迟不想回去，他恨那个小窝棚，恨不能放一把火将它燃为灰烬。

　　黑罐也深深地沦陷了。

　　吴二鬼一连几天牌运不济。有时摸到一个大点儿，满以为要赢，哪想到三和尚摸的点儿虽与他一般大，但却是同花儿，眼睁睁地看着又输掉了一堆钱。黑罐死心眼儿，见吴二鬼不兴，就赶快换一门吧，他偏不，犟着要与吴二鬼有福同享，有苦同吃，输得口袋瘪瘪的。当他终于抛弃固执，把钱押到三和尚一门上时，三和尚却大势已去，已转入厄境。结果，他除了把前两天赢的全都吐出去，又把本钱输得所剩无几。

　　这时，三和尚让他别再"带驴"了。

　　但，黑罐却再也收不住自己，拼着命也要上，直到囊空如洗。他跟三和尚借钱，三和尚不借。没法儿，只好央求吴二鬼借他二十元。他把这二十块钱先使劲捏着。过了半天，才犹豫不决但又很快斩钉截铁地将十块钱押在另一门牌上。眨眼的工夫，那十块钱就不见了。黑罐浑身出了虚汗，眼睛里满是惊慌和反攻倒算的烈焰。

　　一直躺在河岸上的明子被一阵凉风吹得惊了一下，翻身起来，急匆匆地跑回窝棚，用手揪住黑罐的衣角，将他往外拽。

　　"干吗？"黑罐不解地问。

　　"有事。"明子说。

　　黑罐疑疑惑惑地跟着明子来到窝棚外："什么事？"

　　"你不能再赌了。"明子说。

　　"你想说的就这件事吗？"黑罐的眼睛回望着窝棚。

　　"是的。"

　　黑罐转身往窝棚去。

明子上前拦住了他。

"你走开。"

"不!"

黑罐推开了明子。

明子用双手抓住了他的一只胳膊。

"我输的是自己的钱!"

"那也不能再赌!"明子把黑罐拽出去十几米远后,两人僵持着。

窝棚里传出吴二鬼的叫声:"黑罐,快回来呀!"

黑罐犹如听到了神的召唤,不顾一切地冲向小窝棚。

然而,明子紧抓不放。

黑罐急了,开始用脚踢明子。

明子抡起拳头,使劲砸在黑罐的脸上。

黑罐踉跄了几下,终于摔倒在地,他坐起来,狠巴巴地看着明子,继而爬起来又往窝棚走。

明子又抡起一拳砸下去。

黑罐疯狂地反扑过来,与明子纠缠厮打成一团。

明子虽然比黑罐小两岁,但比黑罐有力气。他一边骂着"二百五"、"笨蛋",一边狠狠地揍黑罐。最后一拳,他把黑罐揍到了路边的浅水坑里。

黑罐趴在浅水坑里半天没有动弹。

明子忽然后悔起来。

黑罐慢慢从浅水坑里支撑起身体。他的脸上、衣服上都是泥水。他哭了起来:"你为什么要这样打我?"他"呜呜"地哭。

明子默默地垂着两只胳膊,心里想起黑罐许多事来:当自己尿床时,他总是一声不吭地睡着;他心眼太实,有人将他卖了,他会帮着人家数钱……

黑罐站起身来,依然哭个不停:"你知道吗? 你前天从老奶奶家取回的那封信里说,我爸上个月去医院,查出他得了食道癌了……家里问我能不能再寄一些钱去……我爸要开刀……他大概活不了多少天了……我要钱,要很多钱……"

明子蹲在了地上。

黑罐的身体在月光下一抽一抽的,让人心里好难受。

明子不知道应当对黑罐说些什么。

黑罐抹了抹眼泪,看了一眼明子,走回窝棚里。

"怎么这副模样,摔跟头啦?"三和尚问。

黑罐点点头。

"明子呢?"三和尚问。

"在外面玩呢。"

吴二鬼说:"这小子好像有点害怕钱。"

三和尚说:"他也硬不了多久了。他很快就知道,钱是个好东西。"

黑罐用手捏着最后一张十元钱。

"押上吧。"吴二鬼说。

黑罐摇摇头,他必须等待时机。他已不能再输了。

13

黑罐终于又输掉了最后十块钱,再跟别人借,谁也不敢借。他乖乖地趴下了,踏实了。最初,他很尴尬地傻笑,很快——当他想到自己已分文不剩还倒欠别人款项时,他呆了。他木头人一般坐着,两眼大而无光,全无一点思想的样子,仿佛被一种瘾癖抽空了的空壳儿。

这副样子持续了好几天。

　　这两日又无活可干。明子从紫薇家回来时,见黑罐不在,便问三和尚:"他人呢?"

　　"遛大街去了。"

　　明子便找出来。

　　黑罐在大街上走着。他忽然听到了一阵胡琴声。这胡琴声很难听,黑罐不由得有几分优越感:没我拉得好。他便让胡琴声牵了去。

　　是一个瞎子正盘坐在地上拉胡琴。他的眼睛几乎全是白色的,像螺壳,朝天空毫无意义地望着。他的衣服上都是油腻,跟理发店的磨刀布差不多。在他的面前,是一顶帽子,那里面已有了一些钱。

　　黑罐的眼睛一下子捉住了那只帽子。

　　微风轻轻地掀动着那里面的纸票儿。那纸票儿便逗人似的一掀一掀角儿。

　　一对情侣走过去。那男人一副骑士风度,从口袋里掏出一小把硬币,腰不弯,将硬币高高地坠落下去。

　　那清脆的声音,便在黑罐耳边喧闹着。

　　"他的琴没有我拉得好!"黑罐很冷淡地想,那顶帽子却沉重地占据了他的心。

　　有一阵,几乎没有一个人从这里走过。只有瞎子独自一人孤零零地仰望着无限美妙的天空。

　　黑罐的目光慌乱了。

　　那纸票儿发出细微的沙沙声。

　　蹲着的黑罐站起身来,朝前走去。

　　对面走来两个人,脚步声犹如战士的脚步声。

　　黑罐也悠闲地看那天空——天空有羊鬈毛儿样的云。

又寂静下来。几乎是无边的寂静。

黑罐以猫样的脚步走向那顶帽子。

瞎子停住了胡琴，伸出手来摸索着。他终于摸到了帽子。他用颤抖不停的手在钱上抚摩了一会儿，一把将它们抓起。

黑罐的心空了一下。

瞎子大概是想估摸出那些钱的数量，抓了好一阵后，一松手，又全都落回到帽子里。他难看地眨巴着白瓷瓷的眼睛，继续拉他难听的曲调。

黑罐将两只手插进裤兜里，仍以猫样的脚步走向那顶帽子。

瞎子又用手拉了一下帽子。

黑罐等他再一次拉响胡琴，便又走去。这时，他仿佛听到他的心脏跳动声几乎响彻了整个世界。他慢慢地像一支熔化的蜡烛矮下身去。他再一低头时，那顶帽子离他的眼睛只不过一尺多远了。

那瞎子停住胡琴，侧过耳朵像听什么似的。黑罐几乎要瘫痪在地上了。

瞎子的脸上，让人觉察不出地飘过一丝笑容。

黑罐乌黑的手伸向了帽子……

"黑罐！"明子找到了这里。

黑罐浑身一哆嗦，站起身来，走向明子。

明子望着惊魂未定的黑罐："你怎么啦？生病啦？"

"没有。"黑罐说，"咱们回家吧。"

明子回头望了一眼那瞎子和那没装满钱的帽子，又望着黑罐瘦削弯曲的背影，闪动了几下眼睛，便赶上来与黑罐走在一起。

两人默默无语。

以后的日子里，黑罐一得到工夫，就往几座大楼后的垃圾箱跑。他像一只总爱一处刨食的鸡那样，在垃圾里不停地刨着，翻着，寻觅着那些能卖钱的东西。小窝棚门口已堆了一堆废纸和纸箱板。小窝棚里的床下，现在已经排满了啤酒瓶和各种各样的易拉罐。对钱，现在的黑罐绝对斤斤计较，表现出了一种变态的渴望。一种守财奴的行为和心态，过早地、残酷地来到一个少年身上。

三和尚都感到好笑。

明子看到他像一只老鼠那样整天往窝里搬运废物，心里很生气，并有点鄙视他。

黑罐毫无感觉。他现在——只要大脑没有休息——所想到的就是钱。他要钱，绝对要钱。家中又来信了，说的还是钱。黑罐是个懂事的孩子。他必须要给家里钱，很多很多钱。

他又守在了那个洞口。

这是一座十五层的建筑。有几条从十五层一贯到底的通道。其中一条——黑罐摸到的规律——在下午五时左右，准有两只可口可乐易拉罐跌落下来。黑罐计算了一下，大概是从十三层扔下的。那两只易拉罐跌落下来时，声音是很感动人的。它们与四周的墙壁互相撞击着，一路欢闹着。那"当当当"的声音又像是两只易拉罐的对话。最后，它们跌落在底层的洞里。黑罐便很高兴地捉住它们。

"这是一对老夫妻，或是一对年轻夫妻，要不，是一对初谈恋爱的。不管是哪一种情况，有一点是肯定的：他们很会养身子。"黑罐每次等待它们的时候，总有一些推测。

然而，今天迟迟没有落下来。

黑罐很纳闷。

这时，从门洞里走出一对刚下电梯的年轻男女。女的娇羞地半依偎着男的，两眼注满柔情。但这对于黑罐来说，毫无迷人之处。他们令黑罐不由自主地立起的是两人手中各抓一只可口可乐易拉罐。

那两只易拉罐一闪一闪，鲜红动人。

黑罐不由自主地跟上了。

但他们并不特别想喝。他们之所以抓着易拉罐，似乎仅仅是为了一种情调，一种装饰，就像有人要在胸前别一枚胸针一样。

黑罐装出随便走路与他们毫不相干的样子，从路这边斜划到路那边，又从路那边斜划到路这边。

那两只鲜红的易拉罐恰到好处地停在一定的空间位置上。被女的抓着的那只停在男的胸前，被男的抓着的那只停在女的鬓旁，犹如各执一束鲜花。大概他们似乎真的感觉到这一美感，因此，轻易不去喝那里面的东西。

"可乐很难喝。"黑罐在心里说。他喝过几回，觉得不如喝汽水。

男的还肯喝一些。那女的很要命。她抓——不是抓，而仅仅是用大拇指和无名指捏着易拉罐，让其他手指花儿一般开放着。偶尔喝一口，也极文雅。

过了一阵，他们似乎感觉到了身后的尾巴，回头瞥了一眼黑罐。

黑罐赶紧低下头去，装着望路边的栅栏。

过了很久，那男的终于喝光了可乐。但又在手中玩耍了一会，然后突然将易拉罐抛向身后。那易拉罐在空中划了一道抛物线，差点落在黑罐的鼻梁上。它跌在地上，滚动了几下。

黑罐装着不在意的样子，站在一边，等他们走出去一段路了，才将它捡起，接着又去等第二只。

那女人也终于喝光了可乐。

"她马上就扔。"黑罐想。

扔倒是扔了，却扔在掀了井盖的下水道里。黑罐赶到时，就见红光一闪，那易拉罐随着污水流进黑暗中去了。他很恼怒地骂了一声："妈的个巴拉子的！"

黑罐就是这样不顾一切地积累着财富。

一连好几天，黑罐甚至连晚饭都不好好吃一顿，只把中午趁主人不在意而藏起的一只或半拉干馍头掏出来，就着一大碗白开水，糊里糊涂地吞下肚去。有几次，因中午未能藏起食物，到了晚上，当三和尚和明子准备弄晚饭或想出去到小饭馆吃一顿时，黑罐说他肚里很不舒服，到外面转悠去了。

不知出于何种心理，明子便对黑罐作了一次跟踪。

黑罐在前头匆匆地走，像赴会一般。到了一家饭店门前，他停住犹豫了一阵，便进去了。

明子跟上，猫在大玻璃窗下，又从大玻璃窗下直起身子来。当他的眼睛能够看到里面时，他见到的情景是：黑罐正守在一张饭桌跟前。

在那张桌上用餐的是一对老年夫妇，他们似乎马上就要吃完。

黑罐的眼睛在朝别处看，仿佛他是来吃饭的，而现在苦于找不到一个空座。

那对老年夫妇掏出面巾纸来擦了擦嘴，互相搀扶着离开了座位。

黑罐赶紧坐下去，抓起筷子就吃那些残羹剩饭。他始终埋着头,吃相很凶,仿佛马上就有人要用枪追杀过来一般。他被噎住了,于是伸长脖子使劲咽着,两只眼睛瞪得很大。

明子没有去惊扰他,甚至怕黑罐看见,赶紧低下头去,心情难过地走开了。最近一段时间,明子的心情一直阴沉沉的。那对明澈的眼睛里,总有驱逐不掉的迷惘、困惑和忧伤。有时,他木呆呆的,那份机敏和灵活劲就没有了。他的心思一日一日沉重起来,也一日一日复杂起来。许多新的情绪、新的感觉和新的思想正在心底里悄然无声地萌发着。他正越来越变得像个大人。

就在明子看到黑罐在饭店吃人残留的那一幕的第三天,三和尚说,他的内裤口袋里的钱少了一百五十块!

"这屋里没有第三个人!"三和尚说。此事,他绝不能容忍。居然有人敢打他的主意,并且还是他的两个徒弟或两个徒弟中的一个。

小窝棚里装满了紧张和难堪。

"是谁拿的,给我老老实实地放回来,我算他没有事。"三和尚说,"我绝不允许有家贼!"说罢,他用鞭子一样的目光,在明子和黑罐脸上各抽了一下。

明子端起武侠小说,用舌头掀着其中一页,目光从书上放出去,无所畏惧地截住三和尚的目光。

黑罐回避着三和尚的目光,在嘴里嘟囔着:"反正我没有拿。"

一连几天,干活、吃饭、睡觉,谁也不说话。三和尚将脸绷得紧紧的,准备着随时揭露和惩罚谁。

过了四天,三和尚见仍毫无动静,便再一次发作:"简直是狗胆包天!别以为我不知道谁拿了这一百五十块钱;我只是看看他到底还有没有一点人样。我说了,再给一天时间,你把拿走的钱给我悄悄送回来，或放在我枕头下，或放在我席子底下，我绝不追究!"

这最后通牒并未发生效应。一天以后，三和尚把床翻了个底朝天，也未见钱回来。他恼怒之极，把枕头和被子统统掀翻到地上。

明子心里堵得慌，他走出窝棚，直往广阔的天空下跑去。

黑罐也畏畏缩缩地走出窝棚，沿着墙根往前溜。

三和尚或许已有了判断，或是选定了分别惩治的办法，首先瞄准了黑罐。

黑罐隐隐约约地意识到了这一点，整天慌慌张张、忧心忡忡，犹如一只觉察到了猎人的枪口的兔子。

以往，三和尚怕黑罐将活给做坏了，稍微有难度的活，一般只叫明子做而只让他做一些简单的活。现在，三和尚将他俩完全颠倒过来，让明子去做简单的活，而让黑罐做大难度的活。

黑罐一面对算料、放料、组合等活，就浑身发热，脑子一片空白。他想使自己的脑子转动起来，可那脑子很滞重，很难转动。于是，呆呆地看着，浑身出汗，直到额上的汗一滴抢一滴地从下巴颏上滴落下来。

"你是不是在做文章?"三和尚问。

黑罐马上摆出做活的架势，然而脑子却僵了一样没反应。他越是着急，就越是没有反应。到了后来，他连着急都感觉不到了。

"你有些事情做得并不笨。"三和尚说。

黑罐的耳朵鸣叫起来，像树上的蝉声。他似乎听到了三和尚的话，又似乎没有听到。手忙脚乱，全都是些无意义的动作。

明子很可怜他，想上去替黑罐一把，被三和尚用目光制止了。

三和尚偏不看黑罐，只顾做自己的活。

黑罐的思维勉强又运行起来，但很迟钝，往往一个尺寸要计算半天。而以往，他的反应虽然慢一些，但也没有慢到如此程度。

三和尚终于怒冲冲地过来，一把推开了黑罐："你滚开吧！"

黑罐很尴尬地站到了一边，不由自主地将两只手在衣服上一遍又一遍地搓擦，仿佛手上有永远擦不净的脏东西。

分钱时，三和尚将分给黑罐的半份钱，又扣去了一半。理由很简单：黑罐不出活。

黑罐毫无反抗能力，只好跟自己过不去。没有人的时候，他自己揪扯自己的头发，并使劲咬自己的嘴唇，直把嘴唇咬出一道道的血印来。干活时，他仇恨地使用着工具。刨子太老，他顽梗着不将刨片重新装得嫩一些，就这么硬刨，结果那刨花像用斧头砍出的木片儿。锯子钝了，他不磨，只管使劲地拉，差点没把锯条扳折了。那天，他也不知是有意还是无意，把斧头砍在了手背上，顿时鲜血淋漓。

三和尚慌了，立即脱下衬衫，给他紧紧包住，并拉着他就往医院跑。

明子在一旁扶着黑罐，眼泪不由得含在了眼中。

幸好，砍得还不算太重。但是至少在十天时间里，黑罐不能再干活了。

当只有明子与三和尚两人干活时，明子一言不发。

三和尚似乎有暂时不追究那一百五十元钱的意思。但明子并不因此而对三和尚变得柔和起来。他就是要以一种沉默来让三和尚难受。当三和尚有意对话时,明子不予理睬。三和尚无奈,也只好沉默着。

明子配合沉默的另一行动是:绝对不使用电家伙。理由是不成理由的理由:"我怕触电。"惟一的根据是那电家伙前些时因为电线被磨破确实漏过电。但明子并不怠工,非但不怠工,还有拼命干活的样子,仿佛要把黑罐那份被耽误的活也由他一个人做出来。他狠狠地使用斧头,狠狠地使用锯子,狠狠地使用凿子和一切工具,活干得十分生猛,并富有成效,吃完中午饭,三和尚一般都要找个地方眯一会儿。每逢这时,明子和黑罐便摸牌或做其他一些事情来消遣。现在,明子饭碗一推,就"叮叮咣咣"地大干起来,那样子不像木匠,倒像铁匠。

三和尚认定这是明子给他脸色看。

三和尚丢了一百五十块钱已很气恼,本想惩治一下黑罐,没想黑罐自伤,使他再也下不得狠心。非但下不了狠心,还似乎有所歉疚,这就使他感到十分窝火。明子如此表现,使他很容易迁怒于明子。他看着那好端端却空闲着的电家伙,再看看明子挥汗如雨地劳作,从心底里希望明子干活时能出点差错。然而明子心明眼亮,看出了这一点。他心灵手巧,把活做得无可挑剔。当三和尚要把过于复杂的活交给他存心为难他时,他很干脆地拒绝:"这活,你还没有教我。"三和尚深感自己智慧的薄弱。他在心里发誓:这回绝不轻饶明子!

机会终于来了:三和尚又一次闻到了尿臊味,其时,已是去掉棉被只盖一条薄毯的时节,那气味便遮不住地弥漫了窝棚。

从半夜醒来开始,明子就一直惴惴不安。他真快恨死自己了。这可恶的毛病，把他的自尊心大大地伤害了。他本能地预感到，三和尚将要利用这事，在精神上压垮他并通过折磨他的自尊心而实现自己的报复。

"又是尿臊味！"三和尚走过来了。

明子和黑罐都立即坐了起来，像两只弱小的又心存一线希望的小动物，望着没有一点凶样的三和尚。

"这气味就是从你们这儿发出的。"三和尚肯定地说。

明子和黑罐下意识地用手压住了线毯。

三和尚固执地站着不走："这气味就是从这儿发出的！"他居高临下地望着明子，控制不住的快活从他的眼中流露出来。

他们长时间地对峙着。这种对峙是一种耐力的较量。而明子处在绝对被动的位置上。他已越来越忍受不了三和尚越来越强硬越来越得意的目光了。袭住他心头的刻骨铭心的羞耻感，一方面增长着仇恨和不屈不挠的精神，一方面使他羞愧得抬不起头来。当三和尚终于不想再等待，欲要动手揭开线毯时，明子忽然大叫起来："那钱是我偷的！是我偷的！"他掀起枕头，找到了自己的钱包，抓出里面的所有钱，一把摔了出去，只见那票子飞满了一窝棚。

三和尚突然意识到了他的残忍，反而一下子疲软下来。

明子把脑袋勾在胸前，使劲压住哭声。那压抑的哭声便在他胸腔中鸣响着。

14

有一阵，明子变得很孤僻。三和尚让他等活，他就等活，三和尚让他干活，他就干活。晚上，他便独自一人蜷在床角上看他的武侠小说。他甚至连紫薇那儿也不去了。

三和尚的态度却变得温和起来。他把钱还给明子,明子不要,他便代明子将钱寄给明子家了,并对明子和黑罐说:"算了算了,也许这一百五十块钱被我自己丢在外面了。"

她从湖南老家又回来了。她责备他:"你不该这样对待两个孩子。"那时,她的样子像个小小的母亲。

"这些年,我的心情变得又坏又恶。"三和尚抱着脑袋说,"我管不住自己。"

"往后,你再也不能那样对待他们。他们离家这么远,你本该好好照应他们才是。"她的眼睛里蒙了一层薄薄的泪水。

三和尚好好想了一阵,心里隐隐地有了歉意。

日子过得平静起来。那是盛夏来临之前。天气一直晴朗,常常如人们所说的那样——万里无云。草木正随着阳光的增温,而蓬蓬勃勃地生发着。白杨树开始将嫩绿的叶子转成墨绿。河边的芦苇已将浓影映在水面上,并有几枝新芦花慢慢从芦秆中抽出,仿佛刚出壳的鸡雏一样来到还微带凉意的空气中。城市似乎变得鲜艳起来。一街行人,皆换了季节,衣服的颜色和款式都变得丰富多彩。从大楼顶上往下俯瞰,流了一街鲜艳的五颜六色。人们的脸色都变得湿润和活泛起来,眼中也多了许多愉快。孩子们开始提着各种各样的瓶子,往河边和郊外捕小鱼小虾或到草丛里抓虫子去了。到了夜晚,到户外散步的人也多了起来。白日很长,吃过晚饭,夕阳的余晖还未从西边的天空消去,人们在慈和的天色下走着,心情都比以往好。城市显示着生命和活力。

明子的心情渐渐好起来,有了笑脸,并开始和三和尚搭话。

黑罐依然在专心致志地积攒着钱财,但少了过去那副卑下感、猥琐相而变得大大方方。他常常有滋有味地用小铁棍敲着易拉罐归来。他丝毫也不掩饰自己的心思:我要钱,要很多很多钱! 他的父亲已经开刀,来信说手术做得不错,而动手术的钱绝大部分是他寄回的。什么也不如人的黑罐,因为这一点,而感到莫大的安慰和自豪。他也能养活家了! 当然,有时他想起一些事情来,心里还很羞愧。

明子又开始去看望紫薇。

紫薇的腿在一日一日地见好。她常常感到了一种类似于电流那样的东西从她的腰间,向下肢乃至向每一根脚趾放射着。她感到麻酥酥的,甚至有微微的疼痛感。医生说,这一点很重要,这证明着,感觉正在可喜地生长着。

明子在公园的草坪上再次见到紫薇时,她已经能够丢掉手拐站立在那儿了。

"走一走吧。"明子鼓动她。

她摇了摇头:"我不敢。"她伸开双臂,努力保持着平衡,像一只刚刚落下还未站稳而打开双翅的鹤。

明子将拐杖的一头伸给紫薇,自己抓住另一头:"我搀着你。"

"我怕。"紫薇摇晃着身体说。

"别怕。"

"那你用手拉着我吧。"

明子犹豫着,但见紫薇那既害怕又渴望行走的神情,就将手僵硬地伸给了她。

紫薇便将明子打满老茧的手紧紧抓住了。她试着想挪动一下脚步,但身体晃悠起来,眼看就要站不住了,她的另一只手也本能地伸向了明子。

明子同样本能地伸出另一只手,将她的手抓住。

紫薇终于又站定了。

　　这是明子第一次接触紫薇的手。明子的心慌慌地跳,脸上有一种火烧的感觉,他的那双由于劳动又缺乏保护而变得粗糙敏感性不强的手,仍然真切地得到了关于那双小手的印象:柔软、温暖、乖巧而安静。明子不明白,当时为什么想起了小时候到草垛去抱草,发现两只小鸡雏,他一只手捉住了一只时的情景。

　　她的手有点微微发颤。

　　明子的心有点微微发颤。

　　"我还是走不了。"

　　"走得了。"明子慢慢往后退着,"走,走……"

　　紫薇在脑子里用力,竭力想把命令发布到双足。那左脚居然真的向前挪动了一下,尽管微不足道,但她毕竟迈出了第一步,她不由得激动起来,满脸通红。

　　明子却觉得她的手由于激动而变得凉阴阴的。

　　"我能走?"

　　"能,已经能了。"

　　紫薇克制不住激动,竟然浑身发颤,像风中的一片树叶,这使得她本来就很软弱的腿更加软弱,两只手便使劲抓住明子的两只手。

　　明子竭力用手将她向上撑着,以免她倾倒在自己身上。

　　她终于慢慢平静下来。

　　"走。"明子说。

　　她迈动了第二步、第三步……步伐极小,而且颤颤抖抖,但她已明确地看到了希望的亮光在她的眼前闪耀。她的心在怀里欢欢地跳动着,嘴巴微启,发出微微的娇喘。

　　明子的脸上,觉到了一种温热的气息,同时,他那么近地看到了她那张长着茸茸毛的脸和那双夜一般黑的眼睛。他不禁将头低下,只把目光看着她的双足。

紫薇如同在薄冰上走着,充满着紧张和激动。她站住了,仰望大楼,大声叫起来:"爸爸——!妈妈——!"当她想到此时爸爸妈妈并不在家时,转而变成小声的自语,"我能走了,我能走了……"

明子拉着紫薇的双手,直到她走累了,重新坐到轮椅上。此时,他的双手已汗津津的。

紫薇心存感激地望着明子。

黑罐找明子来了,说三和尚让他回去。

"有事吗?"明子问。

"他让你回去。"黑罐说。

明子告别了紫薇。

三和尚轻声哼着淮剧,躺在床上等明子和黑罐。这段时间生意不错,挣了不少钱,明子似乎也比以前温顺了一些,黑罐似乎也比以前多了几分灵劲,他的心情顺畅了许多。今天下午他在算账时,忽然在心里起了一丝歉疚:我得的多了一些了。他想了想,决定请明子和黑罐今晚好好下一顿馆子,在下馆子之前,请明子和黑罐先去浴池好好洗把澡。想到这一点,他的心底油然升起一股师傅、长辈之情。这种感情,过去几乎没有过,即使有,也很淡薄。他自己有点感动起来。今天,小窝棚也变得干净起来。上午,她拿了钥匙,把小窝棚收拾了一通,床单、线毯以及三个人的一大堆脏衣服,全都抱到路边一个本用于浇草坪的自来水旁,好好洗了一遍。晾干后,她又将他们的衣服都折叠起来,放在床上。他从中挑出三人的换身衣服,并捧到鼻子底下闻了闻,一股肥皂以及阳光的气味,使他感到很舒服。他把这些衣服装到尼龙网兜里,又找出毛巾和肥皂。不知从什么时候起,他忽然地觉得,原来明子和黑罐是两个孩子。

明子很愉快地接受了三和尚的邀请。

洗澡对于劳动者来说,是件极开心的事。高强度的劳动,使臭汗不断流出,被风吹干后,汗结的盐霜便粘在了衣服和皮肤上。一次次流汗,一次次风干,这其间,汗与污垢融和在一起,使衣服变得梆梆硬,皮肤也极不舒适。过了几天,当再一次大汗淋漓之后,从头到脚,就散发出一股酸溜溜的气味,闻者便会厌恶地皱起眉头。这时,身体常常觉得凉丝丝的,并且觉得有点死板。于是,他们就会产生去浴池洗澡的计划。在就快执行这一计划时,内心会有一种压抑不住的冲动,洗澡时的那种舒服的感觉记忆便会一次又一次地出现,直到真的进了浴池。

通常,明子他们每隔半个月洗一次澡。他们想多洗,然而因为澡价昂贵的原因,他们不得不多忍耐一些天。他们一般要洗很长时间,一是身上实在太脏,二是舍不得丢了那份舒服,三是念着那一元五角一张的澡票:要尽可能地多洗一会儿,能捞回多少是多少。先是在池子里泡,像水牛在夏天为躲避蚊虫而埋进泥水里那样。明子和黑罐皮肤嫩,在温水池里泡。三和尚觉得温水池不过瘾,总是到最里边的热水池里泡。三人直泡得浑身发红,连眼珠儿都红,直泡得脚上、手上的老茧变软变白。然后是互相搓擦,明子给黑罐搓,黑罐给明子搓,然后两人一起给三和尚搓,那泥卷儿便扑簌扑簌掉下来。搓第一遍时不打肥皂,搓了第一遍后才打肥皂,肥皂要打很多。因皮肤擦不下多少肥皂来,便将肥皂在毛巾上使劲擦,然后再将毛巾弄湿了往身上搓,只搓得浑身一片洁白的肥皂沫。清水冲净后,还要再搓,绝对要把黑脖子黑手腕搓干净。快出浴池时，那身上已被搓擦得鲜红，显得十分健康，十分有活力。出了浴池，再要一块热毛巾擦把脸，然后要了一杯开水，要了一角一包的袋茶，拎着袋茶的细线，在杯中轻轻地上下晃动着，把茶汁全晃荡出来。他们抓起杯子来慢慢地呷，心中有说不出的惬意。也就在这赤裸着身体饮茶之时，他们忘了自己的身份，忘了自己的处境，忘了卑下的苦难，觉得他们是天下第一贵族，幸福充满了心头，也充满了人间。那时，他们的神态极佳，满面红光，头发又黑又亮又湿润，眼睛活活有神。茶喝完了，裹两条浴巾，侧卧着身体睡下。极度疲劳之后的放松，使他们能倒头就睡着，一睡着就好长时间，临了总要服务员来捅他们，催他们离去。出了门，一到天空下，一经微风吹拂，更觉得身体轻松，仿佛脱了一层壳一样。活动活动关节，觉得身体灵活了许多。

三和尚他们一行三人，就是带着这些美好的记忆，踏进一家浴池的。

三和尚掏钱买了三张澡票，还掏钱买了两袋洗发膏，给明子和黑罐各一袋。他没有买，因为他不需要。

脱衣间雾蒙蒙的。就在这雾蒙蒙之中，三人各找了一张铺位，将自己脱了个赤条条一丝不挂。明子和黑罐正是容易害臊的年龄，便抓过一条毛巾来，遮住亚当夏娃也要用树叶遮住的地方，尽量弯曲着身体，快活地打着寒噤，跳跃着，赶紧往浴池跑去。三和尚觉得他俩太可笑。他最后摘掉假发，很大方地走进浴室。

浴室里雾又更浓了一些。今天洗澡的人很多，只见许多精光着的身子在雾气里闪动。过了一会，等眼睛适应了，比较清楚地看见这奇特的让人不好意思又叫人满心愉快的景观：有的站在莲蓬头下淋着，或仰着脖子，或低着头，一会伸着胳膊，一会用手在身前身后“咯吱咯吱”地搓挠着；有的专门花了钱，笔直地躺在大条凳上让人擦背，只见擦背人将毛巾往手上一裹，使劲地搓，使劲地擦，仿佛是在打砂纸，这么搓出一些泥条以后，便舀起一桶温水，“哗”地泼在那人身上；有的只将一颗脑袋露在外面，身体的其余部分皆泡在池水里，有时移动身体，很像水沟里的水耗子；有的弄了一身肥皂沫，好无奈地站着，等莲蓬头的那一位离去，而那一位似乎将那莲蓬头包下了似的，淋个没完……一些肉乎乎的小孩在雾气里追逐捉迷藏，另一些小孩则将浴池变成了游泳池，双手扒住池沿，用了双足使劲地扑腾，弄得水花四溅，让那些受害者在心中骂：谁家的小兔崽子！还有一些更小的孩子，大概第一次进浴池，先是望着雾蒙蒙一片好奇，继而是烦躁或是因为看不清父亲或爷爷的脸面而恐惧，“哇哇”大哭起来，搞得很多人心烦。

但总的气氛是快活的，很快活的。

明子和黑罐自然入了温水池。

三和尚的脑袋忽闪了几下，人便到了最里面的热水池。

明子和黑罐一入了水池，忙用手绕到背后挠起来，并在口中含糊不清地发出“咝咝”声。仿佛一个饥饿的人要了一只三鲜火锅后吃了第一筷子又烫又辣又鲜的肉片。

但三和尚坚信，他此刻的享受，是明子和黑罐所没有的。那水是很热的，用三和尚的话说，煺鸡毛都行。然而，到浴池洗澡洗出瘾的人，要的就是这份热。三和尚用毛巾蘸了些水，在池沿上抓拍，减些温度，先在身上预热一遍，然后才将双足慢慢伸进热水中，继而一寸一寸地将身体丢进去，直至淹到下巴。今天的水确实很热。这使三和尚对浴池充满感激。热水刺痛了他的皮肤乃至肌肉。他微微有点痛苦，但绝不肯露出水面。他必须忍耐。他愿意忍耐，因为痛苦的那一面是舒服。慢慢地，他的身体完全适应水温了，渐渐入了大好的境界。他有点晕晕乎乎地，似酒后又不似酒后。他觉得五脏六腑都暖烘烘的，血液很有力量地在周身循环往复，一阵阵的，微微有点麻人。他眯起双眼。此时，他觉得四大皆空，偌大一个世界，就他一个人在仙境中飘浮。钱呀，无尽的苦恼呀，一切都去了。他有一种说不出的快乐——一种带着悲哀的快乐。他轻声哼起淮剧的悲调来。浴池具有的共鸣效应，使他的声音放大了，远远大于他所想像的，并且声音变得浑厚、圆润，去了沙哑和音的歪斜，仿佛不是他自己的声音。这使他感到新奇。他略微提高了嗓音，于是声音变得更大也更加动听。他未曾想到自己竟然有这么一副好嗓子。他还想到：原来收音机电视机里的那些唱歌的之所以唱得好听，是仗着扩音器和一个特别的房子或厅，没有这些，嗓子可能也就那么回事。他便有了歌唱家的感觉。澡洗得很舒服，心情也不坏，他想好好唱一段。他还正儿八经起来。没有黑罐的胡琴，他就自己把过门完完整整地哼出。然后，亮开嗓门唱开了。他的嗓音本来就是在野地里嚎出来的，虽然不太入耳，但很响亮。这声音一旦装入这高高的、有限的不透风的浴池，立即壮大起来，变得十分洪亮，并有震动摇撼房顶或墙壁的力量。

许多人掉过头来朝三和尚细瞧和张望。

三和尚全然不觉。他第一回找到了自己，也第一回这样豪迈地实现自己。那声音在浴池里回荡着翻动着轰鸣着。而那声音是他三和尚的！

明子和黑罐也有点激动起来。他们没有想到，三和尚在浴池里唱起来，声音竟然如此之棒。"像老家广播里唱的。"

黑罐说。明子觉得也是。作为徒弟,他们说不上喜欢更谈不上敬重这个师傅,但此时,也有几分荣耀感。

然而,这儿的人并不需要这种腔调,更不需要由三和尚之嘴将这种腔调唱出。已有人在抹去一把腋下的肥皂沫后说道:"有病!"

此时,三和尚已进入忘我境界。他已融化于那真实而粗俗的曲调里去了。他是用微带快乐的情感来唱这悲天悯地的曲调的。他觉得自己不是淹没在热水里,而是淹没在自己的声音里。那声音像漩流在他周身奔流,打着涡儿。

多么神奇的浴室!它居然能产生如此奇妙的效果,它居然使一个人发现自己又完全失去自己。

在一个莲蓬头下站着三个一般高挑的小伙子。那无可挑剔的身材,就已经显示出骑士的风度和贵族的傲慢。他们已好几次用目光来瞪三和尚了。那目光里几乎含着一种人种的优越。

已有许多人因为这无休止的并且越来越震动的声音而感到厌烦、烦躁、躁动不安了。

三和尚觉得身心庞然膨胀,并有一种伟人的优越,哪能意识到这些?明子好像觉得空气里有些异样,想去提醒三和尚,但又不是一种明确的意识,望了望三和尚,也不知道自己想干什么。

有更多的人议论起来:

"这厮可找到了一个表现自己的场所了。"

"疯子。"

"这是招母狼呢。"

"应当给他嘴里塞块肥皂。"

"这已是夏天了。"

......

赤条条的身子在雾气中走动着,发出的声音都是潮湿的。

三和尚正唱到高潮处,将四肢全都舒展于热水中,将头斜倚在池沿上,仰面朝着隆起的圆顶,透过雾气,望着天窗外的一片天空,把全部的感情都放出来溶到声音里去。别人的议论他一句也未听入耳中。

明子有点急了,想叫住他,可是隔着两道池子,且又不知叫什么。叫"师傅"?不乐意,叫"三和尚"?又不能。拿不出主意来。

莲蓬头下的三个青年中剪了寸发的那一个,终于大声说了一句:"别唱了!"

三和尚似乎听到了又似乎没听到,因为他没有停止歌唱,依然随了曲调,一路唱下去。

一时间,说话声、泼水声、搓擦声皆停止下来。于是,三和尚的声音变得格外纯粹,仿佛一位歌唱家为灌唱片而在绝无声音的录音室里正式歌唱一般。

三和尚太荒唐。他竟把这种寂静当成他的歌唱效果了。从前,在老家演戏时,他曾许多次达到这种效果。久泡热水之中,身体有了活力,那喉咙也变得异常地响。往日,有些高音三和尚是拗不上去的。即使勉强拗上去,也会发生叉音。但今天,悠悠一使劲,便很容易就唱上去了。他不可救药地陷入了自我欣赏和自我扩张的境界里去了。

莲蓬头下,又一个青年走过来:"叫你别唱,听见没有?!"

三和尚这回终于听见了:"说谁呢?"

"说你哪!"那个青年指着三和尚说。

三和尚望着他(他似乎看见了那个青年的胸前有一小片

胸毛):"为什么不能唱?"

三和尚浓重的地方口音出来了。这口音很土气,很贫贱。

"少废话,让你别唱就别唱!""胸毛"说。

"这儿又不是你的家!"三和尚动用了小孩的逻辑。

"不是我家也不准你唱!""胸毛"说。

一直站在莲蓬头下没说话的那个青年(长得极白嫩,白得让人难为情)对"胸毛"说:"别理他。看他还敢唱!"

三和尚觉得这太不是道理,终于从水中站了起来:"为什么不能唱?"

没有人答理他。那三个青年又都走到那个莲蓬头下面去了,把各种瓶子里的各种颜色的液体往头发上、往身上抹。其中一个打量着三和尚。他撇了撇嘴。仿佛,他从三和尚的体格上,看出了他为何等级。

明子和黑罐也都从水池中站起。

"为什么不能唱?"三和尚想不明白,固执地问。

"寸发"大声说:"你有种你就唱!"

"你骂人!"三和尚很气愤。

"我们不是骂人!""胸毛"说。那意思是:我们骂的不是人。

明子和黑罐本能地向三和尚靠拢。他们要显示一种力量。

三和尚用方言骂了一句。那三个青年盯着三和尚望,没听出来。明子和黑罐觉得三和尚这一句骂得很得劲,于是笑了起来。

"胸毛"他们意识到三和尚刚才那一句一定是在骂他们,便将三对目光一齐射到三和尚的脸上。

"为什么不能唱?"三和尚还是这样问。

有几个人发笑了。

"白皮"很霸道:"甭废话。说不让你唱就不让你唱。"

"那不行!"三和尚说。

黑罐叫道:"就唱!"

明子不说话,挺着水淋淋的胸脯,咬着牙齿,斜睒着"胸毛"他们。他预感到并且渴望着一场特别的更富有刺激性的真正的肉搏战。

"胸毛"说:"你信么?你敢再嚎一声,就敢揍得你满水池摸牙!"

"白皮"一副蔑视的神情。尽管光着屁股,但把那高人一等的思想还是顽强地表现了出来:"土鳖!"

温水池里有人小声说:"这就有点太欺负人了。""不作兴这样欺负人的。"

三和尚觉得血在往脑门上冲,腿和胳膊都颤抖起来。

黑罐和明子进一步靠拢三和尚,是随时准备出击的架势。

浴池里紧张起来。

许多人离开了水池和莲蓬头,一动不动地站在那儿。

三和尚原以为光了屁股人也就都一样了,不曾想到,即使都是光着屁股,也还是能够看出贵贱来的。他心里有了深刻的悲哀。同时,自尊心也急剧地膨胀起来。他有了仇恨,并有了为保卫尊严而准备与对方作战的欲望。

一直与他同泡一个热水池的一位老人轻声说:"别理他们这群畜生!"

三和尚感激地看了一眼老人,重又回到热水池中。

明子和黑罐像站在田埂上一样站在池沿上,俨然像两个武士。

几个外地来打短工的人隔着池沿对三和尚说:"别怕,唱!"

三和尚将整个身体埋进热水:"黑罐,过门!"

黑罐望着莲蓬头下的"胸毛"们,很镇静地哼着过门。

过门一结束,三和尚一拍不落地唱起来。声音依然那么洪亮。

"打他!""胸毛"说。

未等"胸毛"将话说完,"白皮"已将一块香皂,"寸发"已将一只沉甸甸的瓶子朝三和尚砸来。

两件东西都砸中了三和尚,香皂砸在了他的头顶上,瓶子砸在了他的肩胛上。他疼得咧了咧嘴,宛如蛟龙出水,霍地从水池中腾跃出来,然后说一声:"明子,黑罐,上!"自己率先冲在前面,直向"胸毛"们扑去。

于是,一场精彩绝伦、空前绝后的裸体肉搏战便在大浴池里展开了。

一方保卫尊贵,一方保卫尊严,各自都有强大的精神动力。无奈一个个光溜溜的如海鳗,全然不像身着衣服时那么容易纠缠(或勒住脖领,或揪住裤带),双方只有拳打脚踢,很难出现拳击时出现的那种贴身场面。但也正因为如此,一击一还也就变得结结实实(何况赤条条呢?)。吃亏的自然是三和尚他们。他们的胳膊是劳动者的胳膊,似乎比人家的短了一些,况且明子和黑罐还未长开。但三和尚胳膊却是粗的,拳头一旦真的击中对方,那也是一下子就是一下子的。

人们都很兴奋。打架就够刺激的了,何况是这么个打法?无数个赤条条在跑动、闪耀、聚拢、散开;赤条条、赤条条,赤条条的运动。

池沿上站着几排态度截然相反的赤条条。一方支持三和尚他们:"打!太欺负人了!""死也不能咽下这口气!"并且有一个赤条条用不知哪儿的方言出着在这时候做起来极方便的损招。一方支援"胸毛"们:"揍这些土鳖们!""让他们瞧瞧这在什么地界上!"前者似乎虚弱一些,在支援三和尚他们时,怕自己也成为被攻击的对象。

地上到处是滑乎乎的浴液之类的东西,首先滑倒的是"白皮",并且跌得很重,谁都听见了一声钝响。"白皮"想立即潇洒地弹跳起来,不想由于性急,反而在爬起的过程中,像初上冰场的人滑倒了两次,最后竟是抱着水管子爬起来的。这就大大伤害了"白皮"的尊贵。

三和尚他们却一个个都站得很坚定。这要感谢乡村道路雨后的泥泞。他们老家那儿的泥土皆为黏土,稍微被雨一浇,便粘滑无比,必须光脚丫子走路。走路时,十只脚趾要紧紧扒住最下层尚未烂了的泥土。天长日久,那些脚趾几乎都有了吸盘的功能。即使站在油上,他们也无滑倒之虞。三和尚他们意识到这一长处,有一阵,很有效地打击了"胸毛"们,使"胸毛"们连连摔倒。

黑罐趁机砸了几只海绵拖鞋。

明子在情绪亢奋中略带几分紧张,极机灵地绕到"胸毛"们的背后,而给予出其不意的打击。或给一拳,或给一揞,一得手便像一只小鹿迅速逃开,嘴里骂着:"妈的巴拉子的!"

三和尚的秃顶在灯光下闪亮,直打得眼前一片雾气,常常打出无用的一拳,嘴里在不住地说:"看你们拿人不当人!"

"寸发"在一堆赤条条中一闪不见。过了一会,他又从一堆赤条条中闪出。他手里抓了一只小木盒,当三和尚欲与"白皮"交手时,突然起手,将木盒掷了出去。

三和尚躲闪不及,被砸中了。他只觉得天旋地转,打了一个踉跄,终于跌倒在地。

"胸毛"们趁机扑上来,将三和尚按在了地上,并对其进行歇斯底里的报复。他们将三和尚反扣在地,反扭住他的胳膊,用膝盖跪于他的腰间,空手的便挥起拳头,朝三和尚劈头盖脑乱揍一气。殴打之中,他们并无与同伙相斗时的那种纯粹的仇视感觉,此时,他们的感觉类似古罗马贵族观看平民以刃相残时的快感。打击是快乐、过瘾的。

明子和黑罐一次又一次地去冲撞,去拉扯,都无太大作用。

三和尚在粗糙的、潮湿的地上呻吟着。

一位精瘦如柴的老人过来说:"放了他吧!"

"白皮"说:"除非让他叫我一声'爷爷'!"

三和尚欲想起来唾之以面,但被"寸发"按住了脑袋。

黑罐哭起来了。

明子也束手无策。

人们都站着不动,但已全无刚才的兴奋和激动了。

"胸毛"们仍然不肯饶恕三和尚,用各种侮辱性的语言咒骂着他。

明子的眼睛在雾气里燃烧着仇恨的光芒。他突然转过身去,从地上抓了两条毛巾,跑到热水池的后边,扳开热水泵的开关。并操起一支类似消防用的热水喷头,拖着皮管,往这边冲来。热水喷到空中,顿时热雾腾腾。

赤条条从一边涌向另一边,又从另一边涌向这一边。

"烫他们!烫他们!"黑罐跳起来大叫着。

一些赤条条躲到了墙角上,大部分鱼贯而出。

此时,喷头对准了"胸毛"们。明子像端着一枝枪一步步逼过来。

"胸毛"们仍不肯放下三和尚。"白皮"叫道:"你冲吧,反正,他也在下面。"

黑罐叫道:"他不怕烫,怕烫的是你们这些白肉!明子,烫他们,烫呀!"

明子几步冲过来,一扬喷头,滚烫的热水便"噗噗噗"地喷到了"胸毛"们的身上,烫得胸毛们"哎哟哎哟"地叫唤,丢开三和尚,掉头就向外逃窜。明子紧追过来,又把他们狠烫了一阵。

三和尚一下子动弹不了,挣扎了几下,才侧起身子,他的嘴角流出一缕血来。

明子扔下水管,与黑罐一起将他从地上搀扶起来。

被惊动了的浴池保卫人员,这时出现在浴池门口:"你们几个,冲洗冲洗就出来。"

"胸毛"他们已被命令穿好衣服,并且被告之不得走开。

三和尚他们冲洗了一下,也出了浴池。人们看到,他的嘴角仍在流血,身上青一块紫一块的。

人们在浴池与穿衣室之间来回走动着:冷了,就进浴池往身上撩些热水;暖和了,便又挤到穿衣间来看热闹或表明自己的正义的与非正义的看法。

"胸毛"们已穿好衣服。"寸发"裤带上的 BP 机响起来。他看也没看,就用手将它关了。

三和尚他们还要冲将过来,被保卫人员从中间隔开了。

在众人劝说之下,三和尚、明子和黑罐才将衣服穿上,但嘴里的骂声一直未能停止。

保卫人员向围观者了解情况,正义的呼声几乎使三和尚感动得流下泪来。

保卫人员对大家说："该洗的洗，该穿的穿，散开吧。你们六位，跟我们走。"

黑罐一直有点害怕，因为他以为那些保卫人员是公安局的。因为他看到他们都穿着制服、束着皮带、戴着大盖帽，并且都穿戴得十分规矩。明子一点也不害怕。因为他知道，这个城市几乎各个单位都有自己的保卫人员，他们都穿着自己特制的很威严的制服，也都有领章帽徽。

他们被叫到一间屋子里。

保卫人员的态度较明显地偏向三和尚他们一方，并有要给"胸毛"们找一些麻烦的架势。

有人进来叫那个头儿接电话。那头儿便出去了。

这时，"白皮"说他将包丢在柜子里，便也走出屋子。

三和尚突然意识到有人在看他的头，马上想起了假发，捅了捅明子："头上的忘在柜子里了，你快去拿一下。"

明子也走出了屋子。当明子走到弯道时，眼前的情景使他站住，并不自觉地将身子缩到了拐角里（从这屋子通向穿衣间，有一段呈九十度弯曲的过道）。他用一只眼睛悄悄看去，只见"白皮"将几张大面值的票子塞到了那头儿的手中。那头儿愣了半天，看"白皮"走进了穿衣间，往后看了一眼，将钱塞进裤兜里，双手稳了稳大盖帽，没事人一样，接他的电话去了。

明子遇到了"白皮"。

"白皮"一笑。

明子找到了三和尚的假发，重新回到那间屋子。过了一会儿，那头儿接完电话回来了。他坐到桌前，仍然不停地指责和训斥"胸毛"们。

明子一直望着他的眼睛和他的嘴。

"不过",那头儿停了停,把话锋一转,对三和尚说道,"你在公众场合大声喧哗,也是不对的。当人家已向你提出抗议之后,越发大声喧哗,就更不对了。你们是哪儿人?干什么来啦?带身份证没有?"

三和尚说:"我们没有身份证。"

"没有身份证?"那头儿久久地扫视着三和尚他们三个,然后与其他几个保卫人员开始耳语。

三和尚他们自己忽然有了身份不明的感觉,与住旅馆时半夜被公安人员突然叫醒核查证件而自己却拿不出证件时的感觉相似。

那头儿仍与那几个保卫人员在小声嘀咕。过了好一阵以后,那头儿才说:

"这样吧,你们双方都得罚款,关于证件问题,我们马上打电话给公安派出所,由他们处理。"

三和尚一听说要罚款,并且还要打电话给公安派出所,不由得紧张起来。他也知道,公安派出所不吃人,可一旦与他们打上交道,总是有麻烦,况且他们真的没身份证,万一人家认真起来,会将他们送回老家去的。

明子似乎心里很明白。他一点也不害怕,只是冷冷地看着那个头儿和"白皮"。

"我们没有钱。"三和尚说。

"少罚你们一些,多罚他们一些。"另一个保卫人员说。

"我们确实没有钱。"三和尚觉得今天很窝囊,准备豁出去了,"你们除非将我们的衣服剥了去!你们还讲理不讲理?公安派出所就去!"

三和尚这么一放赖,那头儿又与那几个保卫人员议论了一阵,转而对三和尚说:"你们也不要耍赖,今天的事,他们当然负主要责任,你们也有责任。"然后摆出大度和息事宁人的样子说:"算了算了,看你们也没有钱,都是老实人,你们也就别说多少了,有事就办事去,他们几个留下,我们再处理。"

有一个保卫人员过来,拍了拍三和尚的肩:"算了算了,走吧走吧。"

黑罐最沉不住气,走在前头,怕再不走,那个头儿反悔,把话收回去。

三和尚朝"胸毛"们瞪了一眼,半被推半自己走地出了那间房子。

明子就是站着不走。

"你是怎么回事?"那头儿问。

明子瞪着他,往地上啐了一口,才走出去跟上三和尚和黑罐。

15

三人出了浴池,来到大街上,已是满街灯火、霓虹灯将天空染成彩色的时分。许多下班归去的人还在路途中,灯光下车辆如蝗,行色匆匆。十字路口,那红灯稍微亮上片刻,就马上长成一条长蛇似的车队和半街拥挤的自行车。灯光下的面孔,是一天劳动后归家的急切、喜悦及一天过去留下的疲倦和几分无奈。到处是白如雪光的橱窗。此时,最吸引人的橱窗莫过于食品店、饭店和各种熟食铺的橱窗:灯光柔和而明亮地照着那一只只油亮亮的烤鸭、烤鹅、烤鸡和一盘盘熏鱼、一盘盘盐水鸭、一盘盘猪耳朵、一盘盘点缀了红辣椒的豆制品……

三和尚忽然想起了自己今天最大的一件事,即请明子和黑罐下馆子吃一顿。"记得前面有个酒馆。"他说着,便走在了头里。

出了浴池,他们已走了很长一段路,才说过几句话。此时,浴池大战的具体情景已经模糊了。现在,他们的心里并无回忆的活动,有的只是事情过后留下的一些想法,但更多的是一些说不清楚但却又是那么沉重地占据着心灵的情绪:愤恨、屈辱、自卑、自惭形秽……产生这些情绪的原因倒变得很淡很淡了。

他们三人在街头上走着,觉得自己很渺小、很低下。他们仿佛觉得所有的人都瞧不起他们。他们觉得自己的身体收缩着,动作很僵硬,反应也很迟钝。在一次又一次地穿过人群或车辆时,他们不是被别人撞了,就是撞了别人。一个小伙子和一个姑娘分别给了他们厌恶、生气的白眼和一撇嘴。黑罐老掉队,三和尚和明子便不时等他,而在等他时,总不免又给别人挡了道。他们走走停停,有时拉开老远,但过一会儿,又会走到一起,仿佛天底下只有他们三个属于一类,而那么多人属于另一类,因此,不管多么受人流的打击,临了,总像灰鸭子与一个庞大的白鹅群相遇,在鹅群中慌慌张张地游着,最后鹅群游走了,他们留下了,互相发现了,又扑着翅膀游到了一起。

他们进出了三家酒馆。这三家酒馆都比较讲究,一家灯火辉煌,一家用的是烛光,另一家的灯光却是五颜六色的,被照着的人一个个都像鬼。他们一进门,就感到了一种生硬,一种不和谐。既然进来,又不便转身就走,自己让自己沉着一点,大方一点。有小姐送来菜谱,他们也接过来翻翻,翻得很认真,但菜名全没有看进去,进入眼帘的皆是高得出奇的价格,然后说没有他们想吃的菜,便赶紧走出门来,惹得小姐一脸不高兴。每逢这时，黑罐总抢在头里，要么紧紧贴着明子的屁股，差点没把明子的脚后跟踩破了。出了门，三人额头上总不免有许多汗。

最后，他们总算认可了一家小酒馆。正好有张空桌子，他们便坐了下来。这时，他们便无心思，只是呆坐着。

紧挨着他们的一张桌子，只坐了两个人。看长相和穿着，也属于"胸毛"们侮辱的那一种"土鳖"。他们两人，一个脸色焦黄，一个脸色枯黑。两人脸上都满是褶子，像风干的柚子，笑起来，额头上便是一条条沟痕。脸色焦黄的那一个，似乎缺了一颗牙齿。天气虽已很热了，但他们像许多对冷热反应迟钝总爱捂的乡下人一样，仍然穿了好几件单衣，像一个人家的大衣柜里没有足够的衣架，而只好将好几件衣服套在一个衣架上一样。那领子都一个个敞开着，像翻开的一本书。领口都是黑乎乎的。两人抽烟都十分的厉害，那烟像燃着了的未干的绳子一样，湿烟袅袅，从口中不断飘去。脸色焦黄的那一个，夹烟的手指更为焦黄。三和尚他们一进来时，就闻到一股从他们身上发出的烟草和汗混合在一起的气味。不知他们比三和尚他们早到了多少时候，地上已有好几枚由他们扔下的烟蒂了。

相隔三张桌子，有一对男女占了一张桌子。三和尚、明子、黑罐进来后，就不断去看他们。是一对夫妇吗？不像。那男的看上去要比女的大二十多岁。那种微带几分羞涩和试探性的亲近，也不像是一对平常的夫妇。是父女吗？也不像。那女的眉眼一弯一眯，那娇嗔的表情不像一个女儿面对一个父亲。那男的保养得极好，红光满面，皮肤湿润，头发虽然稀少，但一根根皆梳得整整齐齐。穿一件洁白的新衬衫，打了一条暗红色的领带，手腕上松松地戴了一块金光闪闪的手表。那女的生得很文静,也很娇气,总向那男的使小性子。那男的,就用手轻轻抚摩着她好看的肩膀,跟她说话,似乎在允诺什么。此时,倒有点像父亲在答应撒娇的女儿提出的一些要求。

打三和尚他们进来开始,他们就看到酒馆里的那位服务员小姐,就一直为那对男女服务着。她不时端上酒和各种饮料以及菜肴等。如果有了空隙,她就伺候于一旁,脸上带着让人感到温馨的微笑。那对男女也很自然很有礼貌地使唤着她,仿佛她不是酒馆的,而是他们自己专门带来的。

三和尚觉得他们坐下已有一会工夫了,但没有人来理睬他们。

与他们相邻的那张桌子,也无人理睬。明子看到他们的脸上已有了不快的神色。他们不时地去瞥一眼那位小姐和那对男女。

"已叫了她两遍了。""焦黄脸"说。

"请开票!""枯黑脸"叫了起来。

"过一会。"那位小姐正在给那女的往杯里倒饮料,头也不回地答应了一声,口气里有点不快。

"焦黄脸"和"枯黑脸"只好又耐着性子,但脸上的表情越来越难看。

三和尚问:"你们等多久了?"

焦黄脸说:"四十分钟了。"

不知为什么,三和尚很想与他们攀谈攀谈,然而对方正在憋着的怒火中,这使三和尚不免有点遗憾。

"枯黑脸"终于憋不住了,忽然一拍桌子:"到底开票不开票?!"

所有的人一惊,都伸长脖子,掉过头来看。

那位小姐把脸侧过一半来，微带轻蔑地说："没见着我在忙吗？"

　　"焦黄脸"说："也该到这儿来忙忙！"

　　那位小姐做出不理睬的样子，依然在那里微笑着为那对男女服务。

　　"枯黑脸"愤怒地掀翻了桌子。

　　三和尚、明子和黑罐不由得都站了起来，并在心底里涌出一阵快活和激动。

　　那位小姐再也不能听而不闻了，冲过来用纤细的手指指着"焦黄脸"他们："你们想干什么？想干什么？"

　　"枯黑脸"扬起巴掌："我想揍你！"

　　许多人围了过来。

　　明子和黑罐站到了凳子上。

　　从里面走出老板来。那老板年纪很轻，戴了一副眼镜，像个书生，但显得十分精明强干。他并没有如一般店主人不假思索地与顾客作对，甚至没有大声说话，只是很平静地问："怎么回事？"

　　"他们将桌子掀翻了！"那位小姐说。

　　"为什么要掀翻桌子呢？"老板扶起桌子，问"焦黄脸"他们。

　　"我们已等了很久，我们叫了她好几次，她都爱理不理的，最后，她干脆装聋作哑不理我们，只顾在那里伺候那两个！"

　　三和尚与"枯黑脸"肩并肩地站在一起，义愤填膺地说道："狗眼看人低！"

　　那小姐一下子失去了理智："就不开票，就不开！你们能怎么着？等不及，就请出去吧！谁也没留你们！占张桌子，吃碗米饭,要碗汤,这个钱,我们还不愿意赚呢!"

"浑蛋!""焦黄脸"怒骂道。

"你骂人!你浑蛋!你们一家子浑蛋!"那小姐一扫温馨可人的样子,而瞪圆了两只画了眼线的眼睛,很泼辣很泼辣。

三和尚对那老板说:"你看她,太不像话了!"

老板对那位小姐说:"你下去吧。"

那小姐不走。

"让你下去,听见没有?!"老板发火了。

那小姐这才骂骂咧咧地走开。

"你们几位是一起的?"老板将三和尚与"焦黄脸"看成是同党了。

三和尚摇摇头:"不是。我们也等了好久了。"

老板的脸冷冷的:"今天有点忙。你们几位如果等不及,就请到另外的酒馆去。周围酒馆有的是。再说,一般的菜,我们今天几乎没备,很对不起各位。"

三和尚他们这才看出,老板与那小姐原是一路的心思一路的货色。

这时,"焦黄脸"将手伸进怀里,抓出厚厚一捆五十元的票子来,往桌上一拍:"这顿饭,非在这儿吃不可!"

这捆票子让三和尚、明子和黑罐大吃一惊。

这捆票子仿佛一道闪电一下照亮了老板的脸。他随即微笑着说:"你们两位别发火,我绝无撵你们走的意思,只是怕耽误两位的工夫。"他转身向后面喊道:"小青,出来开票!"

从里面走出另一位更为光彩的小姐来。

老板说:"你们点几道菜?"

"枯黑脸"说:"有多少点多少!"

老板几乎不能相信:"哦?"

"焦黄脸"说:"我们还有几个人,过一会儿就到。"

"那也不用全点呀。全点了,要花……"

"枯黑脸"说:"说了你老板别生气,你的这个小酒馆,我们都敢买下来。"

老板笑了笑,对那个叫小青的小姐说:"给他们二位快把票开了。等会人家还要来人,你让薇薇也过来。"

"焦黄脸"将烟盒伸过去,老板从里面拔出一支,那样子仿佛彼此早就认识,并且还很亲近。他说:"听口音,你们是胶东人。"

"是的。""焦黄脸"说。

"你们是干什么的?"老板问。

"搞水产养殖业。你们吃的对虾、鲜贝说不定还是我们养殖的呢。"

"这可是这几年发大财的行当啊。"老板深知市面上的事,于是对面前两位的财富有了一种肃然起敬甚至自愧不如的神情。他索性坐了下来,一边抽烟,一边与两位很融洽地攀谈,一边指挥着小青服务,早忘了刚才将其看成"焦黄脸"同党的三和尚、明子和黑罐了。

"焦黄脸"和"枯黑脸"似乎也早忘了与他们同仇敌忾的邻桌了。

三和尚、明子和黑罐只好默不作声地干坐在那儿,没有人问一声,也没有人看一眼。他们瞪着眼睛、张着嘴,像三个傻瓜。

"焦黄脸"和"枯黑脸"在老板面前说话很气粗,相比之下,老板反而显得有点谦卑了。他想得到便宜一些的对虾、鲜贝、海参之类的东西。"焦黄脸"说:"到时用汽车往这儿运的时候,给你捎一些。你这么个小酒馆,能用多少?"

小青递了湿毛巾之后,已眯眯地笑着端上茶来了。

"焦黄脸"依然脱不了他的本色,拿起茶杯,咕嘟两口,一杯茶就全倒进了肚里。他觉得身上热了,也不解了纽扣,只是用双手把领口使劲扯大一些。

"枯黑脸"偶尔发现了三和尚他们,不说话,只把烟盒伸过来。

三和尚连忙用双手谢绝着。

"枯黑脸"坚持着,但仍不说话。

三和尚只好拔了一支。

"枯黑脸"又跟老板说话去了。

这时,"焦黄脸"说的"还有几个人"来了。其中一个是大汉,一脚踏进门里,就大声问:"有好酒吗?"

"焦黄脸"答道:"只有五粮液。"

大汉说了一声"还凑合",便山一般压过来:"屁股大一张桌子,这么多人往哪儿坐呀?"他一屁股坐下,独自就占了一面。

"焦黄脸"觉得也是,便望着老板说:"请想个办法吧。"

老板站起身,目光在酒馆里巡视了一番,便落在了三和尚他们桌上。随后,他满脸笑容地说:"您三位,能不能到那张桌子上,那儿还有三个空座儿。"

三和尚往里看了看,有点不愿动。

老板说:"是跟您商量。"

"焦黄脸"与"枯黑脸"都过来说:"麻烦麻烦了。""对不起呀! 对不起。"

三和尚和黑罐僵了僵,觉得不必再坚持了,便站起身来。但明子却坐着不肯动。三和尚叫了一声:"明子!"明子依然不动。三和尚似乎看破了一切,准备心甘情愿接受这种现实了。他发现了自己力量的虚弱。他不想再生气,不想再作无谓的反抗和争斗了。他过来,抓住明子的胳膊,硬把他抓到墙角的座位上。

墙角上很挤,他们三个像被人追赶、撵到墙角一样。

当那个小青、那个薇薇已正式伺候着那些"土鳖"时,他们这儿依然冷清着。

不久前,他们还是同党,然而,现在所受的待遇却有了天壤之别。这就好比一捧花生,那是有壳有仁的。现在壳和仁分开了,壳被丢在地上扫走了,仁留了下来。而在未分开时,它们是一件东西:花生。是那一沓子钱,将"壳"和"仁"分开的。

又等了一些时候,那老板亲自过来开了票,并很快送上酒菜来,还歉意地说了一声"对不起"。

三和尚喝了许多酒。他喝酒的样子很难看。说是喝酒,其实是往胃里倒酒。"咕咚"之后,总要把眼睛一闭,嘴里倒抽一口凉气,发出长长的"咝"声。

明子和黑罐本不会喝酒,可今天一方面受了三和尚的怂恿,一方面自己也想喝,那不足一两的酒杯,也满了两三次,空了两三次。两人喝得脸红脖子粗,让邻桌一个姑娘"吃吃"窃笑。他们自己互相看看,也梗着脖子笑。

三人出了酒馆,皆有头重脚轻之感。他们走成一排,心情很古怪,无由地痛快,无由地豪迈,亦无由地沮丧。他们挺着胸脯走,不把任何人放在眼里,见谁也不让,常常将人逼到墙边或马路牙上。走到后来,他们三个或许是觉得走得不太稳当,或许觉得三人应该拧成一股,竟互相挎了胳膊,三和尚当中,明子和黑罐左右,踢着腿,绷直了脚面往前走,宛如巡逻的宪兵,令路人侧目相看,又感莫名其妙。

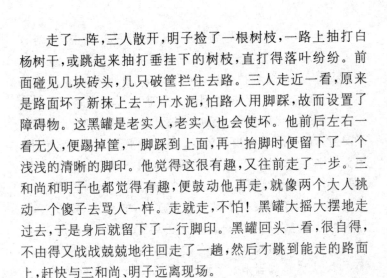

　　走了一阵,三人散开,明子捡了一根树枝,一路上抽打白杨树干,或跳起来抽打垂挂下的树枝,直打得落叶纷纷。前面碰见几块砖头,几只破筐拦住去路。三人走近一看,原来是路面坏了新抹上去一片水泥,怕路人用脚踩,故而设置了障碍物。这黑罐是老实人,老实人也会使坏。他前后左右一看无人,便踢掉筐,一脚踩到上面,再一抬脚时便留下了一个浅浅的清晰的脚印。他觉得这很有趣,又往前走了一步。三和尚和明子也都觉得有趣,便鼓动他再走,就像两个大人挑动一个傻子去骂人一样。走就走,不怕! 黑罐大摇大摆地走过去,于是身后就留下了一行脚印。黑罐回头一看,很自得,不由得又战战兢兢地往回走了一趟,然后才跳到能走的路面上,赶快与三和尚、明子远离现场。

　　他们不知怎么的,糊里糊涂地走进了一个晚间无人管理的疏旷的大公园。走到大湖边上,那时月光正从东方升起,洒了一湖银屑,湖边垂柳,影影绰绰,如山,如墨云,又如乡村原野上的麦秸垛。几只乌鸦受了惊动,离了树枝,飞到月光下,然后又落到了另外的树上。远处水面,有野鸭一声半声地鸣叫。非常寂静。他们有了一种虚幻和寂寞的感觉。

　　湖水边上拴了一大片游船,此时皆在月光下泛着白光。一有风吹起,湖水便晃动起来,那些船便也此起彼伏地跟着晃动。

　　明子首先跑到水边,跳到一只船上,用手四周一摸,然后对三和尚和黑罐说:“这船没锁。”

　　两人听了,立即过来:“真的?”

　　“真的。”

　　三和尚和黑罐也都跳上船来。

　　这是一只脚踏船,有两个座位。明子和黑罐一人抢了一个座位坐下，三和尚便坐到船头上。只要三和尚说声"踏"，明子和黑罐马上就去蹬脚蹬。三和尚朝四周看了看，说："没人。"这时，只有湖水拍击岸边的水声，再无其他声息。三和尚觉得头脑有点昏暗，很想到湖上去兜兜风，说："踏！"

这明子和黑罐便争先恐后地蹬起来，那船便呼呼地离开了岸边。船尾泛着雪白的浪花，在月光下留下一条水道来。船头的水"噗噗"地响。三和尚解开衣服，让清凉湿润的风吹着胸膛。明子和黑罐发了疯一般，拼命地踩，拼命地蹬，船长了翅膀一样，在这夜空下贴着水面疾行，像一只难以起飞的巨大水鸟。一群将嘴插进翅膀正在做梦的野鸭被惊醒了，乱糟糟地飞上天空，惊叫着盘旋，然后只听见远处"扑通扑通"的水响，大概是落到别处水面上去了。三和尚忽然哈哈大笑起来。

明子和黑罐蹬出大汗，便都脱了褂子，将脊梁光光地对着月亮。

"使劲！"三和尚还嫌不过瘾。

于是，明子和黑罐的身体皆离了座凳，攒足全身力气，将其运到双腿上去。

三和尚摇晃着跳过来，推开黑罐，自己坐到位子上。他的双腿短而粗，极有力量，加之明子两腿已经疲软，两边力量不平衡，船便像陀螺一样在水面上旋转起来。

"我晕。"黑罐说。

三和尚却更用力地蹬，仿佛要把那脚蹬蹬断一样，船便越转越快。

立在船头的黑罐仿佛在浪峰上颠簸，两眼一黑，有点站立不住，便赶紧蹲下去。可是不知怎么的，双腿一软，被甩了出去，跌到了湖水中。

三和尚晕乎乎居然没有觉察。

"黑罐！黑罐掉下湖了！"明子叫道。

三和尚这才刹住。

都是水乡长大的，擀面杖一般长短，就能在水面上凫了。黑罐从水中挣扎出来，用双手抓住船帮。

明子"格格格"地大笑起来，笑得接不上气，笑得两眼流出泪。

黑罐被三和尚拉上船来。三和尚一见黑罐像只落进水中的黄鼠狼一样站立着，瘦长瘦长的，也禁不住大笑。

黑罐快要哭了，可是一见明子和三和尚都笑，他也笑起来。

这疯疯癫癫的笑声，在寂寥的夜空下，往茫茫的远方传播着。

三和尚脱了一条长裤，明子脱了一件褂子，让黑罐换了湿衣服。

三人想起来好笑，便又笑了一阵，终于都没了力气，黑罐坐在船尾上，三和尚坐在位子上，将头仰在座位的后背上，明子躺在了船头上。

小船一动不动地停泊在水面上。

好月亮，明晃晃，照得世界成了半透明的，仿佛淹没在淡淡的牛奶里。已有很久没有看到这样的月亮了。这样的月亮好像只在小豆村能看到。晴朗的夜晚，小豆村上空的月亮是极迷人的，圆的，像银盘；弯的，像银镰，纯净、温柔。月光下的田野、树木、河流，仿佛沉浸在一场梦里。这样的夜晚，明子和黑罐他们总是不肯呆在屋里，或到田埂上互相追逐，或爬到河边倒扣着的船底上去嬉闹，或到桥上去听大人讲那些奇奇怪怪的事情，要不，驾着小船，到芦苇滩上捉小蟹，或到水荡里去撒网。那里的月亮,是属于他们的。

三个人都望着这轮悬浮在薄薄雾气中的月亮。

很久很久。

兴奋和宁静的心情慢慢地流失了,三人又不约而同地回到了对白天的回忆里。这时,他们仿佛觉得这水是浩大无边的,他们在孤零零地漂泊着,心里禁不住有了几分悲凉和凄惨。

三和尚说:"我以为,我们这些人是烙了记号的,走到哪,也不能改变自己,就像山羊和绵羊一样,一眼就能分清。可我现在知道,我们这些人也是能改变的。可是,得有一样东西:钱!"

明子看到,月亮上有一抹淡云。

"钱这东西很神奇。没有一样事情它办不到的。你身上揣足了钱,走到哪都不怕。钱就是路。钱能把这天上的月亮都买下来。人有了钱,屁都比别人放得响些、香些。人说了,'腰里无铜,不能逞雄'。人可以缺这缺那,独就是不能缺钱。人一穷,就出来了瘪三样。这是没法儿的事。你饿了三天三夜,饿得前胸靠后背。见人抓着根鸡腿在太阳下啃着,你的眼睛就没了骨气。谁说不是'人穷志短,马瘦毛长'呢? 于是,古往今来,那么大一片天空底下,这男的女的,老的少的,都为那钱拳打脚踢,为那钱费尽心思,甚至闹出无数条人命来。不然就说'人为财死,鸟为食亡'了吗?"

三和尚用平静的语气,把话说得很冷酷。

"你们也没少见着,今天就看了个透彻:有钱使得鬼推磨。"

无边的世界里,此时只有这一句话真真切切响着。

湖上有风,空气中有几分凉意,望天空,天湛蓝一片如水洗过。那轮明月越发高悬,尽把温柔的光洒下人间。很远处,似乎有几户人家,那微暗的灯光,在岸边树木间闪烁,使人感到遥远和迷惑。

三人都静静地躺在这静静的夜空下,静静听着,静静望着,静静想着,想出了许多深刻的大道理来。但想出以后,并无激动,也无不安,反使心更静静的像了这湖静静的水。

很久之后,三和尚叹息了一声,说道:"钱是个好东西!"

16

一晃,进了盛夏。

草木生长蓬勃。水边的芦苇茂密如一堵围墙,使下水游泳的人,不得不用双臂使劲分开。一些人不常到的小径或野路,那野草疯也似的蔓延,叫偶然过路的人没了双膝。即使人来车往的大路边的白杨,也多出许多枝条。这盛夏的颜色倒也单纯,就是绿,仙人掌一般暗绿,一片浓阴,蔚为一片绿天,人行走于其间,连衣服仿佛也微微显出淡绿。

就在这一片绿色里,行出紫薇的轮椅车来。

这条路线,是过去明子常推着她走的那条路线。但,今天推着轮椅的却是另一个男孩。

紫薇很安恬地坐着,穿一身洁白的连衣裙。在这绿色的背景下,给人一片明亮。她的神态宛如一位圣洁的公主。

蝉在路边的树林里正起劲地吟唱。

那时,是下午五点钟的光景。明子等到了两份活,便早早回来了。当他快要走到那片楼群时,他看见了紫薇和那个男孩。

"明子!"紫薇先喊了他,并用劲转动轮椅,朝他驶来。

当时,明子上身穿一件有许多油漆斑点的背心,下身穿一条短裤,那短裤的裤脚已经掉线而裂开着,肩上挎了一只装有漆板的布包。他已在这炎热的夏天劳苦了一天,衣服上汗渍斑斑。脸、胳膊和两条腿,在沾满尘埃后,汗水的流淌,将皮肤弄得黑一道白一道。中午阳光的强烈暴晒,使他感到脸部刺挠挠的,便用手去抓挠,到现在还有一道道红杠。看上去,他很疲倦,很脏,并且那副形象有点滑稽。因此,当紫薇像一只洁白如雪的白鸽落在他眼前时,他感到自己十分寒伧,手脚顿时变得生硬、多余。他朝她很不自然地笑着。

　　那个男孩走过来了。他穿着一件宽松的高级 T 恤衫,脚蹬一双白色的高级旅游鞋,皮肤白净如一个女孩,眼睛不大,但明亮并有一股咄咄逼人的神气,两片薄薄的嘴唇紧闭着,显出一种少年的矜持,两条长腿预示着一个未来的骑士。

　　明子望着高出他一头的男孩,觉得自己更加的矮小。

　　"他就是你说的那个小木匠?"男孩将双手轻放在轮椅的背上。

　　紫薇点了点头。

　　"你好。"男孩微笑着对明子说。

　　明子长这么大,从没有向人问好的习惯。老家的人见了面,总是问:"你吃过饭啦?"要不就问:"你早啊。"没有人见了面问道:"你好!"因此,当明子被问好后,他不知如何作答了。好在进城也有这么长时间了,对这一礼貌也能勉强用一下了,局促了一阵,他也回问了一声:"你好。"

　　这之后,有片刻的沉默。

　　紫薇说:"跟我们一起玩一会儿,天还早呢。"

　　明子不知道是答应呢还是不答应。血直往他脑袋上涌,脑袋有点胀。

"走吧。跟我们玩一会儿吧。"

明子想了想,道:"好吧。"

男孩依然用双手扶着椅背,像是扶着一辆属于自己的豪华轿车的方向盘。

以往,明子遇到紫薇,总是立即过去扶住椅背的。他下意识地走过去,可是抬头看到男孩的"主人"神情时,便闪到一边。

男孩微微低下头来问:"薇薇,你愿意去哪儿?"

紫薇微微仰起脸来:"去河边吧。"

男孩极轻松地推着轮椅,看得出,他的感觉极好,像一个王子推着一位受伤的天使。

明子挎着那只装满漆板的布袋,走在旁边。他的左脚上的凉鞋的带子已断,因此,那凉鞋总是不跟脚,并且警告着明子,他不时时刻刻地想念着它,它便会在他一抬腿时,"叭嗒"一声从他脚上掉在地上,使他一只脚有鞋,一只脚光着,很难看地往前走一步。他小心翼翼地走着,尽量不过高地抬腿,又尽量走出正常的走相来。

紫薇与明子已有一段日子不见面了,因此,倒也把注意力放在明子身上,这使明子稍微自然了些。

"生意好吗?"紫薇问。

"挺好的。"明子说,"活很多,忙也忙不完,有时夜里要干到十二点钟。"

"鸭子找到了吗?"

明子摇了摇头,心情有点难过起来:"不知他去哪儿了。"

"黑罐呢?"

"去干活了。"

"他人真老实。"

"太老实。"

紫薇与明子对着话，男孩倒也没有什么不快，但轻轻吹起口哨来。他的口哨吹得很好，一忽高一忽低，低音往高音上去时，那么轻轻一扬，很优雅地就上去了。他似乎也知道自己吹得好，便吹得很有节奏，那节奏又仿佛是为轮椅在这绿色之中旋转而配的。

明子很惭愧。他只能在春天时从柳树上撅一截柳枝，抽了中间的茎，只留下皮来，然后做成柳笛儿吹，却怎么也不能拢起嘴唇就吹出那么悠扬动听的曲子来。

男孩仿佛知道明子不会吹口哨。

"你的腿怎么样了？"明子觉得应赶快问话。

紫薇说："我已经能走好几步了，只是两腿还是有些软。爸爸告诉我，医生对他说了，只要我肯锻炼，再过几个月，我就能走路了。"她望着前面，想像着说："要是今年秋天，我也能上学，该多么好啊！"

男孩的口哨在紫薇与明子沉默时，吹得响亮了一些。

这曲子活泼、诙谐，并且是快乐的，与紫薇的心情正相契合。她熟悉这支曲子下的唱词，并且很喜欢唱。那是一支英国儿童歌曲，名叫《唱支六便士的歌》。

柳丝不时从紫薇面颊旁掠过。天空无比的高远，令人神往。

每当想起不久的以后，紫薇总按捺不住内心的喜悦和激动。她也已经相信，不久，她就将会行走。失去的一切，都会重新回来。她自己会走到阳光下，走到长风中，走到一切她想走到的地方。她又是一个健全的女孩儿，并且很漂亮。她感到自己已经长大了，诗意的、多梦的青春已经朝着她走来。她必须站立起来！想到就要结束这似乎永恒不改的孤独和寂寞,她曾在夜里用泪将枕巾弄湿。

男孩的口哨响在天空下。

紫薇禁不住轻声唱起来。那唱词十分的有趣:"唱支六便士的歌儿,麦粒一满袋。二十四只黑乌鸦儿烤馅饼里摆。当那馅饼一切开,鸟儿就唱起来,真是一盘国王用的丰盛的好菜。那国王正在账房里把他的财宝算。那王后正在大厅里把那蜜糖尝。那女佣正在花园里,把那衣裳晾,飞下一只乌鸦就啄去她的鼻梁。"唱完了,紫薇禁不住"格格格"地笑起来。

明子觉得那唱词东拉西扯的好奇怪,也跟着笑起来。

男孩懂得很多:"这是一支有名的谐趣歌曲。"并从这一刻开始,他一直掌握住了话头,直到明子离去。

紫薇的感觉里也渐渐只有那男孩了。

男孩讲了许多明子闻所未闻的事情,又讲了许多显然紫薇也感兴趣并且在行而明子一点也不明白的话题,比如音乐,比如卡拉 OK,比如伦敦,比如"小虎队",比如美国西部片,比如澳大利亚的种牛场……紫薇知道得很多,那男孩知道得更多,两个人谈得很投机,并不时有一点争论,而每次都被男孩更丰富的知识征服了,紫薇只是微微羞涩地点点头,但很高兴,仿佛她喜欢他比她知道得多。

明子呆呆地跟着轮椅车。他不知道他们谈些什么。他低着头,用眼睛望着脚上的鞋,望着脏兮兮的没有遮掩的腿。有时,他也跟着他们笑一笑,但不知笑什么。渐渐地,他落在了后面。他不知道自己该怎么摆脱这种处境,没有主意,也没有判断,只是木然地跟着走。

男孩一直那样轻松地推着轮椅车走在绿阴下,并且总是不停地与紫薇对话。有时,很长时间,紫薇只是很温柔地很宁静地听着，让男孩一人说去。

明子渐渐落在了轮椅车后面，可他还是不知所措地跟着。

紫薇终于想起了明子，回头叫道："你快点来呀！"

明子不敢快，怕那只凉鞋掉下来。

紫薇催促他："你走快点呀！"

明子刚想走快点，那只凉鞋便真的掉下来了，他便回头去捡，脸上一阵火辣辣的。他索性把另一只凉鞋也脱下，两只鞋一合，夹在腋下，光着脚丫子小跑过去。

"你不怕硌脚？"紫薇问。

明子说："不怕，在家里时，总得光脚走路的。"

男孩看了一下他的脚。于是，明子觉得自己的脚仿佛不是自己的，而是接在腿上木头做的脚。

这时，有两个小伙子撵着一条大狗从河边跑过。

男孩便又去与紫薇说话了："你听说过吗？一九八五年，在美国西弗吉尼亚州普林斯顿发生了一起法院审狗的奇闻。受审的是一条叫波的四岁的狗。它被三位居民指控咬伤了他们的狗。开庭的那一天，整个法庭座无虚席。法官、陪审团、辩护律师、被告、原告、证狗，应有尽有。审讯的程序与一般审讯完全一样。可波在整个审讯期间表现得特别温驯。最后，法官威廉·比尔斯宣布波无罪，理由是从波在法庭上的表现来判断，它不是一条恶狗。"

紫薇又"格格格"地笑起来。那男孩真是无所不知，并且总能使紫薇快乐。看得出，他也很想紫薇快乐。

明子压根儿插不上话。天很热，两只鞋夹在腋下很不舒服，他就一手提了一只，像一手提了一条咸鱼。他也不知道自己怎么做才能好看一点。极无趣地走了好一阵，他终于说:"我要回去了。"

紫薇想了想说:"那好吧。"

明子正要走,紫薇忽然想起一件事来,用手指了一下那个男孩说:"他叫徐达。他爸和我爸是好朋友。他爸在美国。前不久,他妈也到美国去了。因为高中没有念完,他不能跟着去。现在,他就住我们家。你有空,来找我们玩吧。"

明子点点头。

叫徐达的男孩一扬手,说了声:"再见。"

明子也说:"再见。"说完了,赶紧掉过头去,往小窝棚走。

明子遑遑地走着,仿佛身后那块地面马上就要塌陷。估计走出了紫薇和徐达的视野,明子放慢了脚步,一脸沮丧,两只胳膊瘦弱无力地垂挂下来,两只鞋仍拎在手中一晃一晃的。他低头看了看它们,手一松,它们便都落在了地上。他犹豫不决地望着它们,不知道到底还要不要它们。他有点恼羞。这情感积聚了一会,便成了恼怒。他对其中一只狠狠飞起一脚,只见那只鞋被踢飞到空中,然后像一只被枪击中的乌鸦,"扑通"一声落在草丛里。还剩一只躺在那儿。他一弯腰将它捡起,然后如扔铁饼,转了好几个圈,突然一抛,那鞋越过树顶,飞过一道矮墙,落进路边一个什么机关的大院里去了。

明子回头看了一眼,早不见紫薇和徐达了。不知为什么,他又希望能远远地看到他们,但要他们看不见他。天还早,他在路边坐下了,屈着双膝,然后将下巴放在双膝间,一副灰心丧气的神态。

这时,有一个声音,将他救出了这番低沉的情绪:"明子——!"

明子抬头一看,只见跑过一个男孩来。当他认清了那男孩的面孔时，不由得两眼一亮，霍然跃起："鸭子！"

确实是那个失踪了的鸭子。他一口气跑到了明子跟前。

明子双手搂住他的脖子。

鸭子也紧紧抱住明子的腰。

两人又蹦又跳。

疯狂一阵之后，明子才想起来问鸭子："你去哪儿啦？把人急煞啦！"

鸭子说："那天，我在街头上被警察抓了。他们问我是哪儿人，我说我不知道。他们问我都有什么亲人，我就对他们说，我有爸爸和两个哥哥，后来走散了。我被关了起来。过了好多好多天，他们说，经调查，几年前曾向湖北一个地方遣送过三人，也是一个父亲两个儿子。那父亲当时就说他还有一个小儿子，但找了很长时间也没有找到。他们想，我可能就是那个小儿子，他们特地派了一个人，把我送到湖北。那鬼地方很远很远，下了火车，还坐了一天汽车，半天轮船，又步行半天，才找到我'爸爸'……"

"找到啦？"

鸭子说："那个'爸爸'看了我半天，说：'我儿子长得可比他漂亮多了。'送我来的那个人问我：'他是你爸爸吗？'我说：'我爸长得绝对没有他这么丑。'那人没办法，只好把我又带回来了。下了火车，我趁他不注意，跳下站台，一口气钻过两列火车，翻墙头就跑了。"

"他们怎么还允许这只鸟在？"

"那些大盖帽特好。一个年纪大的，是当官的，说：'他还是个孩子，不准伤害了他的鸟。'"

明子细看鸭子，觉得鸭子长高了一些，也长大了一些，心里很高兴。他为什么喜欢鸭子？他自己也说不清楚，就是觉得鸭子有趣、可爱。他像是分别了若干年，忽然见到了小弟，心里很动情："我总是找你。"

"奶奶说了。我也特别想见到你。"鸭子说。这无家可归，举目无亲的鸭子，在茫茫的人海里，却认上了明子。记得刚一见面时，他们就很亲切。仿佛，他是明子的一个走失了的弟弟。他就是喜欢跟明子呆在一块。

两人没完没了地说着话，天快黑了，还不肯分手。

17

这是一个令人烦闷、焦躁的夏天。有一阵，一连许多天，热浪滚滚，仿佛从酷日下的沙漠吹来的风。中午时的白杨叶被晒蔫了，疲乏地耷拉着，柏油路面被晒得油浸浸的，甚至稠糊糊地流动起来，把笔直的斑马线流成曲线。路边到处是冷饮摊，仿佛是在暑天设下的一个个急救站似的在随时等待一个渴得发昏的人。正午时，汽车喇叭声穿过热气传来，让人觉得烫烫的。傍晚，夕阳西沉，将西方天空烧成红色，仿佛那里是一片火海，是火光映红了天幕。黄昏里，蝉噪一片，如同千滴万滴雨珠打着一片干柴。

真是个苦夏。

明子他们苦撑苦熬了一个夏天，一个个都瘦了一圈，也黑了许多。钱挣了一些，肉掉了许多。明子干活最拼命，因此，也就瘦得最凶。他本就瘦弱，苦了一个夏天，便愈发的瘦，当秋天来临时，走路轻飘飘得像一片落叶。

这个季节里，他常常惶惶不安、焦灼不宁。他弄不清楚这是为什么，又常常生气，常常被一种空虚压迫着。于是，他就不要命地干活，使三和尚摸不着头脑，误认为明子大了，学好了,不由得心里高兴起来,并叫黑罐向明子学习。

一个夏天,明子没有去看紫薇。他想过去看看她,可又放弃了这个念头。他总想起自己的窘相和处在难堪境地时的迟钝与无能。每逢想起高高的英俊的徐达,他便有一种不期而然的压抑感。有一段时间,他自己觉得他已把紫薇忘了,心里平静了好些日子。

这些日子,明子甚至没有从那片楼群走过。后马路又开了一路汽车,他改变了乘车的路线。

不知为什么,这一天,明子又想去看看紫薇,并且这一念头在下午收工回窝棚时变得固执起来。理由是:看看她能行走了没有?

当快要走进那片楼群时,明子很仔细地检查了自己的鞋。

三和尚说他还没仔细地瞧过那个女孩,想看一看,问明子:"行么?"

黑罐跟着说:"我也没仔细地瞧过她。也看看她,行么?"

明子很坦然:"这有什么不行。"

"那你把她叫下楼来,我们在一旁看着。"三和尚说。

"嗯。"明子答应道。

但没用叫,一进楼群,就瞧见了紫薇。当然也同时瞧见了徐达。

紫薇上身穿一件淡绿色的绒衫,下身穿一件发白的牛仔裤,给人一种健康的印象。那辆似乎要与紫薇终身相随的轮椅车不见了。她甚至没用拐杖。她居然真的能自己行走。她似乎要和徐达到一个什么地方去。她的手上抓着的,是明子初春时给她掐下的那枝芦花。明子知道她在高兴时,常常拿着这枝芦花,仿佛它成了她的一件装饰品。

是紫薇先喊了明子,并主动朝明子走来。

她走得还不特别轻松,但走的样子已经很好看了。

"你为什么不来玩?"她问。

"活忙。"明子答道,"那是我师傅和黑罐。"

紫薇回过头去朝他们微笑着。

"你能走路了。"明子说,"真好。"

紫薇说:"还要谢谢你呢。"

"谢我干吗?"

"我爸爸妈妈都说要谢谢你。"她想了一想说,"你在这等我一会好吗? 我回家一趟。"说完,掉头就走。

三和尚对明子说:"我们先走了。"

黑罐对明子说:"我等你吧。"

三和尚拉了一下黑罐:"你跟我回去弄晚饭。"

当明子抬头看到徐达时,他突然叫道:"黑罐,等我一块走。"

黑罐站住了。

但三和尚在黑罐的后脑勺上轻轻一拍:"二百五!"往前一推他,"明子难道会被狼叼去吗?"

黑罐看了一眼似乎有点发虚的明子,糊里糊涂地跟三和尚走了。

"你好。"徐达走过来,向明子打招呼。

"你好。"明子说。

"干活刚回来?"徐达问。

"嗯。"

徐达穿了一件白色的羊毛衫,手腕上松松地戴着一块黑晶晶的手表,人显得格外的有精神。

明子又感到了一种无形的压力,记忆里又唤醒了第一次遇到徐达和紫薇时的经验。他努力镇定住自己,显出大大方方的样子来。他又有了"早点离开"的念头。

"我有一对从西班牙带回来的信鸽,你能帮助我做一只鸽笼吗?"徐达问。

"鸽笼谁都会做的。"明子说。

"不,我想请个木匠做。"徐达说。

"我们不做鸽笼。"明子说。

"这很奇怪。"徐达微微一耸肩。

"什么样的家具我们都能做,只要有图纸。但就是不做鸽笼。因为那不是木匠活。"明子重重地咬着"木匠活"。

徐达伸出长胳膊,用手抓住铁栅栏,然后摆出一副优雅的姿势仰望楼上。

明子觉得自己有了些力量,有点能把握自己了。他坐在铁栅栏下的椅子上,不去理会徐达,耐心地等待着紫薇。

徐达回过头来说:"薇薇能走路了,我们都非常感谢你。"他很自然地说着"我们",仿佛他是紫薇的哥哥或保护人。

明子的心中泛起一股说不出的滋味。

紫薇终于下来了。她对徐达说:"你在前面先走,我们马上就来。"

徐达说:"好吧。"便独自先走了。

"我们边走边说,好吗?"紫薇问明子。

明子站起来,点点头,表示同意。

"你好吗?"紫薇问,口气像个大人。

明子抬头看了一眼她。他觉得她确实像大人了。她的个头要比明子高一点,眼睛、嘴角、微微翘着的鼻翼以及她的神态和举动,皆流露着青春的气息。明子低下头去回答她:"好。"

他们似乎没有太多的话好说,各自都在找话说。

徐达一直在距他五十米远的地方走着。明子站住说:"你们走吧,我该回去了。"

"跟我们一起去玩吧。"

"不了。"

紫薇从口袋里掏出一只信封,递到明子前面。

"是什么?"

"你打开看看就知道了。"

明子用两只手指往里一夹,夹出一沓钱来,忙问:"给谁的?"

"给你的,是我爸爸妈妈要给你的,都放在我抽屉里快两个月了,一共二百块钱。"

"为什么要给我钱?"明子不明白地问。

"爸爸说,你为我付出了许多劳动,早应当感谢你了。"

明子的鼻梁酸溜溜的。他把钱重新塞回信封,递给紫薇:"我不要。"

"收下吧。"紫薇说,"妈妈说,以后如有困难,就来找我们。"

明子执拗地将信封伸在紫薇面前,仍然是三个字:"我不要。"

紫薇说:"你把这笔钱早点寄回家去吧。我爸好几年前曾去过你们老家那个地方。他说你们那儿很穷很穷。他去过一个小学校,说那个学校的学生的课桌都是泥垒的,在上面掏个洞,算是抽屉;一个女孩都八岁了,还没裤子穿……爸爸说,你们那儿的人挺可怜的。"她把信封拿过来,塞到挎在明子肩上的包里。

明子的头垂得很低很低。

紫薇看了一眼徐达，对明子说："他在等我呢。我走了。再见，明子。"

"再见。"明子没有抬头。因为他的眼睛里正噙满泪花。

紫薇举着那枝芦花追上了徐达。

明子抬起头来透过泪幕望去时，只见徐达正在为抢到那枝芦花而与紫薇追逐着。

徐达终于抓住了紫薇的一只手。紫薇"格格"地笑着，身子半仰在徐达胸前，但仍不交出那枝芦花，而将它举在半空中挥舞着。这时，一个景象出现在他们面前：那芦花放久了一点，当被使劲挥舞时，花絮便抖落下来，在阳光下飘动飞扬起来。他们不再争夺这枝芦花，而欣赏着这美丽的飞絮。它们是银色的，绒绒的，随着气流，往空中慢慢地飞去。

紫薇大概想起了在草地上吹蒲公英花，便将芦花放在嘴边猛一吹，只见又是许多花絮飞扬起来。

徐达拿过来也吹了一口，这一回，吹下一蓬芦花来，像无数小鸟的羽毛在空中飘，一闪一闪地发着亮光。

两人他一口、你一口地吹着。紫薇仰望着飘去的花絮，样子很兴奋。不一会工夫，就把那枝芦花吹得只剩一根光杆儿。这时，紫薇看了看光杆儿，然后假装生气地将它往地上一丢："就怪你，就怪你。"

徐达说："河边芦花有的是，我可以给你掐一大把。"

两人很快乐地朝河边走去了。那时太阳正在西沉，他们面前的太阳将他们照成两个修长的剪影。

明子一直望到他们消失在阳光里。

黄昏里，明子双眼弥漫着泪水掉转身去。他不想立即回到小窝棚里去了。他不愿让三和尚和黑罐看到他的神情。沿着大街，他漫无目标地往前走去。嫉妒、自卑、昂奋、羞耻、怅然若失……种种情感交织在一起,占住了这位十七岁的少年的身心。

路边白杨被秋风所吹,翻着淡银的叶儿。路边矮墙上,不知爬着一种什么藤蔓植物,一枚枚叶子皆变成红色,而且红得就如那血红的残阳。清凉的秋风,早把暑天的痕迹吹尽,秋正在一寸一寸地变深。

暮色中,明子又茫然地走进了那个大得似乎无边的公园。

被蝉所喧闹的林子,已是一片安静。树木正在无声呈现着秋之颜色,秋之形状。繁茂、葱绿正在逝去,一草一木,显出清瘦来。暮色中,那西南面的远山,隐隐约约的,让人觉得也瘦了许多。

明子走累了,就坐在水边的亭子里。

那亭子一直伸到水上。两侧一溜下去,皆是向水上倾斜的垂柳。都是些老柳树,树干弯曲成各种形状,树根交错,被那水浪冲来刷去,许多露了出来,像是老人扩张着暴凸的血管。湖水很满,几乎就要漫上岸来。

明子将身子斜倚在亭柱上,漠然地望着湖水。

天黑彻底后不久,天空下起雨来。

四周无一丝亮光,明子看不见雨,一时心思全无,便全神贯注地听起雨来。

雨不大,很均匀。落在水上,水面上便发出一片"叮咚叮咚"的水音;落在树上,就发出"沙沙沙"的声音,宛如春蚕在咬噬青桑。在这些声音中,有一种声音听来叫人不免伤感。那便是雨打残荷的声音。那声音是干燥的、沙哑的。

听着雨声,明子不由得想起家乡的雨来。

家乡的雨总是下得很好,很迷人。明子喜欢雨,尤其喜欢春天和秋天的雨。春天的雨很贵重,很肥沃,雨下着下着,就能看出田野在变得越来越绿,那雨也就被染成了绿色。往远处看,到处笼着湿湿的绿烟。明子总记得水边柳树下,水牛在雨中啃草的形象:它不管雨,只顾啃着被雨水冲净的嫩草,有节奏地甩打着尾巴。它的身后,或它的身旁,有一个十几岁的孩子披着蓑衣,慢慢地跟着它。秋天的雨是明净的,一根根雨丝,如千万条银线忽然从空中飘洒下来。那时,银杏树叶黄了,晚稻黄了,芦苇黄了,秋雨里,到处是一片叫人心里明亮的金色。那时,会有几只白鹭从树顶上飞起来,飞到雨幕里,远远地看,就仿佛是一团团白光在雨幕里飘移着。

下雨天,明子总爱到雨地里去,那凉丝丝的雨水,浇黑了他的头发,洗亮了他的眼睛,浇去了一身顽皮时留下的汗碱和污垢。他和一群或比他大或比他小的孩子,在雨地里追逐着,或在田埂上,或在柳丝下,或者驾了几只小木船到水上去嬉闹。

童年的许多故事,都与雨联系着。

明子由想念家乡的雨,扩大成想念整个家了。他常常陷入这种刻骨铭心的想念之中,尤其是当对生活感到无奈时。他在这里究竟算什么东西呢?他几次准备收拾东西回去,然而想到自己身上没有太多的钱而家里又在指望着他的钱时,他只好抹抹眼泪,又留下了。他要呆在这儿,因为他必须呆在这儿。

近来,他想家的劲头似乎有所减弱。他的心底里慢慢地生长起一种对抗情绪,一种志气,一种悲壮感。虽然这些情感有点幼稚,甚至褊狭,但,它们使明子在自我悲伤、自我怜悯的心境中获得了新的生活欲望和生存态度。这将使他在后来的一段时间里陷入疯狂、冷酷、惊喜、失望、深深的自谴和懊悔。但经过这一灰暗的过程,他可能走入更好的人生。

雨还在下。

明子走进了凉雨里。他沿着水边,在黑暗里往前走。他告诫自己:男子汉想家是绝没有出息的! 凉雨的泼浇,冷却着他的情绪与思想。他觉得自己再也不能这样窝窝囊囊、可怜巴巴、低三下四、畏畏缩缩、唉声叹气、在屈辱中毫无骨气地活下去。要把头抬起来,把胸脯挺起来,让眼睛转起来,放出光芒来。谁也不能欺负他,谁也不能蔑视他。谁胆敢如此,他坚决报复。并且——这是最要紧的一点——他要挣很多很多钱! 他从未像现在这样渴望着富有。

走在凉雨里,明子是昂首挺胸的。

18

明子把漆板一块一块在马路牙上摆好后,仍然还在紧张、兴奋和激动中。

一个小时之前,他痛快淋漓甚至有点残忍地捉弄了一个女孩。

出了窝棚不久,一条沟拦住了他的去路。这里可能要铺设一条地下管道,因为沟边到处放着水泥管。那水泥管很粗,明子站直身子都可以顺利走过去。埋这水泥管的沟有多深,便可想而知了。像在许多城市看到的情况一样,到处可见挖开的地面,何时能够填上,就谁也不能判定了。仿佛这个世界上专门有一种人是从事挖沟工作的,今天在这儿挖,明天在那儿挖,只管挖不管填,挖完了就走,再也不肯回来了。于是,人们总能见到沟,有些沟仿佛是永恒的。这条沟如同许多沟一样,也老早就挖开了。但几乎就没有一丝将要很快被填上的预示。那些水泥管四周已经长满杂草。这里很少有人走到。以往,这上面横了两块木板,让偶然从这儿经过的行人通过。但今天,这两块板子却不知被谁弄走了。昨天下了一场雨,沟沿很滑,沟底还汪了一些积水。但明子犹豫了一下,毫不在乎地就跳到沟底,并且,纵身一跃,手往边沿上的一块砖上一按,便又飞出沟底,轻轻地落在了地上。他对这一连串动作非常满意。在完成这一连串动作时,心中有武侠小说中的形象,仿佛那形象就是他,他就是那形象。站定后,他不由自主地回头望了一眼那沟。这时,他瞧见一个女孩正向这边走来。

不知出于何种心理,明子站住了,单等那女孩走过来。

女孩走到了沟边,低头一看,立即退了回去,表情像站到悬崖上望万丈深渊。

明子很得意,倚在了水泥管上,睥睨着她。他想看看这位"小姐"的窘态,看看她到底能出些什么洋相。

"你是从这儿过去的吗?"女孩问。

"是的。"

女孩望了望沟,又回头望了望来路,她显然不想再走回去,希望立即通过这条沟,尽快赶路。

"很好过的。"明子说。

"我不敢。"

明子把包放在水泥管上,又很漂亮地将刚才那一连串动作再做了一遍,并且比刚才的还飘还轻柔。

女孩说:"你能让我过这条沟吗?"

明子突然觉得她说话的口吻与紫薇第一回与他讲话的口吻是那么相似。"你能帮我捡一下吗?"明子的耳畔,清晰地响起紫薇的声音。

"行吗?"

"行吗?"那天,紫薇望了一眼她的纱巾,不也是这样问他的吗?

"我要赶路。"她说。

明子的眼中闪出冷冷的光芒,跳到了沟底,然后将手伸向女孩。

女孩说:"沟底有水。"她抬头看了一眼沟那边说,"那儿有好几块砖头,你能把它们拿来垫在沟底吗?"

明子想起早春时,紫薇让他捞下水中的那枝芦花。

"你是干什么的?"

"做木工活的。"

"哦,木匠。你是个小木匠。"

明子爬到沟那边,把十几块砖搬到沟沿,然后又跳到沟底,伸手把砖一块一块取下,放在了沟底的浅水中,铺了一条小路。他又把手伸给女孩。

女孩借着他的扶力,勇敢地落到了沟底。

"很好。"明子心里说。

"你把我托上去吧。"女孩说。

"不,"明子说,"我上去拉你。"说完,飞身上了沟岸。

女孩仰望着高高在上的明子,先把手伸了上去。

明子直着身子,将眼珠下移,俯视着沟中的女孩。他觉得刚才看上去还十分苗条的女孩,一下子缩短了,成了一个很可笑的小矮人。

女孩的手伸了有一会了,不见明子来拉她,有点尴尬。

明子走过去,斜下身子,用脚蹬着,摆了半天要拉她出沟的架势,然后才真的把手伸给女孩,并抓住女孩的手。

女孩企图很快上到沟岸,立即把脚蹬在沟坎上。

明子咬着嘴唇,显得很吃力,那脸上似乎写着:你怎么这么沉,像一只装满泥的草包!他的脚开始下滑,仿佛他会立即被女孩拽下沟底。

　　女孩的两只脚已蹬在了沟坎上。

　　明子与女孩僵持了一会。这时,明子的脸上闪过一丝"阴谋"。他叫了一声:"哎呀,不行啦!"随即脚往边沿迅速下滑,他突然将手一松,只听见"扑通"一声,那女孩一屁股跌在了沟底的泥汤里。

　　女孩白嫩如笋的双手沾满泥巴,裤子也潮湿了。刚才还打扮得整整齐齐、干干净净、将眉毛弯成弧线微笑的女孩,顿时显出狼狈相来。

　　望着沟底的女孩,明子有了一种满足。

　　这时,女孩更希望能立即爬上沟来,仿佛自己真的落进深渊里去了。

　　明子还想再重复几次刚才的情景。但,想了想,放弃了这念头。他朝女孩笑一笑:"我拉不上你来。"他从水泥管上拿下包,回头又道:"你只好在沟底等大力气的人来拉你出沟了。"说完,就走。

　　女孩带着哭腔叫着:"师傅!师傅!"

　　明子让自己赶快走,脚步匆匆的。

　　"师傅……"

　　明子听到了那女孩的哭泣声。他站住了。他想走回来将她拉出沟。可是,他终于没有这样做,脚步更匆匆。他心里很发虚,可又很兴奋,很激动。他的心底里,有一种谴责他的声音在呐喊着。可是,他不肯听见那声音。他的身子有点发抖。他像一个玩火的小孩。这小孩知道玩火不对,可是,看看四周无人,又情不自禁地把一片枯草点着了,望着那火越烧越大,他既紧张又激动,到了后来,见到火熊熊地蔓延,他赶紧逃掉了。

明子一路上,就在这紧张、兴奋和激动之中。

漆板摆好后,他倚在树上,想像着那女孩此时此刻究竟怎样了。不安和快乐交替出现于他的心头。

仿佛有报应似的,这时开过一辆卡车来,那驾驶员似乎根本没有把明子看成是一个活人,车轮紧挨着马路牙刷地开过来,而那时路边还有许多积水未被晒干,只见脏水如翅膀飞起,使正在想像中的明子躲闪不及,直淋了个满身满头。

明子站起身,把牙咬得"格格"响。

卡车在路边停下了,驾驶员出了驾驶室,把门"嘭"地一关,朝路边那个叫"红房子"的餐馆走去了。

明子用手擦去脸上的脏水。这时,他便对自己一个小时前的行动毫无疑问了。那个女孩活该在沟底蹲着!

这一切发生时,鸭子才刚走到马路那边。他目睹了那辆卡车的野蛮。他等几辆大轿车开过后,跑过马路来。那时,明子还未擦尽头发上的脏水。鸭子望着那辆卡车狠狠骂了一句。

受害者不止明子一个。沿着马路蹲着的未来得及跑开的,几乎都被溅了脏水。他们都愤怒起来,并且互相受了影响,越发的愤怒。明子在一片骂声中,仇恨地望着那个"红房子"。

他看不到那个驾驶员,但他觉得自己的目光穿破了那个红房子薄薄的墙壁,把目光射在了驾驶员脸上。现在的明子,再无宽容和厚道。他像一堆干柴那样,随时都可能被点着。

许多木匠走近了那辆卡车,接着传过话来:"一车苹果。"

明子掉头去看,只见卡车上尽是柳筐。那柳筐码了四五层,山一样高。透过筐眼,可以看到里面的红艳艳的苹果。怕筐歪斜下来,用了一根粗粗的麻绳前后左右挡了好几道。

木匠们看了看,便又走开了。

但明子的目光却一直落在车厢后挡板上的铁钩上的绳扣。

鸭子望着明子的眼睛,然后顺着明子的目光望去,也望到了那个绳扣。他便走过去,对那绳扣好好观察了一阵,跑回来对明子说:"那绳扣是个活扣。"

明子说:"我知道。"

明子又回头望了望那红房子,拉了一下鸭子的胳膊。

鸭子心领神会地跟着明子,慢慢地走向那个绳扣。

他们装成若无其事的样子,一步步地磨蹭到后挡板下。这时,鸭子将身子对着挡板,面冲向大街,目光两旁溜着。明子把胸脯对着绳扣,抬头望着最高处的柳筐,将两只手伸上来。他摸到了那个绳扣,使劲但却极有分寸地拉着。不使劲,拉不动绳子。但万一使过了劲,绳扣就会完全拉开。他必须将那绳扣拉到要开不开、轻轻一震就开的地步。明子的手的感觉极敏锐。他心里想达到的,他的手总能准确无误地做到。过了一会,那绳扣就完全按他所希望的那样被拉到虚扣状态。做完手脚,他把胳膊往鸭子肩上一放,另一只手插在裤兜里,晃晃荡荡地到马路那一边蹲下了。

大约过了一刻钟,那个驾驶员吃得红光满面(明子想:像筐里那些将要倒霉的苹果)地走出了红房子。

明子不由得紧紧抓住了鸭子的手。

驾驶员在开车门时,很痛快地打了两个饱嗝。

不一会工夫,明子和鸭子就看到那个驾驶员出现在驾驶室里：他拧开瓶子喝了两口水，又将瓶子拧上，然后发动机器。那机器声"突突突"地响着。明子和鸭子的心也"突突突"地跳着。

驾驶员一踩油门，卡车慢慢地转动起来，再一加大油门，只见卡车微微前冲了一下，那些筐也跟着猛然晃动一下。这时，明子和鸭子都看到那绳子忽然像绷紧的橡皮筋一下子失去了弹性而松弛下来。最上层的柳筐摇晃了几下，但因为卡车又平稳下来，而没有立即歪倒。马达"突突突"地叫唤着，驾驶员再一加大油门，卡车便冲了出去，那些柳筐很快向后倾斜，大约行出二十米远，绳子便完全松散，只见四五只柳筐争先恐后地摔出车外，跌到马路上。

不知谁惊叫了一声："啊！"随即街两侧的人皆看到了一个奇观：柳筐在街上滚动着滚动着，把鲜艳动人的红苹果撒落一街。那苹果实在是漂亮，红红的，如滴血一样的玉石抛撒在路面。筐是不停地滚，苹果也是不停地滚，仿佛都有着生命。

汽车开出去四十米，又滚下两筐苹果来，驾驶员才发现这个糟糕的事。他跳出驾驶室，望着一街繁星般闪烁的苹果，突然给了自己一个响亮的嘴巴。

木匠们像一群捡麦穗的孩子。那些孩子先是站在田埂上望，一旦听见庄稼地的主人说"可以捡了"，便都跳到地里。木匠们愣了愣，都跳下马路牙子，弯腰去捡那些似乎从天而降的苹果，很是忙碌。

驾驶员大声叫："别捡！"

木匠们不听，依然去捡，捡了往各种可以装东西的口袋里放。一些行人，也顺便捡着一直滚到他们脚边的苹果，那脸上的意思仿佛是：不捡走路碍事。有几个干脆跑到路面上。有一个很美丽的姑娘，禁不住如此大好的苹果的诱惑，也捡起一只来，同时一脸羞涩。

远远去看，一街脊背。

驾驶员捡回去一部分。捡了苹果的木匠们后来反而成了帮驾驶员捡苹果的主要力量，并且都十分卖力，好像驾驶员是个农场主，他们是雇佣工。

驾驶员重新拴好绳子，将卡车开走后，木匠们便掏出苹果来吃，吃出一片"咔嚓"声，像是满街人都在露天里啃着苹果。

明子和鸭子的上衣口袋和裤兜，都揣满了苹果，一手还抓了一只。两人很舒服地坐在马路牙上，对准左手的苹果"咔嚓"一口，再对准右手的苹果"咔嚓"一口，两人嘴里嚼着，眼睛对望着笑了起来。声音越笑越大，最后笑得嘴中喷出苹果来，两人倒在了一块。

木匠们也都笑了起来，仿佛很安静的一群鸭忽然受到惊动都"呱呱"叫起来一般，搞得路人莫名其妙。

快乐中，明子发现鸭子的那只鸟没有了，忙问："你今天怎么没有带鸟来？"

鸭子收住笑容："它不在了。"

"死了？"明子问。

"不，飞了。"

"我说过，它总有一天要飞。"

"不，是我放它飞的。"

"放它飞的？"

"嗯。就在离这儿三站地的地方，我把它抛上了天空。"

"为什么让它飞了呢？"

鸭子咬了一口苹果，在嘴里慢慢地咀嚼着。

"你这不是很傻吗?"

鸭子看了一眼明子,把苹果咽进肚里去:"昨天,我在拐角那儿放鸟叨钱,无意之中看到街那边有个老头在卖花。这个老头我好像在哪儿见过他。我仔细瞧他,心里'怦'的一跳:是大爷!是那个把鸟送给我的大爷。我慌忙收了鸟,走进小巷里。我在小巷里来回地走着。不知为什么,我特别想好好看看那个大爷。好几年时间里,我只是偶尔才想起他。我好像早把他老人家忘了。我心里很慌乱。我怕大爷责怪我为什么没有听从他当年留下的话。想走掉,快快地走掉。可是,我又实在想好好看看他。我慢慢绕到他身后的茶叶店里。我闪在窗子后面。我离大爷只五六步远。大爷比我初次见到时,老了,老了许多。头发全是白的,背也驼得厉害,像是压坏了似的。他守在一辆三轮板车旁边。那三轮板车也很老,上面放了十几盆花。他在卖花,那些花都是很一般的,长得也不好,都病恹恹的。大爷也不叫卖,他好像没有力气叫卖了。有时走过一个人来,大爷就问:'买花吗?'几乎没有人来买他的花。但他就那么守着。有时,他跑到前面去拢一拢花盆,这时,我就能看见他的脸。他的脸变得很瘦小,眼睛好像也老坏了,只有一道缝,像是在打瞌睡。我一动不动地站在窗后看着他。过来一个人,终于要买他一盆花。那盆花连花盆一起卖,才一块五毛钱,还不及蜡嘴儿五分钟叨的钱多。可大爷并不嫌少,把钱揣进怀里。他在那儿等呀等呀,一直等到天快黑,车上的花还有一大半没有卖出去。他用绳子把花盆拢上,慢慢骑上车,往西蹬去。我就不声不响地跟在后面。他没有多大力气,蹬得很吃力,车才有人走得快。我跟着车,一直跟出去两站地。那时天黑了。我想大爷反正也看不见我,就紧紧地挨在板车后头。在过一段上坡时,大爷有点蹬不上去了,直喘粗气,我就低下头,悄悄地帮他推着车。我一直跟到大爷家。他住在一个小巷的深处。他好像就一个人。因为没有一个人出来迎接他,是他自己把车拉进院子里,又是他自己把花一盆一盆地端进屋里。出了巷子,我坐在巷口,心里总想着大爷卖花时的样子。就在那儿,我把蜡嘴儿脚上的铜钩儿摘下了。我把它放在手上,给它捋了好半天羽毛。是它养活了我。它缩着身子,任我去捋它的羽毛。我哭了起来,把它放到鼻子底下。我用鼻尖一下一下地掀起它的羽毛……后来,我望了一眼小巷的尽头,把它抛到空中。我怕鸟再飞回来,我会犹豫,赶紧跑开了。"

明子听完鸭子的话,半天没吱声。鸭子的话让他动情了。但又过了一会,明子像要吹走一个什么念头似的从嘴里喷出一口气来,对鸭子道:"你真傻,傻到家了!"

"你不是也说,人不能那样挣钱吗?"鸭子问。

"那是我过去说的,现在才不会这样说呢!你也不想想,这世界上,谁跟钱有仇呀?我倒要看看你以后怎么生活?"

鸭子很茫然:"我也不知道。"

"你要么还去饭店吃人家剩下的。"

"不,我不。"鸭子说。

"那你就做小偷?"

"不,我不。"

"那你怎么办?"

鸭子抓着两只啃去一半的苹果,眼睛里充满对未来的慌张。

"你一冲动,把鸟放了,可就不想想以后的日子。你能干吗?给人家做工吧,人家嫌你小不要你。你又不比我,我有手艺,能挣钱。你呢,就知道吃,什么也不懂。干吗把鸟放了？老头也没看见你嘛。就是看见了，也认不出你来了。就是认出来了，又怎么样？是他给你的鸟，又不是你要的。再说了，你没有鸟，也没法活呀。那老头既然是个好人，就不会责怪你。你倒自己责怪上自己了。你说你傻不傻吧？傻透了。"明子俨然一副精通世故的大哥样子，对鸭子好一顿的教育。

鸭子被明子说得呆头呆脑的。

"也不跟我商量商量。"明子说。

鸭子心不在焉地啃着苹果。

"有我的信吗？"明子问。

"噢，有。"鸭子放下苹果，从口袋里掏出一封信来递给明子。

明子打开信看了一遍，又看了一遍，脸色越来越阴沉。

鸭子问："信里说什么啦？"

明子说："没有说什么。"

但这之后好几个小时里，明子一直情绪低落，心事重重。他坐在地上背靠树干，脑子里总是想着父亲在来信中说的那段话：

那年，为买那群羊，借了人家一千多块钱，人家催债已经踏破了门槛。可是，哪来的钱还债呢？春上，你妈卖了头上的簪子，买了两头小猪，本想秋天肥了，先还人家一些，没想今年夏天天太热，那两头猪都养到七八十斤了，却在三天时间里全都得了瘟疫死去了。前天，东头李三瞎家两个儿子又来催要欠他们家的三百块钱，说再不给钱，就拆我们家房子。细想起来，也怪不得人家，这债总不能这样没日子地欠着吧？你妈说，给明子写封信吧，问他近期内能不能寄些钱回来。可是，等真要写信那天，她哭了起来，说想明子。一家人安慰了她半天,总算才让她不哭。我想了想,还是给你寄上这封信。钱比磨盘还重呢,能压得人抬不起头来。不过,你也不要为难。你才多大点人呀?你没有钱回来,谁能责怪你呀?今年过年,不管怎么说,也要回来……

19

三天后,一辆中型面包车停在了路口大百货商店的门口。车上下来一些人,忙忙碌碌地做一些事。先是从车里搬出两辆款式新颖漂亮的高级跑车、一台十八英寸彩电、几条高级毛毯。有人爬到车顶上,下面的人便将这些东西托上去,被车顶上的人接住,一一牢牢地安放在了车顶上。随即,拉了一条横幅。上面写着:社会福利奖券。一块牌子跟着就挂在了车窗口。上面写着:一等奖(二名),十八英寸彩电一台;二等奖(五名),跑车一辆;三等奖(十五名),纯毛毛毯一条。在写了"每张一元"之后,写了一通令人产生高尚之情的宏大道理。那道理几乎要使人觉得,你如果不掏出一些钱买一两张,你这人的社会良心便会很成问题,甚至有点"道德败坏"。录音机很快播出音乐,声音几乎响彻世界。音乐是迪斯科的强节奏,那节奏似乎与人的生命律动合拍,使人不由得不蠢蠢欲动。路边几个闲散的(或许是等人)男青年与女青年,情不自禁地耸着肩头。那身子仿佛是放在腰上的,竟可以往左挪出几寸,也可往右挪出几寸。这音乐轰轰烈烈地响着,仿佛要把一街的人招到面包车跟前,然后像围绕一只猎物似的围着面包车跳舞。

很多人抬头望那车顶上的东西。那些东西在阳光下发出极有诱惑力的亮光。

打开两个车窗口,露出一男一女两张笑容可掬的好面孔。他们面前的小桌上是两大盒未开封的奖券。

明子起初没有理会这辆车。因为明子随时都可以在这座城市的街头见到这种车。明子现在满脑子想的都是钱。昨天夜里,他为此不能入睡,五更天,又差一点尿床。想到后来,竟觉得脑子里塞满了一卷一卷的钱,完全没有了脑子。

一个河北涿县来的小木匠,举着一把枪一样的东西,从街那边,激动地跑了回来,并大声叫着:"中啦! 中啦! 我中啦!"

木匠们一下子将他围住。

涿县小木匠说:"我只买了一张,一张就中! 一张就中! 瞧我这手气!"

木匠们望着他的枪——一支电吹风——问:"它值多少钱?"

涿县小木匠说:"四五十块钱。"

木匠们觉得这件事很刺激:只花一块钱,眨眼的工夫,就可赚回四五十倍的钱来!

"走呀! 跟我过去!"涿县小木匠像一位即将丢失阵地而企图最后一搏的指挥官一样举着他的"枪",号召木匠们。

于是,木匠们纷纷地跑向了马路那边。

面包车四周的人越聚越多,仿佛那面包车是一块巨大的金砣子,过不一会儿,他们每人都可瓜分到一块似的。

明子拉着鸭子混在人群里,只要人群中哪儿出现一个沸点,他们就往哪儿挤。

许多人将钱捏在手里,迟迟不肯挤到车窗口去,样子不像要去冒险发财,倒像要购买一张去地狱的门票。也有疯狂购买的,十块钱十块钱地往车窗里扔。大多数人并不想去买,只是观望。观望也会有一种快感,而且这种快感是一种纯粹的享受。于是,经常出现这样的场景:一人买了奖券,许多人跟上去想看结果。买了奖券的人,就像叼了一条蚯蚓的鸭,其他的人就像无数空肚鸭在后紧紧撵着。"叼了蚯蚓的鸭",不愿别人分文不付地与他共享快乐,于是,就到处躲闪。"空肚鸭"们便紧追不舍,那流动的人群像过江之鲫,又像夏日黄昏田野上空随风飘动的蚊阵。

一对恋人始终站在那儿悠闲地观望。小伙子生得很英俊,姑娘浑身上下都是温柔和甜蜜。她像孩子一样,始终用双手抱住小伙子一只胳膊,怕他会飞掉似的。姑娘仰脸看一眼小伙子:"我们也买一些吗?"

小伙子低头望着她的眼睛:"想看?"

"想。"姑娘说。

于是,小伙子走到车窗口,竟然掏出一百元一张票子,买下一百张来,说道:"我就不信一百张里还碰不到一张!"他的小拇指的指甲留得很长,正好用来去剔那锡封。他那么轻轻一剔,动作既轻松又好看。姑娘就专注地去看结果,一惊一乍地尖叫。剥毛豆一般剥了一百张奖券之后,扔出一大半"谢谢您",得了若干洗发香波、洗头膏。他们去面包车的窗口领那些东西,把姑娘的双肩包几乎撑破了。小伙子对姑娘说:"你这一辈子再也不用去买洗发水了。"姑娘依然小鸟依人似的抱着小伙子的胳膊,不时抬起头来,朝小伙子迷人地一笑。

小伙子和姑娘朝前走去。木匠们望着他们的后背目送着。他们的潇洒和对待失败的优雅风度,似乎很叫小木匠们敬仰。

一高一矮两个外地人正赶路,很疲倦了,经过这里时,高

个儿对矮个儿说："歇一会儿,买两张玩,碰碰运气。"矮个儿
道："好。"他掏出两块钱来买了两张奖券,自己一张,给高个儿
一张。他的一张揭开后,忽然大叫："中了!"话音未落,高个儿
也一拍屁股大叫："中了!"两人简直想拥抱一下。他们凭了那两
张幸运奖券,得了一把电吹风,还得了一条近二百元的纯毛毛毯。

这百分之百的命中率,太令人不可思议,这使车里卖奖
券的人变得很不情愿,在不得不兑现奖品时,一脸的不快,仿
佛那毛毯和电吹风原来是要归他们私人所有一般。

人们在心里说："刚才,我怎么就没有抓到那一张呢?"
"如果抓到那一张就好了。"

两个外地人,一个举着"枪",一个头顶毛毯,很快活地继
续赶他们的路去了。

他们只是偶然路过这里,买两张彩票又仅仅是作为旅途
解闷,但竟有如此收获。他们给未走的人们留下的是懊悔、
妒意、叹息……

明子望着他们远去,心中有一种说不出的感觉。

鸭子说："我们也买两张吧?"

明子没有表态。

紧挨明子他们,三四个青年正听一个戴眼镜的青年说一
件事："去年,我记不得是什么名目的奖券了,春天买的奖券,
秋天揭晓。你们知道是谁得了特等奖? 一个外地来这里卖
豆腐的小姑娘。那天,有人买豆腐,她找不开钱,回头一看有
辆卖奖券的面包车停在那儿,心想那儿肯定能把钱调开。可
是卖奖券的人不给调,劝小姑娘买一张奖券,小姑娘想了一
想,说,买一张就买一张。她做梦也没有想到就这一张奖券
会中特等奖。那特等奖一万五千块! 你们知道吗? 那天她
领了奖,是由一群警察护送着走的。"

明子听完了，浑身发热。他拉着鸭子的手，离开了面包车，在远离面包车的地方心不在焉地转悠着。转悠了一会儿，他突然对鸭子说："我也去买！"说完，就跑回来，一出手就是十块钱。买了十张奖券，就和鸭子躲到一旁去撕锡封，撕了一张又一张，十张全是"谢谢您"。

　　这明子犟起来是头驴。他把十张"谢谢您"往地上一抛，又买了十张。这回得了一瓶洗发香波。他把口袋里的钱掏出来数了数，本想今天准备寄回家去应急的五十块钱，还剩三十了。他很懊恼地离开了面包车，坐回到等活的位置上。但心里总是惦记着那二十元钱，眼前总是晃着那彩色电视机、那漂亮的跑车……不服气、冒险心理、想发财的欲望、撞大运的念头……这一切，混杂在他的脑子里。

　　马路那边，又有一人中奖，虽然是条毛毯，但已欣喜若狂。他举着那条毛毯，像举一只炸药包那么神圣、那么豪迈地走出人群。最后控制不住，竟然举着毛毯如马一样奔腾欢叫起来，人们纷纷地为他让路。

　　明子终于禁不住，又跑回面包车，一口气买了二十张，又一口气揭了全部锡封，又得了两瓶洗发香波。

　　"不要再买了。"鸭子说。

　　"为什么不买？"

　　"你……你不会中奖的。"鸭子大胆地说。

　　"别人能中，我怎么就不能中？"明子的话合乎逻辑，但却蛮不讲理。他在向鸭子说话时，样子很凶。

　　鸭子不敢吭声了。

　　明子掏出最后一张十元票子，不假思索地将它伸进窗口："买十张！我自己挑。"他从一大盒奖券里，东抽一张，西抽一张，每抽一张都经过一番考虑，让人觉得那里面的所有的幸运奖券,都被挑走了。

这一回,他得到了十声"谢谢您"。他把它们抓在手里,使劲地攥着。但,他仍然仿佛听见一种勒住脖子以后而发出的声音:"谢谢您。"他把它们狠劲地抛到了路边的阴水沟里。

鸭子很难过地站在一旁望着他。

明子朝鸭子一笑:"输了就输了。"

鸭子问:"你还想买吗?"

明子摇摇头:"没有钱了。"

"我有。"鸭子说,"你要吗?"

"多少?"

鸭子在最里边的口袋里掏出十块钱:"全在这儿,你拿去吧。"

"不了,不买了。"明子说。

"拿去吧,兴许这回能中,能弄一辆自行车呢。"鸭子说。

明子好感动,用手摸了摸鸭子柔软的头发:"能吗?"

"能的。别人能中,你怎么就不能中呢。"

"我很快就会还你的。"明子拿过十块钱。他用手指弹了弹那钱,又放到鸭子手里说:"你去买。也许你的手气比我好。"

鸭子带着明子的沉重的愿望,拿着十块钱,走向那迷乱了许多人也疯狂了许多人的窗口。

明子没有立即开封这十张奖券,而是领了鸭子,钻进一条小巷,并一直走到小巷深处。像怕看到揭开锡封后的结果似的,他和鸭子极小心翼翼、极缓慢地揭着锡封。那样子,像是揭粘在伤口上的胶布条。

明子揭了两张后停住了,对鸭子说:"你再揭两张。"

"还是你揭吧。"鸭子觉得这责任太重大。

"你揭吧,别怕。"

鸭子闭起眼睛来揭了一张,问明子:"写着什么? 写着什么?"

明子笑了:"又是一瓶洗发香波。"

鸭子一咬牙,又揭了一张锡封,然后几乎与明子同时说了一声:"谢谢您。"

还剩六张。但明子已失去信心了。他像玩扑克牌一样,把六张奖券捻开,捻成扇形抓在手中,对鸭子说:"你从中间挑出三张。"

"还有三张呢?"

"不揭了。"

"为什么?"

"把它卖给别人。"

"不卖。我们全揭了它。"

"不。留下三块钱。你今天还得吃饭。你的鸟没有了。你已经不能再挣钱了。"

明子和鸭子一时无语,都有一种悲壮的感觉。

"你来挑吧。"明子说。

鸭子看了看明子:"全揭了吧。"

"不。"明子说。

鸭子望着六张一模一样的奖券,好半天,才从中间抽出一张来。抽了第二张,他说什么也不敢再抽第三张了。

但明子坚持让他抽。

鸭子抽出第三张,想了想,又重新插回去,望望这张,又望望那张,犹豫不决。

"随便抽一张吧。"

鸭子抽了最边上的一张。

他们来到面包车跟前。

鸭子忽然说:"还是卖掉我手里的三张吧。"

明子问:"那为什么呢?"

鸭子说:"我也不知道。"

明子已经无所谓了,说:"随便吧。"

鸭子转身说:"有谁要买奖券的?"

没有人理会。

鸭子更大声地叫:"有谁要买奖券的?"

过来一个人,手里捏着几块钱,望着鸭子手中的三张奖券,但却打不定主意。

旁边有人说:"去年,有一个老头就是从别人手里买了一张奖券,结果中了头等奖,得了一台二十二英寸遥控彩电。"

又有人插嘴道:"报上都登了。"

那个准备买奖券的人对鸭子说:"三张,我都要了。"

鸭子突然缩回手去,对明子说:"还是卖了你的三张吧。"

明子有点嫌鸭子犹犹豫豫的样子了,咂了咂嘴,便很随便地将自己手中的三张奖券卖了出去。

那人拿了三张奖券走开了。大约过了十分钟,那人狂呼大叫起来:"中了! 我中了! 我中了!"他把奖券高高地举在空中。

有人问:"几等? 几等?"

"二等奖!"那人气昂昂地走到窗口,用了一种近乎命令的口气对坐在里面的一位小姐说:"给我车,跑车! 我中了!"

小姐从他颤颤抖抖的手中接过奖券,反复地看,终于不再怀疑。但还是递给其他两个男人,让他们也再看看。

"给我车,跑车! 我中了!"那人一直在嘴里说着,像是一些汽车在倒车时，会自动播放一句不断重复的话。

两个审着奖券的男人，没好气地说："你嚷嚷什么？谁说不给你啦？"

那人还是重复着："给我车，跑车！我中了！"但声音小了一些。

两个男人无法推翻这一事实，只好一个爬上车顶，一个在下面将其中一辆白色的高级跑车接下放在地上。

那跑车很清瘦，也很英俊。往那儿一放，让人觉得不用人骑上去，它也会风一样地在大街上奔驰。

"给我车，跑车！我中了！"

在车顶上的那个人恼火了："你眼瞎啦？不是给你了吗？"

那人不计较，握住车把，一撩长腿，屁股就已落在车座上，跟着两只脚尖一蹬，那跑车便载着他上了大街。

雪白的跑车，牵走了全部的目光。

不知过了多久，明子在人群里发出一声沉重的叹息。

所有的目光都掉回来看这个"笨蛋"，这个"可怜虫"，这个"土鳖"！

鸭子快要哭了。

明子低垂着那颗总是将事情、将人、将一切看错了的头颅，走向马路那边。

鸭子跟着，活活一个罪犯。

明子坐在马路牙上，脸上毫无表情。他搞不清楚这到底是怎么回事？这天空下，究竟含着一种什么样的力量？它到底还有没有点规矩？究竟是一种什么样的东西在捉弄他呢？又为什么要捉弄他呢？……

鸭子陪着他坐着。他想对明子说："都怪我不好。"可是又怕说了引出明子的火来。

很长时间未露面的"巴拉子"，今天目睹了明子愚蠢行为的全过程。这时，他一脸坏相，晃荡着过来了。他朝明子一笑："没哭？"

明子没理会。

鸭子往明子跟前靠了靠。

"巴拉子"一直走到明子面前，把腿交叉着："想发财？"

"我想不想发财，你管得着吗？"明子说。

"这可说见外话了。我也是木匠。我们是一样的人。你发了财，我自然高兴。可我跟你说，这天底下有一种东西叫'运气'，你懂吗？人走运还是倒霉，全不是由自己定的。命好，就走运；命不好，就倒霉。人走运，放屁能打着火；人倒霉，放屁尽打脚后跟。瞧瞧，你今天尽打脚后跟了吧？你小子不疼？"

明子扭过身子去。

"瞧瞧，你还不服气。小子，你听着，你大爷走的桥比你走的路长，吃的盐比你吃的米多，你还不听着点。不听老人言，吃亏在眼前。"

明子质问道："你讨谁的便宜？"

"你小子输急眼啦？一个笨蛋！双料大笨蛋！端上桌子的鸭子还让它飞了。你说你笨不笨吧？"

明子站了起来："我笨不碍你事！狗拿耗子！"

"你小子骂人？"

"骂你啦，怎么着？"

"你再敢骂一句？"

鸭子觉得不对劲，也赶紧站了起来，坚定地站在明子一边。

明子在牙缝里挤出一句来:"狗拿耗子!"

　　"巴拉子"的疤一下子像烙铁一样红起来,抡起拳头就要砸明子。

　　明子正想打架,张开十指就抓过来,并且很有成效,一手抓了"巴拉子"一只衣服口袋。

　　"巴拉子"一甩身子,就听见"霍叉"一声响,两只口袋都被撕了下来。他一伸拳头,就砸在了明子的脸上。

　　明子只觉得眼前一片黑,便跌倒在地上。

　　鸭子赶紧过去拉起明子。明子擦了一下鼻子底下的血,弯腰操起一块砖头,就向"巴拉子"砸去。

　　巴拉子古怪地一跳,躲过了砖头,赶紧就跑。

　　鸭子比谁都忙,四处寻找可供明子打击"巴拉子"的"炮弹"。他花了好大的力气,从后面的院墙上扳下一块砖头,立即跑上前去递给明子。

　　这时的明子手里已有一块砖头,得了鸭子的一块以后,便一手提了一块,朝"巴拉子"追过去。

　　行人赶紧躲闪到一边。

　　木匠们过来了,使劲拉住明子的胳膊,劝说着他。

　　明子拼命挣扎着。那样子是非要把"巴拉子"再砍出一些疤来不可。

　　很多木匠指责"巴拉子":"你没有看到他今天输了那么多钱吗?""不能这样拿人开心!"

　　"巴拉子"看出了明子今天的疯狂,不敢久留,说:"他今天纯粹是输急了!"便趁木匠们拉住明子时,赶紧走远了。

　　鸭子提了一块砖头倒煞有介事地追了一阵。

　　在木匠们的劝慰之下,明子丢掉了砖头,但仍把头歪了好一阵。等鸭子回来以后,两人又共同咒骂了一阵"巴拉子",发了许多狠,才慢慢平息下来。

街那边的面包车前,仍然簇拥着许多人。

因为,这世界上总有许多人闲得心慌,吃饱了撑得难受,或渴望不费气力地发一笔大财。

被别人骂了"笨蛋"的明子,这时居然也开始骂别人:"笨蛋!"

鸭子跟着帮骂:"一群笨蛋!"

过了一阵,明子又跌落到懊悔、不服、渴望等情绪里。临近中午时,他对鸭子说:"今天,我不想再在这里等活了。"说完,就去收拾漆板。

鸭子拿过装漆板的包来。他想让包里干净一些,就抓着包底抖起来,这时,"扑答"一声,掉下一沓东西。他低头一看,叫了起来:"钱!"

明子掉头一看,扔下漆板跑过来。

地上一沓十元的票子。

明子忽然想到这二百块钱是紫薇那天塞进他的包里来的。那天,他被深深的愤恨、羞耻、嫉妒等笼罩住了全部心思。当紫薇说到"你们那儿的人挺可怜的"时,他直觉得头脑嗡嗡地响,再也抬不起头来。紫薇是怎样把二百块钱塞进他的包里的,当时他全无感觉。这些天,他好像把紫薇早忘了,觉得一切都过去了,自然没有想到那二百块钱,更不会想到翻一翻这包。现在,这二百块钱的突然出现,无异于令人憋闷的空气里突然吹来一股强劲鲜活的风,无异于黑暗中的一道闪电,明子兴奋得双腿有点发颤。他把钱放在胸口,几乎要跪倒在地仰望苍穹了。关于这笔钱的来源,明子再也不会计较了。

鸭子像鸭子拍翅膀一样拍着双臂,很有点跃跃欲飞的样子。

明子搂住鸭子的肩膀："走!"

"去哪?"

"那边。"

"面包车?"

"嗯。"

"还要去买?"

"嗯。"

"还是不要去吧。"

"不!"明子执拗地说。他迷失了。仿佛阳光照耀在冰上,他眼中闪烁着狠巴巴的、贪婪的冰凉的光芒。他把钱插进衣服口袋,用手抓住,朝面包车走去。他的魂好像丢在那儿了,他要在那儿找到,并躬身捡起。

鸭子无奈,只好跟在他身后。

明子的气魄、胆量、任性和那种不顾一切的冒险精神,显示了这小子日后一旦入了正道,将很可能是做大事的人。他居然把这忽如天降的二百元钱,全都买了奖券。他使巴不得有人将奖券一购而空的姑娘都怀疑他是不是疯了,甚至怀疑他这钱是不是偷来的。

他的举动,使全体木匠愕然,使鸭子目瞪口呆。

而明子却摆出满不在乎的样子,仿佛他是发现了强盗宝窟的"阿里巴巴"。他的口袋里塞满了奖券。他走回等活的位置,竟然平静地坐在马路牙上,毫不理会那些奖券。对那些一直围着他想看究竟的木匠,他做出没有看到他们的样子。木匠们焦急地等待着,围着他不肯离去。明子竟然往后一仰,将头靠在树干上,闭眼养神了。

鸭子望着明子,觉得明子实在是他的哥哥。

有人终于憋不住了:"撕吧,撕两张看看。"

明子微微睁开眼睛:"想看?"

"想看。"有人说。

明子说:"想看自己买去。"

过了一会,木匠们都无趣地走开了。

鸭子问明子:"为什么不看呢?"

明子说不好。不知是哪来的道理,明子觉得应该将它们放在口袋里焐一焐。打牌的人就是这样的,把牌抓在手里迟迟不出,焐一阵才打开来看。这好比孵小鸡,得焐够了日子,才能孵出小鸡来,看早了,那鸡还在蛋壳里未得到生命。总而言之,明子必须沉着一点,虔诚一点,不能慌张和随便。

当远处钟楼的大钟指向下午四点时,明子对鸭子说:"走,到巷子里去看。"

两人走进一条巷子,在僻静处坐下。明子说:"我先看一遍,你再看一遍,然后,放到装漆板的包里,先不要扔了。"

"好吧。"鸭子说。

这奖券便在明子手上被一张一张地揭开锡封,然后传到鸭子手上,又落进包里。他们在安静的环境里一次又一次地听着"谢谢您",好像两人是德行高尚、可歌可泣的慈善家。偶尔会从明子的口中或鸭子的口中发出一声:"洗发香波。"这"流水线"的运动越到后来越快。希望越来越小,失望却越来越大。每去掉一张奖券,就像一堆篝火上撤去一根木柴,剩下的篝火,火光越来越小,热量也越来越弱。

凉飕飕的风从巷口直灌巷底,使明子感到了一种悲凉的秋意。还剩下不多几张时,他忽然感到了一种深刻的疲倦。他不再想去撕它们,并且表现出无所谓的态度。望着半包被撕破了的奖券,他甚至没有伤感。他的目光有点迟钝起来,像是从两颗灰色的石子上发出的光。

鸭子也停住了手。此时,他很像一个睡得发呆的傻瓜。

巷口,夕阳在斜斜地把金红色的光芒照进来。明子和鸭子去望它时,只见它好像要走进巷子里来。他们从未看到过这样的景观。他们都忘记了奖券,去凝眸望那轮即将逝去的秋日的夕阳。在墙根边,一些隔年的衰草,一根根,精瘦精瘦的,在夕阳下被风吹得微微打颤。一只银灰色的鸽子从墙头落下,在离他们仅仅三四步远的地方,不知在泥土里啄些什么。偶尔,它停住,歪了脑袋,用琥珀色的眼睛望着他们。过了一会儿,像是觉得看不出什么意思似的,又去继续在泥土里啄。夕阳越来越低,也越来越大,像一只圆形的红色的风筝在坠落。

明子和鸭子撕开剩下的奖券的锡封,又得了两瓶"洗发香波"。他们直接去了面包车,领了满满一大包足够将这座城市洗濯一遍的"洗发香波"。然后,他们又回到了等活的位置上。

天渐渐晚了下来。

鸭子说:"有人要走了。"

明子说:"我们要这么多洗发香波干吗呢?你去送给他们吧,一人一瓶。"

鸭子迟疑着。

"去吧。不然过一会儿,人都要走掉了。"

鸭子提着包走向木匠们:"明子让我把这包洗发香波都分给你们,每人一瓶。"

木匠们一个挨一个,在马路牙上站成一条线。

鸭子一个一个地发放过去,像给干旱地区的灾民发一勺生命之水一般,鸭子自己感动了自己。

片刻工夫,马路边上的木匠们就一人抓了一瓶洗发香波,其情形很滑稽。

天黑了,明子还呆呆地坐在马路牙上不肯回。

像往年此时的风一样,晚风凉丝丝地吹着,把枯叶从树上吹下来,把地上的枯叶吹到街边的阴沟里去,把路灯的光吹成淡蓝色,把人吹得耸起肩头,把人的心都吹凉。

明子变得瘦小起来,像只失去窝巢的鸡歇在阴影里。

鸭子也不肯回去。

明子觉得两行冰凉的水流从眼角顺鼻梁而下,在向嘴角流淌。

鸭子看见了明子脸上的泪光。他想说什么,可他又不知道说什么。他也伤心起来,不由得也哭了起来。

两人渐渐哭出声来。鸭子趴到了明子的膝头上,一副很乖巧很让人怜爱的样子。他哭了一阵,像探讨一个问题似的问明子:"你为什么哭呢?"

"我需要钱! 钱!"明子捂着鼻子和嘴说。

哭了一阵,两人觉得没了力气,也感无趣,便停住不哭了。鸭子又很天真地问明子:"你喜欢钱吗?"

明子笑起来,并且越笑声音越大。

实在该回去了。鸭子收拾了漆板之后问明子:"里面的奖券还要吗?"

"要它有什么用。"明子拿过包来,抓了一把奖券抛到空中,于是灯光下就像有一群白蝴蝶在飞舞。

鸭子也抓了一把抛到空中,于是又出现一群"白蝴蝶"。

一群一群的"白蝴蝶",在灯光下飞舞着,然后慢慢地飘进了黑暗里。

20

这是一座老宅。有三间平房,正面一幢,东西两侧各一幢,环抱了一个幽静的小院。原先的主人几代都住在这里,大概住得有点腻了,得到机会便搬了出去,进了现代化的建筑。新主人是做生意发了财的,有一股思古的幽情,花了一笔钱将它买了下来,并准备好好装修一下。

三和尚他们被请来修理门窗,并要根据主人的设计,做许多老式的家具。

明子已缓过劲来,跟往常一样用力地干活。他的活已经干得很漂亮了,甚至在某些方面超过了三和尚。他心快手快,又会一些数学方面的道理,放料的活也已能拿起。他干活的样子也很好看,透着一股麻利和洒脱。

作为师傅,又作为出身于有讲究的木匠世家的三和尚自然是高兴的:这东西虽然犟一点,但肯定是个好木匠。

相比之下,黑罐就笨多了。他的脑子总是转不动,手与心的配合也总不协调。因此常常遭到三和尚的臭骂。三和尚的骂人是祖传的。他便是在骂声中完成他的学徒生涯的。在三和尚看来,骂人是做师傅的特权,做师傅的必须要骂人。不骂人还成什么师傅呢?

黑罐只有忍气吞声。谁让他笨呢?

幸好有明子。明子敢于反抗,并敢于在三和尚骂得实在太过分时用奇特的方式来保护黑罐。他或者故意把料砍坏,以将三和尚的火力吸引到自己身上,或对工具进行破坏性的摔砸,以示他坚决地站在黑罐一边,迫使三和尚收敛一些。

然而,这些日子,三和尚不顾明子的态度,骂黑罐骂得越来越凶了。

因为黑罐除了笨,最近还添了新的毛病:懒。他干一阵,就会坐下去歇一阵,一歇就是半天。即使干也不卖力,仿佛要把力气积攒着去卖高价。

对黑罐的这一表现,连明子也不太乐意。

但,不管三和尚是如何地进行不堪入耳的臭骂,黑罐还是一逮到机会就歇。黑罐想辩解:"我实在没有力气。"但想到自己吃得又不比别人少时,他又不想辩解了,任三和尚骂去。这些天,黑罐总有疲乏的感觉。他觉得腿和胳膊老是发软,并有时眼前发黑,像没了天日。那把斧头,举了几下,他就再也举不动了。他总是想躺下去睡觉,有时走在路上,他都想躺在路边睡一会。他觉得自己的身体被抽空了似的,又觉得自己的身体像棉花套子。

黑罐又坐在了地上。在他身边,是一堆原先的主人临走时留下的废纸和破鞋烂袜之类的东西。他瞧见其中有一个淡蓝色的很好看的信封,便捡起来看。他觉得那信封里似乎装了东西,便把信封倒过来磕了磕。就在这时,只见从里面磕出了几张淡绿色的票子来。他望着它们:"这是什么呀?"

三和尚因为他的懒正瞪着他,因此几乎是与他同时看到了那些淡绿色的票子。他扔下斧头,一个箭步冲过来,从地上捡起那些票子,随即压低了声音,惊喜地说:"是外国钱!"

明子闻声跑过来:"我看看,我看看。"情不自禁地一伸手,将那些票子从三和尚手中全都拔了去。他转过身去,朝阳光处跑去。

三和尚和黑罐紧跟在他后面。

明子看了看说:"真是外国钱!"

黑罐禁不住大叫起来:"外国钱! 外国钱!"

三和尚轻轻踢了他一脚："声音小点！"

　　他们把几张票子正过来反过去看了十几遍，一致认定，那是真正的外国钱。于是，三个人陷入了一种惊喜的狂流之中。三和尚兴奋得几乎要揭去假发，露出亮光光的脑袋来。黑罐的双腿也不软了。至于明子，更是两眼闪闪发光，激动得不能自已。他们紧紧地聚拢在一起。他们甚至有点慌张，觉得这笔钱来得太突然，并且数目大得让他们简直不敢承受。从面值上看，都是五百元和一千元的大面值。他们把门紧紧关起，像窃贼一样挤在角落里，小声议论着。

　　三和尚说："那日，我在一幢大楼背后看到人家换美元了。你们知道一美元换我们的钱多少？一比八。我看见那人手里的美元了。跟这票子的颜色差不多，印着洋字码，并且还有一个老头的像。你们看，这个老头，大鼻子，还有一头卷发，分明是个美国人！"

　　三和尚说是美元，明子和黑罐也跟着觉得是美元。他们对货币的知识极其有限，只知道美元，并且知道美元很值钱，好像那是天堂里花的钱。

　　明子说："昨天，这屋子的新主人说，原先那户人家的祖父曾在国外呆过好多年。这钱肯定是他带回来的。"

　　黑罐说："如果那户人家来找这笔钱怎么办呢？"

　　三和尚说："那老头已经死了。说不定，他家里的人根本不知道有这笔钱。这回搬家时，不知从哪儿把这信封翻了出来，当着废纸又扔掉了。再说了，就是找回来，我们一口咬定我们不知道，他们又能怎么样？"

　　明子说："万一真的找回来，我们就说，因为是废纸，我们将它与刨花一起烧了。"

　　三和尚和黑罐都觉得明子说得有道理。于是，把刨花和废纸一起弄到院子里,划了根火柴将它们点着了。不一会工夫,刨花与废纸便化为灰烬。于是,三人的心也就踏实了许多,觉得这钱拿在手中,已无顾虑和担忧了。

"这钱,我来保存吧。"三和尚数了数票子,"一共五张,一千元的二张,五百元的三张。"

黑罐说:"我怎么记得从信封里落下来的好像是六张呢?"

三和尚也说:"我看到的,好像也是六张。"

黑罐说:"这是怎么回事呢?"

三和尚在地上找了两遍说:"是不是刚才你看我看的掉了一张到废纸里去了?"

"那就烧掉了!"黑罐懊恼不已地说。

明子说:"是不是就是五张? 你们看花眼了? 当时谁还顾得上数张数呢?"

三和尚说:"也是。"

可是黑罐还是说:"我记得好像是六张。"

明子:"那一张也不会长翅膀飞了呀。"

三和尚和黑罐有点疑惑,可又觉得疑惑得没有理由,便在意识里明确起来:怕是看花了眼。

三和尚解开裤子把五张外国钱也塞进了里面的裤子口袋里。

这一天,三和尚他们的心情极快活,三和尚一口气讲了五六个笑话,把明子和黑罐笑倒了好几回。活也干得又快又好。收了工,走在回窝棚的路上,他们一个个都觉得自己壮大了许多。虽是枫丹露冷的晚秋,但心中全无凉意。当晚风掀动他们的头发和衣角时,他们有一种说不出的优美感觉。走在大街上,望着闪烁迷离的霓虹灯,望着一个个橱窗,他们觉得城市比以前贴近了许多,也亲近了许多。他们有力的足音融进了夜幕下的喧闹,显得那么和谐和自然。钱这东西是多么的奇怪,它竟能使他们觉得人活在世界上原是件很开心、很美好的事情。对生活他们居然忽然地有了一种审美的态度。

城市,尤其是夜晚的城市,实在是太漂亮了。

他们一点不觉得饿,也不觉得疲劳。某种情绪居然能像发动机一样去发动人的躯体让人洋溢在一种勃勃有生机的生命里。他们觉得今天的身体都是那么的健康和舒服,仿佛睡了两天两夜之后走进了清凉的空气中。

直到回到低矮黑暗的小窝棚,他们才从空中回到地上。但,兴奋一直在血管里鼓荡。吃了晚饭,三和尚要黑罐拉胡琴,他身心俱醉地唱了一大段"快活调"。然后,三和尚把那五张票子掏出来,又在烛光下与明子和黑罐看了好几遍。收起票子之后,那票子上的老头像还依然在眼前晃动。那老头虽然是一脸威严,但还是很可亲的。他们仿佛认识这个老头,只是有点生疏罢了。他们不知道这老头叫什么名字。三个人之中,自然是明子学问最大。他说美国有个总统叫华盛顿,还有一个总统叫林肯,叫人杀了。这个老头不知是他们中间的哪一个。

"这到底是不是美元呢?"三和尚有点拿不准。

"可找个人问问。"黑罐说。

"如果真是美元呢?"三和尚又愁这钱太多了,"怎么花呀?"

三人便开始投入对这些钱的用途的设想。这些设想浸透了浪漫意味。他们一直讨论到深夜,说了许多胡话和狂话,直到明子说"该睡觉了"才停止讨论。但明子本人并无睡

意。他的内心其实比三和尚和黑罐更为兴奋。他的手一直
放在胸前的口袋上,仿佛要用它捂住一个秘密。当三和尚和
黑罐在讨论那笔钱的用途时,他并没有像他们那样投入。他
有独立的一份心思。他必须一个人好好地静静地思考完全
属于他一个人的事情。他希望三和尚和黑罐早一点睡着。
当他终于从他们两人忽长忽短忽高忽低的鼻息声中判断出
他们已进入梦乡时,他为口袋里的那份秘密而激动得有点发
抖。他把手慢慢插到口袋里。他的手指一碰到那张柔软的
纸,就像触电一般,顿觉一股热流放射到全身,乃至心脏。他
克制不住地喘息起来,如同挑了重担走着上坡。怕三和尚和
黑罐听见,他用牙咬住嘴唇。他紧闭住眼睛,坚持着不让自
己激动得发抖。估计他们已经睡沉,他一寸一寸地慢慢地爬
出被窝。他轻轻下了地,轻轻地摸索到门口,轻轻地拉开门,
轻轻地关上门,然后轻轻地走向灯光。当离开窝棚有二十步
远的时候,他跑起来。几乎要跑出一站地了,他才在一盏路
灯下停下。他环顾四周,见无人影,便用两只指头从口袋里
夹出了那张柔软的纸——那六张外币中的一张!

这张一千面值的外币,是他在古宅中转身走向亮光时,
用了让人毫不觉察的动作使它滑进了袖笼的。

灯光下,它上面的"一千"数字清清楚楚,同是那个老头
正朝他神秘地微笑着。

这是他自从独藏了这一张外币后,第一次仔细打量它。

明子将它充分地亮开。这是一张很老的票子了,让人觉
得它曾经过成千上百个人的手,曾无数次地被使用过,用它
所反复购买的物资大概能堆积成山了。票子的古老,越发使
明子觉出它的值钱。一千?换成人民币,将是一笔多大的数
字?即使明子做梦梦见钱,也未梦见过这样大的数字。这数

字意味着什么呢？明子觉得自己的想像力都有点跟不上了。他将它放在鼻子底下闻了闻，像所有钞票一样，它也散发着烟草和汗臭混合的味道。那味道对于明子来讲，是世界上最令人心旌摇荡的味道了。明子的记忆里，总常常泛起这种味道。他向往着这种神圣的让人陶醉得两眼迷离的味道。

明子又下意识地看了看四周。他必须独自一人享受这份秘密。他特别想将它放在手心里使劲攥一下，可又怕将它攥坏了。他觉得那张票子很娇气，经不住他强烈的亲热。他小心翼翼地将它折成几折，又从路边捡了一张纸将它包好，重新放回口袋里。它正好在心脏的位置上。明子能用心感觉到它的存在。

真是不可思议，这钱竟来得如此容易！

明子不时地觉得这事有点虚假，像一则虚构的故事。但他用手在口袋外摸了摸，觉得又是件实实在在、不容推翻的事实。

天空有一枚淡黄色的月亮。初冬的夜空，显得很干净。夜空下，也很安静。

明子慢慢往窝棚回，心里盘算着这笔钱的去处，想得很张狂：一换成中国钱，就寄一大笔回去，把所有的债务彻底还清，让我家成为小豆村的一大富户。留一笔钱出师后用。也买一套电动的家伙。不，投资开一个家具公司，要赚很多很多钱！拿出一部分钱来玩、吃！把这城里所有好玩的地方都玩一遍，所有好吃的都吃一遍。一定到大医院去治一治尿床的毛病。许多人说过，这毛病是治得好的。这毛病无论如何不能再有了，已是十七岁的人了！把紫薇给的二百块钱还回去，一分不差！在还她的时候，要当她的面从一大沓钱中数出二百块钱来，并且是放在她脚下，笑一笑她，然后掉头就走。

这钱似乎有各种各样的功能,它在各个不同的方面满足了明子的欲望。

明子忽然宛如一匹撒欢的马,在悄然无声的大街上跑动起来。那影子便一长一短地变化着。四下里,只有他的足音。跑了一阵,他又旋转起来,像只挨了鞭子的陀螺,转呀转的,他控制不住自己了,像是被一种动力发动着的轮盘。他使劲刹住脚步。这时,他感到天旋地转,眼前的树木在一排一排地倒下去又爬起来。他终于没有站稳,一个趔趄撞到了树上,随即又一屁股跌坐在地上。屁股好疼痛,他光咧嘴,眼睛里疼出了泪。但他望着树却笑了。他有意地让自己笑得很傻,很难看。

他想起来该回窝棚去了,便又摸了摸口袋,证实那张票子还在,便悄悄地回到了窝棚。这一夜,他醒了许多次。因此,早晨尽管很迟才起来,也未发生尿床的事件。

以后的几天时间里,三和尚他们始终是带着兴奋的心情干活的。惟一使他们有点不放心的是,这钱到底是哪一个国家的钱。但想到这肯定是外国钱,三人便又踏实了。因为,他们只有一个很可笑的概念:只要是外国钱,就值钱。

大概是第四天早晨,三和尚醒来后,摸了摸裤子口袋,忽然惊叫:"钱没有了!"

还在被窝里的明子和黑罐几乎同时坐起身来望着三和尚。

"钱没有了!"三和尚又说了一遍,样子极慌张。

明子问:"什么钱没有了?"

黑罐也紧跟着问:"什么钱没有了?"

"外国钱,五张外国钱全没了!"

明子下意识地摸了一下自己的上衣口袋,然后与黑罐慌忙穿衣下床,来帮三和尚寻找那五张外国钱。

　　"放哪儿啦?"明子和黑罐问。

　　"放裤子口袋里的。"三和尚说。

　　"没记错吧?"明子说。

　　"清清楚楚放在裤子口袋里的,你们不是也看见啦?"三和尚说着又去掏裤子口袋,最后索性把所有的裤子口袋都掏了一遍,并把口袋都翻到外面来。那一只只白口袋,像无数的被顽童踩爆了的鱼鳔鳔。

　　三个人很慌乱地在小窝棚里找着,毫无章法。许多口袋已掏了若干遍,许多找过的地方找了若干遍,最后谁也说不清楚哪儿被找过了,哪儿没有被找过。三人互相重复寻找,常常听见其中一个说:"那地方我找过了。"但对方完全失去了冷静,充耳不闻,继续在那个地方寻找着。三人找得气喘吁吁,很像三只在草丛中寻找逃犯的警犬。不一会工夫,小窝棚里就乱成了垃圾堆。他们灰心丧气地坐了一会儿,又在"垃圾堆"上不死心地翻寻着。

　　"就放在裤子口袋里的。"三和尚老说这一句话,但却去翻上衣口袋,翻箱子,翻席子……

　　他们终于失去了信心,也失去了力气,望着乱七八糟的窝棚,一个个一脸惨相。

　　"会不会丢在外面呢?"明子问。

　　三和尚想了想说:"昨天夜里到垃圾站跟前解小手了。"

　　明子和黑罐听罢,立即跑到垃圾站。垃圾尚未运走。他们在垃圾的表面没有寻找到那五张外国钱,便开始鸡刨食一般向垃圾的深部翻找。他们的动作极慢,并在喉咙里发出"呼哧呼哧"的声响,仿佛一个金泽闪闪的希望就深埋在这堆臭烘烘的垃圾里。

三和尚也用一根棍子在后面拨弄着。

终于没有找到。三人又重新折回窝棚,对窝棚又折腾了一番后,彻底绝望了。希望太大,失望也就越大。狂想之后的扑空,必然是深深的失落和悲哀。三和尚坐在床边,黑罐屁股朝外坐在窝棚的门口,明子则站在一地狼藉的窝棚的中央。他们的目光呆滞,一副精神病患者刚吃了药的样子。

当明子意识到他自己仍然还有一张一千面值的外国钱时,心里有了一种侥幸,一种安慰,一种快乐。幸亏藏了一张。巨大的希望没有了,但毕竟还有一个不大的希望。想到这一点,明子不再觉得那五张外国钱的丢失有多么沉重了。但,他仍在脸上摆出痛苦和懊丧的样子。

一天没有干活,唉声叹气了一天。再干活时,三人都闷闷不乐。黑罐似乎一下子瘦弱了许多。他的脸色很难看,又灰又黄,眼圈黑黑的像抹了一圈灰。他好像连举斧头的力气都没有了,常常是一副用力的样子,但斧头却举得很低。由于力的衰减,使动作变形,斧头总不能按他的意念劈削,已两次将斧头的刃砍到了线内,糟蹋了两根木料。幸亏主人不在场,不然要招来麻烦。厉害得像个鬼似的三和尚却没有去骂黑罐,甚至连一瞥责备的目光都未给予。

又过了一天,这明子和黑罐忽然觉得这五张外国钱丢得有点蹊跷,不免疑惑起来。特别是当三和尚不在,他们两人将心中的疑问互相说出时,这疑问就一下子得到了加强,几乎明确得不可动摇了。

"他丢过一分钱吗?"明子问。

"谁能解了他的裤带把钱摸走?"黑罐问。

"这些天,他不总是和我们呆在一起的吗?"明子问。

"平日里,他把一分钱看成笆斗大,他怎么会对这么多钱不小心?"黑罐问。

　　"这事情不奇怪吗?"明子问。

　　"这两天,他怎么就不瘦一点呢?"黑罐问。

　　"他怎么就不少吃饭呢?"明子问。

　　"他怎么一倒下就呼噜呼噜地睡着了呢?"黑罐问。

　　两人问来问去,一个印象就形成了:这钱可能被三和尚一人侵吞了!

　　于是,明子和黑罐就开始怠工。到底是两个孩子,全把心里的事放到脸上。他们整天拉长着脸不与三和尚说话,故意把手脚变得又笨又重。黑罐干一个小时要休息两个小时。三和尚让他把锯子递过来,他不把锯子直接递到三和尚手中,而是远远地一扔,结果锯子跌落在地上,把绷得紧紧的锯条给震断了,气得三和尚要揍他。但三和尚终于没有揍他,而自己不声不响地换了一根新锯条。这时,黑罐又一蹬脚,把一堆码好了的木料"哗啦"一下蹬翻了。三和尚放下锯子,真的要过来揍他时,明子故伎重演,又把一根带铁钉的旧木料使劲推向锋利的电锯,只听见锯口咬铁钉发出的尖利的声响。三和尚大声怒吼:"你们两个都给我滚! 滚——!"

　　过了一阵,三和尚平静下来说:"明子还是去等活。"他觉得应该支走一个,剩下的黑罐就成了小泥鳅一条,再也掀不起大浪。

　　这几天明子正渴望三和尚能对他有这样一个安排。他想立即搞清楚那张外国钱的价值。他想找那个教授认一认那张外国钱上的洋字码,看看到底是哪一个国家的钱。他和三和尚、黑罐曾在那个教授家干过半个月的活。但这几天活紧,三和尚总让他干活,使他无法脱身。现在听了三和尚的

吩咐,自然满心喜欢。但装得很平静,直到三和尚又说了一
遍"明子去等活",他才离开老宅。出了门,他小跑着赶到公
共汽车站。车一到,他就窜上车。一个小时之后,他便来到
了那个教授家的门口,他敲了敲门,屋里有人问:"谁呀?"

"是我。"

教授在家,开了门,道:"木匠师傅。"很客气地将明子让
进屋里。

"能麻烦你看一样东西吗?"明子问。

"什么东西?"教授有点奇怪。

"钱。"

"钱?"

"外国钱。"

"我看看。"教授说。

明子把那张外国钱掏出来,递给教授。

教授接过一看,"哦"了一声道:"这么大的面值。"他正反
两面看着。

明子的心仿佛提在了手里。

教授又看了两下,摇了摇头。

明子的心"咯噔"一下:"不值钱?"

教授摇摇头:"我不认识。"

"你教授还不认识?"

"我学的是日文。但这上面不是日文。"

明子的心又稍稍松弛了一下:"是美元吗?"

教授摇摇头:"好像不是。这上面的那个老头像我没见
过。美国的总统像,我都认识。"他把票子伸远了看,还是摇
摇头,"不认识他。"

"没有人认识吗?"

教授打开门,敲开了对面的门:"老张,你看看这钱是哪个国家的钱? 是美元吗?"

那个叫"老张"的也是个教授,接过票子来看了看说:"不是美元。是比索,阿根廷比索。"

明子问:"值多少钱?"

张教授说:"这我就不知道了。不过可到留学生楼,找一个阿根廷留学生问一问。我就认识一个,他在听我的课。住 1 号楼 503 房间。"

一千,这个数目不算小,且又落在一个小木匠手中,这事带点传奇色彩,两个教授不由得都产生了好奇心。他们商量一下之后,张教授给那个阿根廷学生挂了一个电话,让他来一下。

明子重回到教授家等着。

大约过了二十分钟,张教授带着阿根廷留学生进来了。张教授要过那张外国钱递给他:"你看看。"

阿根廷学生像熟悉他的名字一样熟悉那票子。他只看了它一眼,用一口纯正的普通话道:"阿根廷通货膨胀很厉害,货币贬值让你都不敢相信。"

教授问:"那么它还能值多少钱? 就是说可兑换多少人民币?"

阿根廷留学生一耸肩道:"有一阵子,阿根廷的货币几乎是几天一换的。"他用手指指着那张票子,"它早作废了。"

明子只觉得眼前一片黑暗,好半天才慢慢觉得亮堂了起来。

"这钱是谁的?"阿根廷留学生问。

教授说:"是这个小木匠捡到的。"

阿根廷留学生望着明子,脸上是一副为明子感到可惜又微带嘲笑的表情。

明子拿过那张票子，跟教授说了声"我走了"，便朝门口走去。可是走了几步，又回转身来，对阿根廷留学生说："我给你，你随便给我几个钱吧。"

教授和张教授都微笑起来。

阿根廷学生摇摇头，又耸耸肩。

"哪怕就给二十块钱呢?"明子不死心，"这不也是你们国家的钱吗?"

两个教授笑起来。

阿根廷留学生也笑起来。他从怀里真的掏出二十块钱来，递到明子面前。

明子看了看二十块人民币，又看了看那张一千面值的阿根廷比索，犹豫了一阵，终于把二十块钱接过手，同时把那张比索递给阿根廷留学生："给!"

阿根廷留学生摇了摇手："不要不要!"

但明子很固执地把那张比索伸在阿根廷留学生面前，非要他收下不可。"为什么不要呢?"明子问。

"它已是一张废纸。"

明子看了看手中的二十块人民币，把它又递给阿根廷留学生："那我就不要了。"

阿根廷留学生却坚持着要明子收下他的二十块钱，仿佛他要对他们国家的货币负责一样。

但明子心里却有一个普通中国人的概念："外国人的钱不能随便要。"便将二十块钱放在桌上，立即转过身去，很快地离开了教授的家。

明子麻麻木木地走到大街上。他觉得自己全身心都是空的，没有一点分量，像一张破纸片儿在冬天的风中飘忽着。

他没有坐车,沿着大街只管往前走。尽管常常穿过密集的人群,但在他的感觉上空无一人。这个世界成了一片荒漠,现在只有他一人踽踽独行。

天空苍黄。这儿冬天的天空总是苍黄的。天空下布满了黄色的尘埃。这些尘埃能一动不动地悬浮于天空,似乎永远也不可能再散去。太阳的轮廓清清楚楚,像剪子剪的一枚圆形的金属片儿。那光是淡蓝色的。脱光了叶子的白杨树,越发显得消瘦,黯然无语地立在路边。

明子想哭,但无眼泪。他不知疲倦地走着,也不知走了多久。他不想吃也不想喝。他的脑子里空空的,心一阵阵莫名其妙地发紧。终于走到等活的地方。他感到浑身散了架一样,一点力气没有了,一屁股瘫坐在地上。他闭起双眼,像个死人,但并无痛苦的感觉。

鸭子来了。他问明子:"你又买奖券啦?"

明子摇摇头。

"那为什么呢?你的脸很黄很黄。"

明子的心一下子冰凉冰凉的,但却朝鸭子很不自然地笑笑。

"你看到我身上多了什么吗?"鸭子问。

明子说:"看到了。那只鸟又回来了。"明子偏过头去,只见蜡嘴儿在竹竿上梳洗着羽毛。

"那天,我不由自主地去了那个老头家的胡同口。我对我自己说:'那只鸟也许没有飞,再去看它一眼,看见了就走。'"鸭子拔下竹竿,观看着蜡嘴儿,"这鸟呆,真的没有飞,打老远就飞了回来。"

"它见到竹竿了。"

"嗯。"

"放它的那天晚上,你为什么不折断竹竿,反而把它留下了呢?"

"我也不知道。"

"你本来就想把它招回来。"明子说。

鸭子承认。

明子笑了笑:"留着它吧。"

幸亏有鸭子说说话,明子心里才好受一些。天很黑了,明子才回到窝棚。

"他人呢?"明子问黑罐。

"他说看她去了。"黑罐回答。

"你腿还酸吗?"

"酸,没有力气,走路拉不动腿,头总是晕。"黑罐说。

"怕是生病了。"明子说。

黑罐有点紧张:"千万不能生病。"

"得去医院看看。"

"拖一拖吧。"

"有些钱省不得。"

"过些日子就会好的。"

"不要再去捡垃圾了。"

"钱怎么办? 家里来信要钱呢。"黑罐说,"要是那些外国钱能分我一些,那该多好啊。"

明子心里暗笑,又有一股淡淡的悲哀。

"傍晚回来,我们看见紫薇了。"

明子眼睛一亮,倏然间又熄灭了。他一动不动地躺在床上,好比一段木头。

黑罐取下胡琴来,半躺在被子上,轻轻地拉着一些带有乡愁意味的小调。

明子的眼眶渐渐潮湿起来。明子的感情变得有点脆弱了。

三和尚回来后，说要换一换鞋，就到床下去摸鞋。摸呀摸的，忽然惊叫起来："外国钱找到了！"说完，他把那几张外国钱举了起来。

黑罐扔掉胡琴，一个打挺跳下床去："我看看！我看看！"

明子笑了笑，无动于衷。

三和尚把五张票子全都给了黑罐："怎么会掉在鞋壳里的呢？那天怎么就没有磕一磕鞋呢？"

黑罐朝明子跑去："你看，你看呀！"

"我看到了。"明子说，却不起身。

三和尚也不怎么激动，只有黑罐一人乐得没了人样。

三和尚说："这钱八成没有用，擦屁股嫌窄。依我看，撕了算啦。"

黑罐以为三和尚疯了，连忙把钱藏到背后。

明子一边看武侠小说，一边淡淡地笑。

"你们要，就给你们两个人吧。"三和尚说，仿佛他是一个百万富翁，根本不在乎这几个小钱。

明子将书从脸上挪开，看了一眼三和尚，笑出声来。

"你笑什么？"三和尚问。

"是呀，你笑什么？"黑罐也问。

"还不允许我笑呀？"明子更大声地笑起来。笑完了说："这钱给我吧。我去找人问问到底是什么钱。"

"对。"黑罐说。

三和尚说："不管是什么钱，反正我不要了。"

第二天，明子把五张票子放在身边一天，晚上回到窝棚报告说："我问人家教授了，这是一个叫阿根廷的国家的钱。

那国家的钱三天一换。这几张票子早八百年就作废了。"

又一次处于兴奋状态中的黑罐两眼一黑,双腿一软,竟然跌坐在地上。

明子和三和尚赶过来将他拉起,问道:"怎么啦?"

"头晕。"黑罐不敢睁眼。

明子和三和尚将黑罐扶到了床上。

明子将五张阿根廷比索分给三和尚和黑罐各二张,自己留下一张。他用手指捏住甩了甩,然后撕成两半,再撕成两半,直至撕成碎片。手一松,这些碎片纷纷飘到灯影里。

三和尚用点烟剩下的火柴顺便点燃了自己手中的那二张。

黑罐看了看剩下的那二张,忽然起了老实人的恶毒和仇恨,将它们分别放入两只鞋里。明日,他要用脚去使劲蹂躏它们。

明子躺在床上,心中起了捉弄人的念头。他被这阿根廷比索狠狠地捉弄了一下,搞得心力交瘁,若用它再去捉弄一下别人,他似乎就能获得一种心理平衡。他转过身去,将他独藏的那张一千元面值的阿根廷比索,压在了从"巴拉子"手中借来的一本武侠小说里……

21

早晨黑罐想起床,可是浑身软绵绵的起不来。他觉得身体是条空空的布袋子。见三和尚和明子都已穿好衣服了,他心里着急,用足力气挣扎起来,却又软弱地倒了下去。

明子问:"你怎么啦?"

黑罐说:"浑身没有力气,头晕。"

　　三和尚看了看黑罐那张蜡黄的脸,想了想说:"那你今天别去干活了。"

　　三和尚和明子走后,黑罐就一直躺着。"我肯定是得病了。"黑罐想。可是,他搞不清楚自己到底得了什么病。既不发烧,也无疼痛,就是没有一点力气。他很孤独地躺着,觉得世界很空很大,把他忘却了。他的头脑很清楚。他觉得自己不能躺倒,应该和三和尚、明子一道干活挣钱。他必须干活挣钱。家里又来信了,问他近期内能不能再寄一些钱回去。他似乎成了全家经济的惟一来源了。他像一只小耗子拖着一把大铁锨,过于沉重的负荷既压着他的肉体,也压着他的心。他又试了几次,想坐起身来,但均失败了。头一离开枕头,就晕眩得想吐。他心里很难过地躺着,不一会,两道泪流从眼角往耳根旁流去。没有人来安慰他,也没有人来体贴他。他只能独自静卧于低矮的窝棚之中,受着那份孤单和寂寞。时间在往前一寸一寸地滑动着。他只好压住自己的焦急和烦躁,而平心静气地承认着身体的虚弱和无能。借着窗外的光线变化,他估计到了午饭后的光景。他吃了几块明子临走时放在他枕头旁的饼干后,迷迷糊糊地睡了很长时间。醒来时,都快傍晚了。他感觉到身体好像又恢复了一些力气,便挣扎起来。虽然眼前一阵阵发黑,但这回,他毕竟离开了床。他拿了一只大破网兜,一步一步地走向大楼背后的那些垃圾堆。他绝不能一整天分文不挣。

　　三和尚和明子回到窝棚后,见不着黑罐,很自然地想到他去了垃圾堆。明子说了声:"我去找一找他。"便走出窝棚。这里,三和尚正准备生火烧饭,明子却又慌张地跑回来,大声叫道:"黑罐晕倒了!"

　　三和尚听罢,急忙朝垃圾堆跑去。

黑罐歪倒在垃圾堆旁,但一手还抓着一只易拉罐。他像走长路的人累了,喝了些饮料,随便靠了一个地方睡着了。

"黑罐!"三和尚摇着黑罐的肩呼叫着。

黑罐的脑袋在肩上来回晃动,却没有反应。

明子在黑罐的耳边一声又一声地唤着,仿佛招魂一般。

三和尚使劲揪着黑罐的头发。揪到后来,索性扯下几十根来,这才听见黑罐呼出一口气,并看见他慢慢睁开眼睛。

黑罐模模糊糊地见到了三和尚和明子。他有点迷惑,不知道自己现在在哪儿。他的目光很软弱,像晚秋黄昏时水面上泛起的微光。他觉得眼皮很沉重,就将它又慢慢地合上。没过一会,眼角上沁出两颗清清的泪珠。

三和尚将黑罐背往窝棚。

明子从黑罐手中摘下易拉罐,跟在后边。

第二天,三和尚把黑罐背到医院检查,楼上楼下许多来回,直累得大汗淋漓。明子背不动黑罐,只能在三和尚蹲下欲背黑罐时,用手扶一扶,托一托。三和尚一声不吭,匆匆地爬楼,匆匆地下楼,一刻也不敢停顿。他不时用衣袖擦着满额的汗水。挂号、化验、买药,三和尚都是从自己腰包里掏钱,并且没有半点犹豫。此时的三和尚,变得善良、大方、负责任、对人体贴入微,一个好师傅。

明子很感动。

黑罐尤为感动,伏在三和尚背上,仿佛累倦了的骑手伏在马背上。

黑罐患严重贫血症。

回到窝棚后,三和尚又拉了明子一起上街,为黑罐买了许多滋补品,并再三安慰黑罐:"别惦记着干活。拿了工钱,还照过去那样分你。"

三和尚确实恪守了自己的诺言,过了半个月,领得一批工钱后,拿出一笔来给了根本没有干活的黑罐,并代他寄回家中,这使黑罐的眼眶湿了一次又一次。

　　这样又过了半个月,三和尚又一次拿出一笔工钱来给了黑罐。这之后,他的情绪渐渐变得有点不耐烦起来了。黑罐何时才能干活呢? 他三和尚和明子总不能一辈子养着他吧? 不光分他工钱,还拿出不少钱来给他看病买药、买滋补品,这样没完没了地下去,如何得了? 这些日子,他和明子上劲干活,可是钱反而比原先挣得少了。三和尚突然觉得黑罐是一口漏塘,永不能注满的漏塘,心情不由得沉重起来。

　　明子一直很体贴黑罐。他一次又一次地宽慰黑罐,让他就安心地歇着,不要总想着自己没有干活还总拿钱并让人伺候。他还从自己的工钱里拿出一些来给黑罐买了几盒蜂王浆、两瓶麦乳精。但这些天,他也有点闷闷不乐。见黑罐几乎整天都躺着,心中有一种说不出的感觉。在窝棚里呆长了,就觉得窝棚里多些什么东西,心不由得烦躁起来。与黑罐的交谈也渐渐少起来,谈话里的那份亲切显得有点生硬。

　　一段时间里,三人在一起时,总是很沉闷。

　　病人对人的情绪总是很敏感的,即使迟钝的黑罐,也感觉到了三和尚和明子近来的厌烦。他躺在那儿,心里很不是滋味。可是,他又不得不躺着。他的睡眠并不多,夜里总醒着。于是,他能常常听到三和尚的粗浊的叹息声和明子的细弱的叹气。他感到不安和歉疚,在心中很不明确究竟向谁一遍一遍地祈求着,让他的身体立即恢复力量好干活去。度日如年。黑罐焦躁起来。病人气多。他不因为自己靠人养活而显出歉意,却还不时地对三和尚和明子摆脸色发脾气。这使得三和尚和明子变得更加的不耐烦。

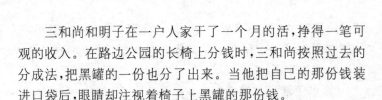

　　三和尚和明子在一户人家干了一个月的活,挣得一笔可观的收入。在路边公园的长椅上分钱时,三和尚按照过去的分成法,把黑罐的一份也分了出来。当他把自己的那份钱装进口袋后,眼睛却注视着椅子上黑罐的那份钱。

　　明子也注视着。仿佛那几张在微风中轻轻掀动的票子是什么令人奇怪的东西。

　　两人默默无语。

　　在他们身前身后,是一棵棵黑褐色的槐树,无声地立在天空下。那颜色,那形象,仿佛是经过若干年风风雨雨之后锈了的铁柱和铁丝。两三只麻雀歇在枝头,冷漠地俯视着从树下经过和在树下交谈做事的人们。

　　三和尚终于将那几张票子往明子跟前一推:"给他。"

　　明子看了看那几张票子,将它们装进自己的另一只口袋。

　　三和尚站起身来,说道:"他要把我们拖垮的!"

　　黑罐又一次不劳而获,但同时他感到了冷淡。

　　三和尚对黑罐说:"得起来撑一撑。"

　　黑罐不知道如何答复三和尚,仍呆呆地躺着。

　　"像这样躺下去,好人也能躺出病来。"三和尚又说道。

　　可是黑罐既没有从三和尚的这句话的表面意思上来听从,也未能在听出这句话背后的含义之后而使自尊心发作、从而顽强地挣扎起来,依然软绵绵地躺着。

　　三和尚一拉门,出去了。

　　明子关上门,问黑罐是否想喝点水。黑罐说他不渴。明子就没再说什么,坐到烛光下去看他的武侠小说去了。

　　黑罐又休息了一些日子,身体终于好转起来,自己都能感觉到,力量在体内一寸一寸地生长着。他下地时,虽然仍感到两腿疲软，但毕竟能行走，能动作了。他向三和尚说，他能去干活了。三和尚反而又体贴起他来，道："刚好了些，先别急着去干活。"

"我能干活了。"黑罐坚持着说。

"那好吧。"三和尚说，"累了就坐下歇会儿，没人说你。"

干活时，黑罐虽觉得累，一拉锯子，或一挥斧头就浑身出冷汗，但毕竟每天坚持下来了。他必须坚持。人家三和尚和明子凭什么白白养活他呢？偶尔想起前一段日子三和尚和明子对他的照料，他觉得欠了三和尚和明子很多。三和尚后来的不耐烦，也是很合情理的。就是亲爹妈见自己的儿子整天躺着却能吃能喝，也会不耐烦的。想到这些，他干活时一点不惜力气，把凡能拿出的力气都拿了出来。

但这一场病，似乎把本来就不聪明的黑罐病得更不聪明了。他常常把活做坏。不是看错了线，就是锯短了料子，或把板子刨过了劲。三和尚的脸色一阵阵恼怒，却没有发作出来。可能是念他大病初愈。明子也在心里暗暗地骂："笨死了！"黑罐对自己自然也十分生气。

这天，明子陪主人上街买把手之类的东西，黑罐就在三和尚去自来水旁磨工具的一个小时里，锯了五根长料。三和尚回来后，也没看出什么来。那主人很精明，又有点谙木匠活，和明子回来后，拿出自己的卷尺来到处乱量，很快量到黑罐刚放的五根长料。他量了一遍，眉头就拧成了疙瘩。他没有吭声，又仔细量了一遍，脸冷冷地说："这料锯短了。"

三和尚说："不能吧？是我放的线。"

主人说："你自己量吧。"

三和尚抓过卷尺，立即过来量。量了一根，又量了其他四根。此时，他浑身气得直哆嗦，转过身来，朝黑罐的脸就是一耳光:"眼瞎了,还有两个窟窿呢!"

黑罐差点被打趴在地上。他用手捂住嘴巴,惊恐地望着三和尚。

主人望着五根锯短了的木料,心疼得仿佛将他的腿和胳膊各锯去了一截。但却没有发作,转身进屋去,又找出一些木料来,扔在地上。

打懵了的黑罐,这时才清醒过来,争辩道:"我是照线锯的。"

三和尚从地上捡起锯下的一截木料,往黑罐眼前一伸,像要塞进黑罐的眼睛里:"你看看!仔细地看看!本来是当横料用的,一看木料不富裕,又改成了竖料,那横料的线都打了叉了!"

黑罐站在那里翻白眼。

明子看着地上的木料。那是上等的好木料:油松,红亮亮的,木质又紧又硬,没有一块疤痕。作为木匠,明子替黑罐感到了一种职业性的羞耻。他虽然有点怜悯黑罐,但心里总有一点累赘的感觉。

在给这位主人家做完一套家具之后,三和尚便请主人付工钱。

主人冷笑了一声:"工钱?先赔了那五根木料。"随即,他又从这套家具身上挑出一大堆毛病来,这些毛病并非杜撰,确实存在,大多又是由黑罐造成的。主人拿了一只小电子计算器,当着三和尚的面把账算给他看。最后得出的结论是:一分钱工钱也不能给!

三和尚和明子急了,各拿一把斧头,扬言如果主人不给工钱,就劈了这些家具。

主人掉头朝屋里叫了一声:"你们都出来!"

只见从屋里"呼啦"跑出五六条汉子来。其中还有两个警察(并非警察,是主人工厂的两个门卫)。一个个皆冰冷着脸,站在台阶上,居高临下地瞪着三和尚他们。那一对对眼睛在说:看谁敢动一动家具!

　　倒是主人有了宽容态度。他从怀里掏出一张五十元的票子来,递给三和尚:"你们手艺确实很丑,但这几天也确实花了力气。这五十元钱就算是饭钱吧。"

　　三和尚不接这五十元钱。

　　一个大盖帽走上前来,把腰间的宽皮带挪了挪,对主人说:"老周,这五十块钱不必给。把那么好的料锯坏了,家具做成这副样子,理应不给工钱。"

　　但主人摆出要把他的宽容态度坚持到底的样子,把钱塞到三和尚的上衣口袋里:"走吧走吧。"仿佛他成了三和尚与台阶上那帮汉子之间的善良的中间人了。

　　三和尚和明子、黑罐僵着不挪动脚步。

　　又走出一个大盖帽。这人长得极威风。他将眼皮往上翻了一下,说:"再不走,我让人将你们捆起来!"

　　主人连忙推三和尚:"走吧走吧。"推了三和尚,又来推明子和黑罐。

　　三和尚和明子被这阵势吓唬住了,借着主人的力,朝门外退去。黑罐反倒敢赖着不走。因为这个结果是他一手造成的,他是个罪人,他应当豁出去。当几条汉子一起将目光转向他时,他竟赖坐在地上。那些汉子嘴里说着凶话,却不知在行动上怎么表现。三和尚返身进来,一把将黑罐从地上拎起:"你走吧你! 丢人现眼的!"

　　黑罐很是无趣,木呆呆地跟着三和尚和明子离开了这户人家。

当天晚上，三人无话可说。第二天，三和尚老早就起床，烟一支连一支地抽。等明子穿好衣服，对他说："你去等活。我今天有话要与黑罐说。"

明子已走出门去了，又走回来，站在窝棚门口，特地看了黑罐一眼。

三和尚从口袋里掏出一百块钱来，放在黑罐面前。

黑罐似乎明白三和尚的意思，又似乎不解，只是望着那笔钱，心中的情绪也不知是忧伤还是悲凉。

"你只能自己一人坐火车回家去了，我和明子都不能送你。"听三和尚的口气，仿佛已经与黑罐早谈过回家去的事了，现在只不过是谈有无人送他走的问题。

黑罐好像也准备好了要回家去似的，脸上并无惊愕之神态。

"不是我心狠，只是你学不了木匠手艺。你身体又不好，做木匠活要力气。"三和尚说。

黑罐点点头，似乎很诚恳地承认这一点。

"自己收拾东西吧。走得了，下午就走。走不了，明天再走。"

"嗯。"黑罐答应着，眼睛潮湿模糊起来。

三和尚又掏出十块钱来，放在那一百块钱上："路上要买东西吃。"他似乎不忍心看到这一幕似的，说完起身朝外走去。

黑罐突然叫了一声："师傅！"

三和尚像中弹一样站住。但他没有回头，说道："一路上要小心。到了家，给我们来封信。"他的声音有点沙哑地说完，大步走出窝棚。

黑罐的泪珠扑簌扑簌地掉在地上。

三和尚一直躲在外面不回小窝棚。

下午三点钟的光景,黑罐已收拾好自己的行李。他在铺边上坐了一会儿,又流了一阵泪,然后依依不舍地出了小窝棚,把门关上,朝大街走去。

下了很长时间的雪,刚刚停住,太阳就把明亮的光照耀到大地上。空气清冷,但并不使人感到冷冻难熬,却使人感到一种凉丝丝的舒服。雪将空中的尘埃全都带到地上,因此,天空呈现出少有的透明,很远很远的山峰和建筑物都能看到。这座城市本来就比较干净,一场大雪使它变得更加清洁。

黑罐留恋地望着这座既充满古典意味又富有现代气息的城市。他不可能在这么高的层次上来欣赏它。但他在心里喜欢这座城市。虽然它并不属于他——他最多不过是一个过客而已。

然而,他现在必须与它告别,重返宁静的乡村。

黑罐一点不感到身体的虚弱,把积雪踏得"沙沙"响。他走到地铁口,回过身来又望了望他早已熟悉的那些街道、那些楼房,然后往下走去……

明子一直不安地守在等活的地方。他预感到了要发生什么,可又不十分明确。关键是他不想明确。因为一旦明确,他就要判断,就要有自己的态度。他不想有自己的态度。

"巴拉子"过来了。

明子觉得"巴拉子"瘦了一圈。他从他的眼睛里还能感觉到他曾被疯狂和妄想侵袭过后留下的痕迹。明子听说,"巴拉子"在收回那本武侠小说之后,一连十多天未来这里等活。许多木匠说"巴拉子"发了一大笔财,如今的"巴拉子"牛气得不得了。但都说不清"巴拉子"发了什么财。十多天后,

"巴拉子"又回来了。"巴拉子"不再是"巴拉子",像是霜打过的草,显得很不精神。

"巴拉子"望着明子,意味深长地点点头。

明子忽然感到了一种深刻的内疚。他很不自然地朝"巴拉子"微笑着,甚至含了些讨好的意味。

鸭子的出现,把明子从难堪的对望中解救了出来。他和鸭子离开了等活的地方,到别处玩去了。当鸭子把一封黑罐的信交给明子时,明子的预感突然明确起来:三和尚让黑罐回家去了!他心不在焉地与鸭子玩了一阵,太阳未落,就和鸭子分手,赶回小窝棚。

三和尚一直在外挨着,也刚刚回到窝棚。

明子一看屋里的变化,知道黑罐确实离开了。但他并没有产生多大的情感波动,自然也就没有对三和尚进行责问。他只是坐在那张与黑罐共用的床上发呆。

三和尚一根接一根地抽烟,像要把一辈子抽的烟现在一口气都抽完。

22

天黑时,三和尚忽然变得轻松起来。他对明子说:"现在就剩我们两个了。"在请明子下馆子吃饭时,他喝了不少酒,吃了不少菜,吃喝得有滋有味,不断地发出"丝"声,说"好酒"、"好菜",一副真正轻松的样子。

吃罢饭,三和尚又掏钱请明子看了一场电影。

回到窝棚以后,三和尚说了许多话,都是讲以后他和明子两人将会怎样怎样,尽力描绘出黑罐被甩掉之后的好情景。他不停地讲这些,似乎是为了不让自己有任何空隙去感受自己打发黑罐走而引起的内心深处的不安。

明子一直沉默着。当灭掉烛光,突然意识到现在独自一人睡一个被窝之后,他对黑罐离开的感觉一下子变得强烈起来。被窝里很空洞,没了黑罐的温热,明子下意识地伸出脚去在被窝里来回寻找着。当终于明确了"黑罐走了"时,他感到有一股凉气从被窝那头朝脚心吹来,直钻到心里,并有一种孤独感。他不由得缩成一团。在黑暗中,他睁开双眼,心里想着的全是黑罐。想到黑罐总是闷声不响地躺着毫无怨言地用自己的身体焐被他尿湿的被褥时,明子的心充满内疚。对于黑罐的走,他的态度很暧昧——不,他的潜意识里,也有一种轻松。只不过这种轻松并不强烈,他又不愿去想到它罢了。明子觉得自己很没有良心。为了自己多分得几个钱,竟然也和三和尚一样觉得黑罐占了自己的便宜,觉得黑罐是个累赘!他浑身发热,手心与脚心都出了汗。一夜,他未能睡踏实。

干活时,三和尚总是轻声地哼着"快活调",有时夸张地显出一种快活。但分明是在掩饰内心深处不时泛起的不安。

明子闷闷不乐,埋头干活。他想忘记什么,可是忘记不了,内疚一阵阵袭来,叫他心灵发虚难熬。于是,便更加上劲地干活,让气力消耗产生的疲惫和筋肉紧张产生的酸痛来抵御心灵的负疚。与此同时,他对三和尚的恨也渐渐加大。因为毕竟是三和尚将黑罐甩掉的!

这黑罐也是,将什么都收拾走了,惟独忘了那把最容易使人想起他的胡琴。

胡琴挂在窝棚里的柱子上。它是黑罐留下的影子。

最初两天,三和尚没有很在意这把胡琴。几天之后,当他再看到这把胡琴时,便将目光转移开去。可是,那把胡琴似乎能自动地位移,总在他的眼前闪现。他不得不想起黑罐曾用这把胡琴给他带来的精神慰藉,不得不想起自己是如何将黑罐打发走的。他的良心便受着责备和折磨。于是,他把那把胡琴摘下来,藏到床下去了。

这一切,明子都看在了眼里。他趁三和尚出门的工夫,把胡琴从床下拿出来,又挂回到原处。

隔了一天,三和尚把胡琴摘下,再次藏到床下。

隔了一天,明子把胡琴从床下再次拿出挂回原处。

三和尚朝明子瞪着眼睛。

明子并不示弱,也瞪眼相还。

四束目光便在空中相接,硬邦邦的,谁也不肯软弱给谁。

这天,三和尚收工回到窝棚后,拿出干净的换洗衣服,摘了假发,拿了毛巾和盆子,到附近的公用自来水洗去了。他要去找她。每回他在去找她之前,总要用香皂一遍又一遍地擦洗,然后换上干干净净的内衣。

明子久久地盯着三和尚的假发。他心里萌生起一种要让三和尚不痛快的念头。他走过来,把三和尚的假发塞到了三和尚的枕套里,然后走出小窝棚,到大街上溜达去了。

三和尚洗得干干净净地回到了小窝棚,换了新的内衣,把袖子凑到鼻子底下,闻到一股香皂的气味,心里很满意。他拍了一下光头,便要去抓假发戴上,可是假发不见了。他一边奇怪,一边焦急地寻找。床上床下寻不着,他就摔被子掀枕头。横找竖找了一气,他恼火得使劲一拽衣领,拽脱了两个纽扣,他嘴里粗野地骂着,骂之不足,用脚踢翻凳子,踢之不足,把枕头抓起掼到墙角上。折腾了一阵,原先洗得干干净净的身体,已是一身臭汗。他自然不能秃顶去见她,便坐在床上生闷气。当他稍微能冷静思考问题时,便立即意识到假发突然失踪为谁所致了,就恶狠狠地倚在床头,等着"逍遥法外"的明子归来。

明子偏要搅黄了三和尚今晚的计划,便在外面延宕,直到深夜了才回小窝棚。

三和尚的目光随着明子的走动而移动着:"你今天干什么好事了?"

明子说:"不知道。"

"你知道!"

"我不知道!"

三和尚的光头在烛光里闪亮:"你把假发藏起来了。"

"……"

"你说,是不是你藏的?"

明子瞧见了墙角上的枕头,便弯腰去捡,顺手将假发从枕套里搜出,一起抛向三和尚的床,说道:

"我没有藏!"

枕头与假发一起落在了三和尚的床上。三和尚冷笑了笑。过了一阵,他用了一种很冷酷的语调说:"你小子不要装好人!你难道不是也在心里希望黑罐走吗?!"

三和尚的话,像刀子一样刺破了明子为了逃避良心谴责而有意在心头笼起的一层薄雾,并且刺痛了他的心。他大声叫起来:"是你把他赶走的!是你把他赶走的!"

三和尚坐直身子说:"可你心里希望这样!"

"不是的!不是的!"明子的声音一下嘶哑起来,并颤抖起来,泪水涌出眼眶。他突然扑到床上,抱住被子,大声地哭泣起来。他用拳头抵住嘴,哭声便在喉咙里呜咽。

三和尚的心情很烦闷,便从床下摸出一瓶烈性白酒,用牙齿揭掉了瓶盖,也不要下酒的菜,一口接一口地光喝起来;

每喝一口,就闭一下眼睛咬一咬牙,仿佛被刀子捅了一下。

明子的哭泣慢慢减弱,直到没有声息。

但三和尚一瓶酒下肚后,却发了神经,吼起大悲调来。没有黑罐的胡琴伴奏,这光光的吼声,显得更粗糙,也更真实。吼着吼着,他竟然哭了起来,并且是号啕大哭。一半是醉,一半是因心中的种种悲伤和郁闷,哭得毫无顾忌。他想说些什么,但因酒麻硬了舌头,只能发出"呜呜噜噜"的声音。

这难听的却直往人心里钻的哭声,使明子的心里产生了歉意。他走过来,给三和尚倒了一杯水,并递给他一块毛巾。

"是……是我……我撵……撵黑……黑罐走的……是……我……"三和尚望着明子说。

明子给三和尚铺好床,并把枕头垫高了一点,扶着三和尚让他慢慢地躺了下去。

三和尚又哭了一声,又"呜噜"了一阵,酒像蒙汗药一样开始麻痹他的神经,不一会儿他就昏昏沉沉地睡去。

此后的两三天里,明子和三和尚不多说话,只是用力干活。

又过了两三天,三和尚对明子说:"写封信回去,让黑罐回来吧。"

明子点了点头。

大约过了半个月,这天傍晚,明子和三和尚收工回来,打老远处就听到小窝棚里传出胡琴声。两人站住了。先是明子叫了起来:"黑罐回来了!"紧接着,三和尚也大叫起来:"是黑罐!"两人便朝小窝棚跑去。

23

这一年的冬季,明子将永生难忘。很少有晴朗的白日,常常一整天见不到太阳。天有时灰蒙蒙的,有时呈土黄色,像烟熏的一样。即使有太阳,那太阳也是没有多大活力的样子,或呈淡黄色,或呈淡蓝色,仿佛是一枚秋夜的月亮。

明子的心情一直难以高涨。他希望这个冬季早点结束。当初春的太阳明亮地照耀下界时,他的心情也许会好转,也许会交上好运。他企盼着春天,从心的深处企盼。

然而,北方的冬天似乎漫无尽头。雪一场又一场地下着,凛冽的寒风随时呼号着掠过城市,把那些潮湿的黑褐色树枝撅断,把瘦瘦的衰草压趴到潮湿的泥土里。

明子确实不喜欢这样的冬季。

黑罐的归来,使明子有过一阵心灵的轻松,仿佛一个有罪的人忽然没有了罪过。但黑罐带回来的消息(好几天以后,黑罐才说),使明子的心情仍如这冬季一样沉闷和灰暗:沉重的债务,已经压垮了他的父亲;他没有病倒,但精神上垮了,一天到晚把头低垂着,沉默寡言。

明子又来到等活的地方。

他的心情有点焦灼不宁。他希望今天能等到活,可又坐不住。他拉了鸭子,在街上毫无目的地溜达着。前面是一家大银行。这是一座现代化的建筑。一扇扇落地窗,皆被图形好看但又结实无比的铁窗网罩着。巨大的转门,不停地旋转着,把人旋进,又把人转出。明子和鸭子望着转门,在十多米以外的地方呆呆地站住了。银行,并且是大银行,这一特殊的机关,使明子和鸭子感到神秘,感到紧张,感到一种不可抑制的惊奇。

他们一直望着那转门,足有二十分钟。

从这转门进出的人,其表情都很特别。有神情显得紧张的,仿佛取出巨款之后,随时可能要遭抢劫一样。有按捺不住兴奋的,囊中的丰盈,使他感到世界上的一切都变得美好起来,甚至使自己的身体都变得充满了力量。有显得如释重负的,那用不着、放在家里让人没有安全感的钱,终于存放到了一个万无一失的地方,并且,它还将一点一点地生长着。也有显得十分懊丧的,那大概是因为,他在银行的仅有的一点存款,也因为生活的拮据被取出了……所有这些表情,皆是钱这怪东西刺激出和生发出的。

有一阵,明子产生了一种幻觉:那出出进进的不是一张张面孔,而是一张张票子。

"能进去看看吗?"鸭子问。

"为什么不能!"明子说。

"看看吧?"

"看!"

明子和鸭子手拉手,战战兢兢但却满不在乎地走向转门,仿佛他们在这家银行里有一笔巨额存款似的。

眼前的场面是巨大的:

一个深邃的通道,把一个巨大的大厅分割成两大部分。通道两侧,各放了四五十张工作台子,有上百名职员在忙碌地工作。几乎是无数的窗口,站着无数的存款取款的人们。仿佛全世界就只有这一家银行,所有的钱都是从这里流出去的,所有的钱又都会流到这里,它像一个发动了全世界的心脏。无数台电子计算机在跳跃和闪现着数字。古老的计算工具——算盘,并未因为电子计算机的占领而退出历史舞台,也依然在"噼噼啪啪"地响着。这里的钱多得居然要用一种机器去数。这机器一台又一台,并且都在不停地工作着。那钱排着队,拥挤着走向机器的出口,最后被捆成捆,像小山一样堆放着。

鸭子看呆了,站在那里像段木头,被来往的人挤来撞去,全无一点生命的样子。

明子觉得心惊肉跳。

有一个人所取的款,塞了满满一只大提包,提在手里都显出吃力的样子。跟在他身后的,是在腰间别了警棍的保卫人员。他们穿过通道时,人们纷纷闪向两边。通道里一下安静下来,直到足音消失在转门里。

明子和鸭子出来时,都像受了惊吓还未醒来的样子。他们的目光显得有点呆滞,并都成了哑巴。后来,明子拉了鸭子,急急忙忙地离开了这座建筑,回到了等活的地方。这之后,明子没有再到处走动,很固执地等着活儿。

今天运气不错。大约下午三点钟,骑车过来一个中年妇女。她谁也不理,直奔明子,问:"封阳台吗?"

"封。"明子立即站起身来。

"什么价钱?"中年妇女问。

"那要看阳台大小。"

那中年妇女显然是一个办事干脆的人,问:"现在有空吗?"

明子当然这样回答:"有。"

"跟我走。"

"怎么走?"

"坐在我车后。"

"警察看见了呢?"

"你这小木匠怎么婆婆妈妈的呢?让你坐你就坐。"

明子让鸭子看着漆板,坐了那中年妇女的车,随她走了。过了很长时间,那中年妇女把车骑到了一座新盖的大楼前停住说:"到了。"

明子用尺子量了量中年妇女家的阳台,计算一下,问:
"自家有木料吗?"

"没有。"

"包工包料?"

"包工包料。"

"五百块钱。"

"太贵了。"

"不贵。"

"贵。"

"四百六十。"

"四百五十!"

"四百六十!"

"四百六十就四百六十,活要干得好。"

"当然。"

"什么时候来做?"

"三天后。"

"快点不行?"

"那后天就来。"

上下左右的阳台上,伸出五六个脑袋来探问:"是封阳台吗?"

明子答道:"是。"

中年妇女绝不是那种"只管自家门前雪休管他人瓦上霜"的人物。她闻声后,上下左右地说道:"是封阳台。你们封不封?封吧!封了又多块地方。封了家里干净。封了也安全。迟早总是要封的。就封了吧。"

有人问:"包工包料多少钱?"

中年妇女说:"四百六十,不贵吧?"

没有人回答。但看得出来,这些人家似乎都打听过价格了,而四百六十这个价格他们觉得是便宜的。

"这是我们老家的木匠!"中年妇女大声对那些人说罢,看了一眼明子后低声说,"我为什么找你们来封阳台?前天,路过你们等活的地方时,我从你的口音里听出来,你是我们老家那一带的。那一带尽出好木匠。"她又大声对那些人说,"别犹豫了,封了吧!"

这个中年妇女的热心一部分是因为性格,一部分是因为心理。她希望大家都将阳台封上,不然,这样就会显得像一个牙掉得还只剩一颗的老人。如果别人都不封阳台,那么她家被封闭的阳台——那一颗牙,是很让人尴尬的。于是,她再一次鼓动邻居们:"封吧!"

空间的狭小使人们对凡可能变为实用空间的任何空间,都显得斤斤计较。封阳台,便成为许多人家改善空间的一大措施。这些邻居本就打算封阳台的,经中年妇女这么一煽动,想想价格也很便宜,便纷纷过来与明子定下生意。

明子说:"你们得先交一部分定金。"

众人有点犹豫。

明子说:"我们想把木料一下子全都拉回来。我们拿不出这么多钱来去木工厂买木料。"

有人问:"先交多少?"

明子答:"二百块钱或一百五十块钱都行。"

众人想了想,觉得明子说的话倒也合情合理。买这么多木料,要花一大笔钱的,木匠们确实是垫不起的。于是,都在心里觉得先交一部分定金是应当的,促使他们最后付诸行动的是一个错觉:交就交,不要紧的,那木匠是505(那个中年妇女家的门号)老家的人,是跑不掉的。

一共有六户人家要封阳台,明子收定金整整一千元。

明子把这一千元钱揣到贴身衣服的口袋里,并用一根别针封了袋口。

"后天早晨等你们。"中年妇女对明子说。

"后天早晨等。"明子说罢,离开这里。

照理说,明子应在当天晚上把这一消息告诉三和尚和黑罐——这是好消息。但明子却一字未提此事。一晚上,明子的神情都很恍惚。在他心中,似乎有一个重大的"阴谋"在一种欲望、一种处境的驱使下生成。开始,他的意识并不清楚。他说不清楚对那笔钱的感觉,说不清楚究竟有一个什么鬼东西让他没有把封阳台的事以及收取一千元定金的事说出来。他一夜未眠。

第二天早晨,三和尚问明子:"没有等到活吧?"

明子迟疑了一下,但很快明确地回答:"没有等到。"

"那就接着等吧。"三和尚说。

明子没有去等活的地方。他又去了那个空旷的公园。冬天里,这个公园显得格外萧索和冷清。公园占地面积很大,有两个大湖,中间有一道堤岸。湖边,或是小山,或是林子,或是一片游乐场。此时,几乎没有一个游人。仿佛这个公园是一片离人群极遥远的不为世人所知的所在。

偌大一片天地,空荡荡,就明子一人晃悠。

满眼都是黑褐色的树,不时可见几只飞鸟赤裸于枝头,很漠然无神的样子。湖结了冰,但很薄,经不住风吹浪打,裂成一大块一大块。野鸭们或凫在水上,或歇在冰上。那冰是随风移动的,立在冰上的野鸭忽然感到远离了鸭群,惊叫着飞起,飞回到鸭群里。岸边被水嵌了一道银色的边,随着浪的咬噬,便成了锯齿形。游船码头仿佛被人遗忘了上百年,几十条游船被拴在一起，在空而低的天空下，随着波浪作一种有规律的起伏，仿佛在向人显示自己的存在，希望人们能够注意它们一下。湖对面是一片林子，使人觉得那是一片潮湿的林子，仿佛大潮退去刚露出来的。林子后面可能有几户人家，因为，隐隐约约地可见到几缕炊烟。常常有一股小旋风，很寂寞地在湖上，在岸上，在坡上玩耍，把水旋成涡，把短草和尘埃旋到天空里。

　　明子怀揣一千元定金，他的心情一忽儿沉重，一忽儿紧张，一忽儿兴奋，一忽儿又变得很淡漠。

　　走累了，明子在向阳而又无风的湖坡上坐下来。

　　"这些人真马虎，也不怕我揣了这一千块钱，一溜烟跑了。如果跑了，他们只能干瞪眼睛。他们哪儿去找人？能跑吗？为什么不能跑呢？他们又不知道我住哪儿。以后换一个地方等活就是了，也不光是一个等活的地方。跑了就跑了，不跑白不跑。跑！怕什么？反正也抓不住我！算了算，不要打这个主意。这个主意是个坏主意，是个缺德的主意。人不能这样，可不能这样！不就一千块钱吗？一千块钱有什么了不起？不值得。当然一千块钱也是不少的，寄回家去，能解决大问题。一千块钱，一千块呀，还少吗？不少啦！别太贪心了。你不敢，你生来是个胆小鬼，信吗？不信？那你敢揣了这一千块钱跑了给我看看！你是个孬种！可揣了人家的钱跑了，也算不得一条好汉！……"

　　一个明子变成两个明子，像两头天性好斗的牛，用了锋利的犄角，毫不留情地抵牾，各不相让。

　　明子忽然感到了一种袭住全身的疲倦，斜卧在湖坡上，用软弱无力的目光，傻呆呆地看着湖水，过不一会儿，竟然睡着了。

　　惊醒明子的是"扑通扑通"的水声。明子侧过脸去看，见到在离他十多米远的地方,有十几个人正在冬泳。天寒地冻,竟然有人几乎光着身子下水游泳!明子感到惊奇,便立即跑过去看。那十几个人也并不是不怕冷,只是靠了一股勇敢,一股坚毅。他们在满是冰茬的水中痛快淋漓地游着,叫喊着,把冬季的凝固和沉闷打破了。他们的身体冻得鲜红,仿佛用丝瓜瓢搓擦过。他们一半是为了锻炼肉体,一半是出于对抗的心理:看你冬天又能将我怎样!其中有一个少年,只不过十三四岁,瘦得很。他只穿一件小游泳裤衩,一直站在寒风里。他站得直挺挺的。他的意志只要稍稍松懈一下,就会因寒冷而双腿摇动缩成一团。但他坚决地让自己的意志像钢铁一样强硬着。后来,他毫不犹豫地跳进水中,用身体扑出一团水花。他游着,神色镇定。

明子没有从这样的场景中获取高贵的诸如生命、意志力等方面的意义,而只感觉到了一点:无所畏惧。为什么而无所畏惧,明子不想明白。此时此刻,他需要的仅仅是一种纯粹的心理能力:无所畏惧。他将手伸进怀里,摸了摸那一千块定金,一个念头坚定起来:跑掉!

他不再害怕,不再犹豫,也不再内疚。

晚上,当三和尚问他等到活没有时,他的回答毫不含糊:"没有。"并补充了一句,"活就那么好等吗?"

但五更天时,他又被这一千块定金惊醒了。人很奇怪,白天和夜晚坚定了的念头,会在五更天时产生动摇。一个以为被放逐或忘记的念头,却会在你醒来之前先醒来,并使你惊醒。明子又惴惴不安起来,并且再也不能入睡。

这个今天,就是和那个中年妇女所约定的"后天"。

明子不愿再躺在那儿——只要躺在那儿,他就不安。他得起来——起来之后,人的心思就会有点变化。他起来后,说"我等活去了",便离开了窝棚。他当然没有去等活。但也没有远走,他懒得远走。吃了两根油条一碗豆腐脑之后,他溜达到了那教堂跟前。

这座建筑对明子来说,充满了神秘感。

蓝天和白云衬着教堂顶上的高高的十字架。

对着教堂门口的梧桐树下,有一张铁椅。明子坐了下来,朝前望着。

现在是星期天上午,教堂的大门打开着。

明子望去,觉得前面是一个黑洞洞的巨大空间。那个空间给了明子一种奇怪的感觉,有点像小时候在深夜时忽然来到天穹下的感觉。

与喧哗和骚动的集市形成鲜明对比,这里显得十分庄严和宁静。教堂四周似乎洋溢着一种奇特的气氛,与它以外的世界分离开来,而成为一个独立的世界。来这里的人很少。明子坐在椅子上好半天,才见进去三个人。

"他们进去干什么呢?"明子不太明白。对于宗教,明子一无所知。在明子的意识里,宗教就是迷信。小时候,他许多次见到母亲到村后的庙里烧香,然后跪在地上,祈求菩萨保佑。母亲的样子很让他感动。但他也在心里发笑:菩萨?菩萨在哪儿呢?他觉得母亲以及刚才走进教堂的那三个人都很痴。但,明子隐隐约约的也有一种神圣感,不由得不变得有几分肃穆。

开过来一辆锃光瓦亮的小轿车。车门打开后走出一个不到三十岁的女子,高挑身材,一身高贵的打扮,一张高贵的面庞。她优雅地仰望着教堂,眼中含着深深的忧郁和虚茫。她环顾了一下四周,仿佛置身于一片荒野,有一种紧张和孤独。

明子的目光与她的目光偶然相遇。明子的出现，仿佛使她减轻了一些孤独，因此，她的目光里有了几分静谧和谢意。

她在教堂外驻足良久，终于朝大门走去。高跟鞋在石板上叩出一串清音。当她走进教堂时，这声音变得宏大并余音袅袅，更使人分明地感觉到那些人被投进了一个巨大的空间。

如果说明子对母亲到庙里去祈祷还能有所理解的话，那么，明子对那个女子的行为则很不明白。母亲到庙里去祈祷，那是因为沉重的苦难。衣服、粮食、住宅、身体……一切都是很具体的。母亲没有其他办法，因此，她只好相信菩萨。贫穷是母亲去庙里祈祷的惟一原因。而那个女子她还缺少什么呢？她有车，有好衣服，可能应有尽有。她肯定是个有钱并且有很多钱的人。明子能看出来。她还需要什么呢？

"她还需要什么呢？"这个问题纠缠着无所事事的明子。

这个问题太重大，也太深刻。明子不可能有什么透彻的理解。

但那些走进那个空间的人（他们也许是消极的，空虚的），确实给了明子一个启示：这个世界上，还有一些钱买不到的东西。

什么东西是钱买不到的？人们为什么又需要这些用钱买不到的东西？

明子想不太明白。

不知什么时候，教堂响起钟声。这声音是古老的，苍茫的，深沉的，庄严和神圣的。它在空气里传播着，并使空气震颤。

明子站了起来。

声音越来越响，前一声的余音还未消失，后一声就又响起,像海上的波浪朝天边涌去。

不知为什么,钟声使明子想起了与这钟声毫无关系的一幅情景:

天空下,那群羊在一只一只地倒下去……

24

贫困像冬日的寒雾一样,一直笼罩着小豆村。

小豆村无精打采地立在天底下。有一条大河从它身边流过。那水很清很清,但一年四季,那河总是寂寞的样子。它流着,不停地流着,仿佛千百年前就是这样流着的,而且千百年以后还可能这样流着。小豆村的日子,就像这空空如也的水,清而贫。无论是春天还是秋日,小豆村总是那样呈现在苍黄的天底下,或呈现在灿烂的阳光里:稀稀拉拉一些低矮的茅屋散落在河边上,几头猪在河边菜园里拱着泥土,几只羊拴在村后的树上啃着杂草,一两条很瘦很瘦的狗在村子里来回走着,草垛上或许会有一只秃尾巴的公鸡立着,向那些刨食的脏兮兮的母鸡们显示自己的雄风,几条破漏的半沉半浮的木船拴在河边的歪脖树上……小豆村毫无光彩。

明子对小豆村有许多记忆。比如对路的记忆——

村前有条路。这是小豆村通向世界的惟一途径。这是一条丑陋的路。它狭窄而弯曲,路两旁没有一棵树。说它是田埂更准确一点。一下雨,这条路就会立即变得泥泞不堪。那泥土极有黏性,像胶糖一样。如是穿鞋,就会把鞋粘住。因此,除了冬季,其他季节里碰到下雨,人们都把鞋脱了,光着脚板来走这条路。人们在这条路上滑着,把表层的烂泥踩蹋得很熟,不带一点疙瘩。那泥土里,总免不了含一些瓦砾和玻璃碎片,人们总有被划破脚的机会。因此,黑黑的泥土里,常常见到一些血滴。雨一停,风一吹,太阳一晒,这条路便很快干硬起来。于是,直到下一次大雨来临之前,这条路就一直坑坑洼洼的。那坑坑洼洼仿佛是永远的。晚间走路,常常扭了脚,或被绊倒,摔到路边的地里去。

比如对炊烟的记忆——

家家都有一个土灶。烟囱从房顶上冒出去,样子很古怪。这些灶与房子一起落成,都是一些老灶。一天三顿的烧煮,使烟囱严重堵塞。每逢生火做饭,烟不能畅通地从烟囱冒出,被憋在灶膛里,然后流动到屋子里,从门里,从窗子里流出。阴天时,柴禾潮湿,烟更浓,把屋里弄得雾蒙蒙的。那房顶是用芦苇盖的,天长日久,不及以前那么严密,有了许多漏隙,那烟便直接从屋顶上散发出去。远远地看,仿佛那房子是冬天里一个人长跑后摘掉了帽子,满头在散发热气。灶膛里的火都停了半天了,但房顶上的热气还要散发好一阵。屋子里,总有一股永恒的烟熏气味。

再比如对水码头的回忆——

小豆村没有一户人家有一个像样的水码头。由于贫困,这里的一切都是将就着的。水码头自然也就将就了。他们用锹挖了几道坎,通到水边去。一下雨,或者一涨水,那坎就松软了,并成斜坡,到河边提水洗菜,就变得很困难。一桶水从水边提到岸上,要十分的小心,一脚一脚的都要踩稳了,注意力不能有一点分散。即使如此,一桶水真的提到岸上时,也因为免不了的歪斜和趔趄,而只剩半桶了。常常看到这样的情景:一个小姑娘滑倒了,一边用双手抓住小树或一撮草根不让自己滑溜下去,一边用眼睛惊恐地看着滚到河里的水桶在朝河心漂去;一个男孩终于没有停止往下滑,连人带菜篮子跌到了水里……

　　正如紫薇的爸爸所说，小豆村那儿的人挺可怜的。

　　明子很小时就作为一份力量，加入了抵御穷困的行列。六岁时，他就开始背着用草绳结的大网包去田埂和河岸边挖猪草，天很黑了才回家。秋天收庄稼，稻把儿要用船运到打谷场下。在将稻把儿从船上往打谷场上扔时，免不了要掉许多稻粒到水里。明子就抓一只特制的簸箕潜到水底，然后用双手连泥带稻粒划拉到簸箕里，再冒出水面。那样子很像鸭子在水边用嘴掏食。那时，明子才十岁。长到十一二岁时，家里更把他看成一份力量了。春节来临时，许多种荸荠的人家要从水田里把荸荠刨出来过年。明子就和许多大小差不多的孩子站在田埂上等着，主人只要说声"不要了"，他们就会"嗷嗷"叫着，纷纷跳进水田里。明子提着一只竹篮，把裤管卷得高高的，用两只脚在泥里很快地踩着，寻觅着主人刨剩下的荸荠。十只脚趾头极敏感，能在淤泥里极快地感应到荸荠，并能灵巧地将其夹住提出淤泥。踩不多一会，腿和脚就会被冻得生疼，像无数的针刺戳着。实在坚持不住时，就爬上田埂，猛烈地跳一阵，跳热了身子再下去。如果觉得荸荠多，能踩到一轮寒月挂到天上……

　　饥饿使人变得很馋。明子就特别的馋。春天下雨时，明子仰起脸来，伸出舌头，去接住几滴雨珠来尝一尝。夏天，他常在河边上转悠，把那些玉样的小虾捉住放在嘴里有滋有味地嚼着。秋天，他划只船到芦苇滩上去，找出一窝一窝野鸭蛋来煮了吃。冬天里能吃的东西极少，他只能等到天黑，然后用电筒去人家檐下寻找钻在窝里的麻雀。一旦找到，就将电筒熄灭，然后在黑暗里伸出手去，将麻雀突然捉住。捉住四五只，他就会迫不及待地跑回家，让妈妈将它们用油炸了。

贫困使小豆村的人的脸色变得毫无光泽,并且失去应有的生动。人们的嘴唇不是发白就是发乌,很难见到那种鲜活红润的嘴唇。生活的重压和营养不良,使人的骨架不能充分地长开,偶尔有长开的,但终因没有足够的养料和休息,而仅仅剩了一副骨架,反而更见瘦弱和无力。人上了五十岁,就开始收缩身体。到了寒冬,便收缩得更厉害。这里的人,脸相远远超出了实际年龄,而那些粗糙、短粗和僵硬的手,更是把人的年龄加大了。一些人显示了麻木,一些人则整天忧心忡忡,还有一些人则整天满腹心思的样子。但眼神是一致的:淡漠和忧郁。

小豆村的人不大被人瞧得起。离村子五百米,铺了一条公路,并通了汽车。那汽车站一路撒过去,但就没有小豆村一站。

小豆村的人有一种压抑。这压抑从老人的心里传到了孩子心里。他们在心里积压着一种对这个世界的怨恨。他们对自己的处境虽然看上去已无动于衷,但心底深处却埋藏着不安和不服。他们在一天的许多辰光,都会突然想到要推翻这个现实。他们的这一意识并不明确,但却没有死亡。总有一天,他们要挣扎出这个困境。

后来,终于有了机会。小豆村的人从小豆村以外的世界感受到,现在他们可以照自己的思路去做事了。这个世界允许甚至鼓励他们按自己的心思去做事。压抑愈久,渴望愈大,做起来就愈有狠劲。没过几年,小豆村就有一些人家脱颖而出,一跃变成了富人。除了川子以外,还有好几户。有人家是靠一条小木船运输,仅仅三年,就发展成有三条都在二十吨以上的大运输船的小型船队。有人家是靠一座砖瓦窑而甩掉了穷样……一家看一家,互相看不过,互相比着。

死气沉沉的小豆村变得雄心勃勃,充满紧张。

只有明子家依然毫无生气。于是,这个家便感到了一种压力。

明子有了一种羞愧感,并与一些玩得不分彼此的朋友生疏起来。他常常独自一人坐到河堤上去,望一只过路的船或望几只游鸭出神。有时他回过头来望有了生气的小豆村:从前的小豆村在一日一日地改换着面孔。灰秃秃的小豆村在变得明亮起来,草垛顶上的公鸡在阳光下闪着迷人的紫金色,连那些狗的毛色都变得光滑起来了。每逢这时,明子的目光总是不肯去看自家那幢低矮歪斜的茅屋。

明子与家里的人的关系都变得淡漠起来。

父亲的心情变得格外的沉重。

终于有一天,父亲把全家人叫到一起,说:"我们家养一群羊吧。"

家里人都沉默着。

父亲说:"常有外地人用船装羊到这一带来卖,你们都看到了。那些羊与我们这儿的羊,种不一样。是山羊,一种特殊品种的山羊。听人说,如今外面市场上到处都要山羊皮。山羊皮比绵羊皮贵多了。这些天,我每天坐到河边上去等这些船。我与船家打听过多回了。一只小羊二十元钱,春天养到冬天,一只羊就能卖五十或六十块钱。如果养一百只羊,就能赚三四千块钱。我们这儿什么也没有,但到处有草。养羊,只需掏个本钱。把家里的东西卖一些,虽然不值钱,但总能卖出一些钱来的。然后再跟人家借。人家总肯借的。"

父亲的计划和精心计算和盘托出后,全家人都很兴奋和激动。

当天晚上,父亲就出去跟人家借钱了。

第二天,全家人就开始在一块菜园上围羊栏。打桩、编篱笆、盖棚子……全家人带着无限的希望,起早摸黑,不知疲倦地劳动着。

一切准备就绪,明子和父亲就天天守在河边上,等那些卖山羊的船。

这天中午,明子终于见到了一只卖山羊的船,站在大堤上,向家里人喊:"卖山羊的船来了!"

全家人闻声,放下饭碗都跑到河边上。

一叶白帆鼓动着一只大船朝这边行驶过来。这只大船装了满满一舱山羊,远远就听见它们"咩咩"的叫唤声。那声音嫩得让人爱怜。

明子迎上前去,朝大船的主人叫道:"我们要买羊!"

白帆"咯嗒咯嗒"落下了,掌舵的一扳舵,大船便朝岸边靠拢过来。

那山羊真白,在船舱里攒动,像是轻轻翻动着雪白的浪花。

父亲问船主:"多少钱一只?"

船主答道:"二十二块钱一只。"

父亲说:"太贵了。前些天,从这儿过去好几只船,都只卖十八块钱一只。"

"多少?"船主问。

"十八块钱一只。"父亲说。

船主说:"这不可能。"

明子一家人纷纷证明:"就是十八块钱一只。"其实,谁也没有见到只卖十八块一只的卖山羊船。

船主问:"那你们为什么不买呢?"

父亲说:"当时钱没凑够。"

"买多少只?"船主问。

父亲用很平静的口气答道:"一百只。"

这个数字使船主情不自禁地震动了一下。他想了想说:"如果说前头你们真的见到有人卖十八块一只,那我敢断言,他的羊没有我们的羊好。你们瞧瞧舱里这些羊,瞧瞧!多白,多俊,养得多好!"

这确实是父亲这些天来见到的最漂亮的羊。但他按捺住心头的喜悦说:"羊都一样的。"

船主坚持说:"羊和羊不一样。种不一样!你们看不出来?真的看不出来?你们会看羊吗?"

"能还个价吗?"父亲说。

船主说:"还吧。"

"十九块钱一只。"父亲说。

"不行,二十块钱一只,差一分钱也不卖。"船主摆出欲要扯帆远航的架势来。

家里人便小声与父亲嘀咕:"二十就二十。""二十能买了。"

父亲说:"行,二十!"

数羊、交钱,一个多小时之后,一百只羊便由船舱过渡到河坡上。

船主一边扯帆,一边对明子一家人叮嘱:"你们好好待这群羊吧。这群羊生得高贵。"

全家人朝船主点头、挥手,用眼睛告诉船主:"放心吧。"

羊群从河坡上被赶到河堤上。此时正是中午略过一些时候,太阳光灿烂明亮地照着大地。那群羊在高高的大堤上,发出银色的亮光。羊群在运动,于是这银色的光便在天空下闪烁不定。小豆村的人先是远眺,最后都纷纷朝大堤跑来。

最后,小豆村的人几乎都来到了大堤上。

明子一家人意气风发,一脸好神采,或站在羊群中,或在羊群边上将羊们聚拢着不让走散。他们并不急于将羊赶回羊栏,都想让羊群在这高高大堤上,在那片阳光下多驻留一会儿。

从远处低洼的田野往这儿看,羊群与天空的白云融合到一起去了。

明子站在羊群中,心中含着得意、激动和骄傲。他俨然摆出一副小羊倌的样子,仿佛他早已熟悉了这群羊,并能轻松自如地控制和指挥它们。他有时挺着胸膛站着,有时弯下腰去,轻轻抚摸着一只在他身旁缠绵的山羊。此时,他心里蓄满了温和与亲密。

明子的一家人,朝乡亲们不卑不亢地微笑着。

这群羊拨弄了小豆村的人的心弦,发出一种余音不断的响声。

父亲说:"把羊赶回栏里吧。"

明子跑到羊群边上,挥动双手,将羊群轰赶着。

羊群朝大堤下流去。当它们"哩哩啦啦"地涌动着出现在坡上时,远远地看,像是挂了一道瀑布,在向下流泻。

小豆村的人们一直前呼后拥地跟着羊群。此时此刻,他们对羊群的价值还未进入功利性的思考,心中有一种激动和兴奋,那是审美的。是因为那群羊那么漂亮,又那么多。他们曾见过河坡上三三两两地有几只土种山羊在啃草,没见过这么一大片羊,更未见过如此让人着迷的羊。

羊群赶回到了栏里。

小豆村的人围着羊栏又看了好一阵,才慢慢散去。

但明子一家人一直守着羊栏观看着。因为,它们是他们的全部希望。母亲把割来的一大筐草,一把一把地撒在栏里。羊们吃起来。羊这种动物不像狗又不像猪。狗吃东西一副凶相,猪吃起来样子很丑,并且无论是狗还是猪,在吃食物时如有同类在场,就会龇牙咧嘴地争抢,并在喉咙里发出很难听的声音。羊吃东西很文静,并且绝不与同伴争抢。当一只小个山羊悬起前腿,用软乎乎的舌头舔母亲的手背时,母亲哭了起来。

父亲一直不吭声,以一个固定的姿势趴在羊栏的柱子上,一根接一根地抽烟。

一直处于亢奋状态的明子,现在平静了一些,开始仔细观察这群小东西:

它们的毛色白中透出微微的金黄,毛是柔软的,随着微风在起伏着;四条腿是细长的,像是缩小的骏马的腿,蹄子呈淡红色或淡黄色,并且是晶莹透亮的;额上的毛轻轻打了个旋,细看时,觉得那是一朵花;鼻尖是粉红色的,像是三月里从桃树下走,一瓣桃花飘下来,正好落在了它们的鼻尖上;眼白微微有点红,眼珠是黑的,黑漆漆的;公羊们还都未长出犄角,头顶上只有两个骨朵儿。

明子更喜欢它们的神态:

淘气,纯真,娇气而又倔犟,一有风吹草动就显出吃惊的样子,温顺却又傲慢,安静却又活泼,让人怜爱却又不时地让人生气……

明子喜欢它们。

明子特别喜欢它们中间的一只公羊。那只公羊在羊群里是个头最大的。它让人一眼认出来,是因为它的眼睛——它的两眼下方,各有一小丛同样大小的黑色的毛。这两块黑色,使它更显出一派高贵的气息。它总是立在羊群的中间,把头昂着。它的样子与神气,透着一股神性。明子很快发现,它在羊群中有一种特殊的位置:羊们总是跟随着它。

明子长时间地盯着它,并在心中给了它一个名字:黑点儿。

全家人守着羊群一直到天黑。夜里,父亲和明子又几次起床来观望它们。夜空下,父子俩谁也不说话,只是静静地看着安恬地休息着的羊群。明子对羊群的情感充满了诗意。他很浪漫地想像着以后与羊们相处的时光。

直到月亮挂到西边槐树的树梢,明子才和父亲进屋睡觉。

此后,这群羊的放牧,主要由明子来负责。明子心情愉快地充当着羊倌的角色。明子爱这群羊,以至忘记了养这群羊的实际目的。他几乎整日整夜地与它们厮守在一起。他跟它们说话发脾气,他向它们讲故事唱歌,他与它们嬉闹,他与它们一起歇在河坡上,静穆地仰望着蔚蓝纯洁的天空。当他离开羊群时,"黑点儿"居然带领羊群去寻找他,要不就"咩咩"地叫,直至把他唤到它们身边。

暮春时节,天气已十分暖和,草木亦已十分茂盛。田埂上、小河旁、河坡上,到处长满鲜嫩的草。这儿的人对草的价值历来没有意识。这些草每年春天发芽,继而随着阳光日甚一日地暖和而变得葱茏繁茂,但没有人理会,直到秋风将它们吹成枯萎一片。最多在冬日来临之前被一些人家用耙子划拉去当柴禾用。没有人家用它来养兔,只有几户人家偶尔想起来养几只羊,然后将它们放到河坡或田埂上去随便啃几口。

现在,明子家的一百只羊,有足够的草吃。明子可以挑最好的草地来放牧。这里的草似乎特别能养羊,明子家的羊一天一个样地在长大。那白色的羊群,在一天一天地膨胀着,那白白的一片,变成一大片,更大的一大片,如同天空的白云被吹开一样。最能使明子感觉到羊儿们在长大的是它们在通过羊栏前田埂走向草地时。过去,那一百只羊首尾相衔只占半截田埂,而现在占了整整一条田埂。打远处看,那整整一条田埂都堆满了雪或是堆满了棉花。

公羊们已长出了犄角,并且开始互相用犄角顶撞。

"黑点儿"的犄角长得最长,金黄色的,透明的。

所有的羊,身上的毛都变长,尤其是蹄子以上的毛,毛茸茸的一圈,十分好看。

明子隔不了几天,就把羊们赶进水里一次,以使它们能永远有一个清洁的身子。因此,这群羊总是雪白的一片,几里外都能看见。这白色在林子间闪烁着,在草丛中闪烁着,或和白云一起,倒映在水中,或飘游在大堤上,让远处的眼睛误认为是天上的云。

这群羊使明子一家人振作了精神,眼中有了自信和豪迈的光芒。它们向明子一家人也向小豆村的男女老少预示着前景。这群似乎总在流动的白色的生命,像梦幻一样使明子一家人感到飘飘然。

羊群给了明子更多的想像。他常情不自禁地搂住其中一只的脖子,将脸埋在它的毛里爱抚着。他或跟随它们,或带领它们,或站在它们中间,或坐在一旁观望,或干脆在它们歇脚时,仰面朝天地躺在它们中间,用半醉半醒的目光去望天空悠悠的游云。明子不会唱歌,而且又正在变嗓子,因此唱起歌来很难听。但,现在的明子常常禁不住地唱起来:

正月里正月正，

家家门口挂红灯。

又是龙灯又是会。

爷爷奶奶八十岁。

二月里二月二。

家家撑船带女儿。

我家带回一个花大姐，

你家带回一个小丑鬼。

……

　　这声音只有高低，却没有弯曲和起伏，直直的，像根竹竿，说是唱，还不如说是叫。明子自己听不出来，只顾可着劲地叫。他心中的快乐和喜悦，只有通过这种叫，才能充分地抒发出来。他先是躺着叫，后来是坐起来叫，再后来是站起来叫，最后竟然跳起来叫。这声音在原野上毫无遮拦地传播开去。在他唱歌时，羊们总是很安静地歇在他身边，偶尔其中有一只羊"咩咩"地配以叫唤，仿佛是一种伴唱，别有一番情趣。

　　在那些日子里，明子尽管起早摸黑地养羊，尽管累得很瘦，但两眼总是亮闪闪的充满生气。

　　不知从什么时候开始的，小豆村有好多户人家也动起了养羊的念头，这或许是在明子的父亲将心中一本账情不自禁地给人算出之后，或许是当那些羊群走满一田埂之后，或许更早一些——在这群羊刚从船上买下后不久。总而言之，现在有五六户人家真的要养羊了。

　　说也奇怪，那卖山羊的船也多了起来，几乎每天有一两条这样的船不知从什么地方而来，仿佛在很远很远的地方，那些山羊生活的地面很快要沉落下去,它们必须要一批一批地立即运到别处去。又仿佛不知在什么地方,有一台生产山羊的巨大的机器,每天都要生产出很多一模一样的山羊来,然后由一些人用船装走贩卖掉。这些船主也一个比一个地更能吹嘘养羊的实惠之处,并一个比一个地更能打动人心。

仅仅一个星期,六户人家都买下了一群羊。有五十只的,有三十只的,还有超过明子家的羊的数目的———百只。

不是从船上卸下一块一块石头,而是一条一条活活的生命。它们要吃——要吃草!

起初,谁也没有意识到日后将会发生灾难。明子家人在看到第一户人家买了一群羊以后,仅仅是觉得威风去了一些,但并无恐慌。即使第六户人家把一群羊买下,明子家的人放眼望去,见到到处是羊群时,也还没有意识到一种要命的危机。

但明子停止了歌声。他觉得自家已无突出之处,他自己已无骄傲之处。六户人家的羊群,冲淡了他心头的快乐。

没过多久,明子家和那六户养羊的人家都开始恐慌起来:草越来越少了!

好几百张嘴需要不停地啃,不停地咬,不停地咀嚼,当它们"一"字摆开时,它们能像卷地毯一样,将绿茵茵的草地顿时变成一片黑褐色的光土。白色向前移动,前面的绿色就会随之消失,如同潮水退下去一般。随着它们的长大,对青草的需求量也在增大。现在,羊群的主人已顾不上选择草地了,哪儿有草就把羊群往哪赶。羊吃光了好草,只能吃一些它们不爱吃的劣等草了。不久,连劣等草也啃光了。小豆村四周,除了庄稼和树木,已无一丝绿色,仿佛被无数把铁铲狠狠地铲了一遍。饥饿开始袭击羊群,从前欢乐的"咩咩"声,变成了饥饿的喊叫。一些羊开始悬起前蹄去叼榆树叶子,甚至违背了羊性爬到树上去够。有些羊铤而走险,不顾湍急的水流,走到水中去啃咬水中的芦苇、野茭白和野慈菇。

村里的人见到这番情景说:"再下去,这些羊是要吃人的!"

人倒没有吃,但,它们开始袭击菜园和庄稼地。它们先是被主人用皮鞭或树枝抽打着,使它们不能走近那些不能被啃咬的绿色。但,饥饿终于使它们顾不上肉体的疼痛,不顾一切地朝那一片片绿色冲击,其情形仿佛被火燃烧着的人要扑进河水中。主人们慌忙地轰赶着。但赶出这几只,那几只又窜进了绿色之中。于是,菜园和庄稼地的主人便与羊的主人争吵,并大骂这些不要脸的畜生。争吵每天都在发生,并且隔一两天就要打一次架,有两回还打得很凶,一位菜园的主人和一位羊的主人都被打伤了,被家人抬到对方家中要求治伤。

羊群使小豆村失去了安宁和平和。

明子的父亲愁白了头发。明子的母亲望着一天一天瘦弱下去的羊哭哭啼啼。明子守着他的羊群,眼中是疲倦和无奈。他也一天一天地瘦弱下去,眼眶显得大大的。

养羊的人家互相仇恨起来。明子恨那六个后养羊的人家:不是他们看不过也养了羊,我们家的羊是根本不愁草的。而那六户人家也毫无道理地恨明子家:不是你们家开这个头,我们做梦也不会想到养羊。其情形好比是走夜路,头里一个人走了错路,后面跟着的就会埋怨头一个人。那六个人家之间也有磨擦。养羊的互相打起来时,村里人就都围过来看热闹,看笑话。

明子他们不得不把羊赶到几里外去放牧。可是他们很快就发现,几里外也有好多人家养了羊,能由他们放牧的草地已很少很少。几天之后,这很少的草地也被羊们啃光。要养活这些羊,就必须到更远的地方去。然而,他们已经疲惫了,不想再去为羊们寻觅生路了。六户人家中,有三户将羊低价出售给了屠宰场,另外三户人家将羊以比买进时更低的价格重又出售给了那些卖山羊的船主。

现在,又只有明子一家有羊了。但,他们面对的是一片光秃秃的土地。

他们把羊群放进了自家的庄稼地。那已是初夏时节,地里的麦子长势喜人,麦穗儿正战战兢兢地抽出来到清风里。

母亲站在田埂上哭起来。

但羊们并不吃庄稼。虽然它们已经饿得东倒西歪了。当有一只羊要去啃一口麦子时,"黑点儿"猛地冲过去,用犄角将它打击了一下,那只羊又退回羊群。

母亲哭着说:"乖乖,吃吧,吃吧……"她用手掐断麦子,把它送到羊们的嘴边。

明子大声地命令着"黑点儿":"吃!吃!你这畜生,让它们吃呀!不吃会饿死的。你们饿死,于我们有什么好!"他用树枝轰赶着羊群。

羊们吃完庄稼的第二天,小豆村的人发现,明子和他的父亲以及那一群羊一夜之间,都突然消失了。

当村里人互相询问人和羊去了哪儿时,明子和父亲正驾着一只载着羊群的大木船行驶在大河上,并且离开小豆村有十多里地了。他们要把羊运到四十里水路以外的一个地方去。那儿有一片草滩。那年,明子和父亲去那儿割芦苇时,见过那片草滩。那是一片很大的草滩,隐匿在茫茫的芦荡之中。谁也不会想起来打那片草滩的主意的。明子和父亲带上了搭草棚的木料和绳子,并带足了粮食和衣服。他们将在这里伴随着羊群,直到它们养得膘肥肉壮。

父子俩日夜兼程,这天早晨,大船穿过最后一片芦苇时,隔了一片水,他们看到了那草滩。当时,早晨的阳光正明亮地照耀着这个人迹罕至的世界。

这片绿色,对明子父子俩来说,意味着什么呢?

这绿色是神圣的。

明子父子俩不禁将大船停在水上,站在船头向那片草滩远眺。

阳光下的草滩笼了一层薄薄的雾,那雾像淡烟,又像是透明而柔软的棉絮,在悠悠飘动,那草滩随着雾的聚拢和散淡而变化着颜色:墨绿、碧绿、嫩绿……草滩是纯净的,安静的。

父亲望着草滩,几乎要在船头上跪下来——这是救命之草。

明子的眼中汪满了泪水,眼前的草滩便成了朦胧如一片湖水的绿色。

羊们"咩咩"地叫唤起来。过于寂寞的天空下,这声音显得有点荒凉和愁惨。

父子俩奋力将大船摇向草滩。还未靠近草滩,明子就抓了缆绳跳进浅水里,迅速将船朝草滩拉去。船停稳后,父子俩便立即将羊一只一只地抱到草滩上。因为羊们已饿了几天了。这些可怜的小东西,在父子俩手上传送时,十分的乖巧。它们已经没有剩余的精力用于活泼和嬉闹了。它们瘦骨嶙峋,一只只显出大病初愈的样子。它们全部被抱到草滩上之后,并没有因为见到草而欢腾起来,相反却淡漠地站在那儿不动,让单薄的身体在风里微微打着颤儿。

父亲说:"它们饿得过火了,一下子不想吃草,过一会儿就会好的。"

明子要将它们往草滩深处轰赶,可"黑点儿"坚持不动,其他的被迫前进了几步后,又重新退了回来。

父亲说:"它们没有劲了,让它们先歇一会儿吧,让风吹它们一会儿吧。"

父子俩也疲乏极了。父亲在草滩上坐下,明子索性让自己浑身放松,躺了下来。

大木船静静地停在水湾里,仿佛是若干年前被人遗忘在这儿的。

羊群固守在水边,不肯向草滩深入一步。一只只神情倒也安然。

父子俩忽然有了一种荒古和闲散的感觉,便去仔细打量那草……

这草滩只长着一种草。明子从未见过这种草。当地人叫它为"天堂草"。这个名字很高贵。它长得也确实有几分高贵气。首先给人的感觉是它长得很干净,除了纯净的绿之外,没有一丝杂色。四周是水,全无尘埃,整个草滩更显得一派清新鲜洁。草叶是细长条的,自然地长出去,很优雅地打了一个弧形,叶梢在微风中轻轻摆动,如同蜻蜓的翅膀。叶间有一条淡金色的细茎。那绿色是透明的,并且像有生命似的在叶子里静静流动。一株一株地长着,互相并不摩擦,总有很适当的距离,让人觉得这草也是很有风度和教养的。偶然有几株被风吹去泥土而微微露出根来。那根很整齐,白如象牙。一些株早熟了一些时候,从其中央抽出一根绿茎来,茎的顶部开出一朵花。花呈淡蓝色,一种很高雅的蓝色,微微带了些忧伤和矜持。花瓣较小,并且不多,不像一些花开时一副张扬的样子。就一朵，并高出草丛好几分，自然显得高傲了一些。花有香味，香得不俗，是一种人不曾闻到过的香味。这香味与阳光的气息、泥土的气息和水的气息溶在一起，飘散在空气里。

父亲不禁叹道："世界上也有这样的草。"

明子正在看一只鲜红欲滴的蜻蜓在草叶上低低的飞，听了父亲的话，不禁伸出手指去，轻轻拂着草叶。

父亲的神态是安详的。因为，他眼前的草滩几乎是一望无际的，足够羊们吃的了。

可是，羊群也歇了好一阵了，风也将它们吹了好一阵了，却不见有一只羊低下头来吃这草。

父子俩微微有点紧张起来。

"它们也许没有吃过这种草。"明子说。

父亲拔了一株草，凑到一只羊的嘴边去撩逗它。那只羊闻了闻，一甩脑袋走开了。

"把它们向中间轰！"父亲说，"让它们先闻惯这草味儿。"

明子从地上弹跳起来，与父亲一道轰赶着羊群。轰得很吃力，因为羊群竭力抵抗着。轰了这一批，那一批又退回来。父子俩来回跑动着，大声地吼叫着，不一会儿工夫就搞得气喘吁吁大汗淋漓。几进几退，其情形像海浪冲刷沙滩，"呼呼"地涌上来，又"哗哗"地退下去，总也不可能往前再去。

明子有点火了，抓着树枝朝"黑点儿"走过来。他大声地向它发问："为什么？为什么不肯进入草滩？"

"黑点儿"把头微微扬起，一副"我不稀罕这草"的神情。

"走！"明子用树枝指着前方，命令"黑点儿"。

"黑点儿"纹丝不动。

明子把树枝狠狠地抽下去。

"黑点儿"因疼痛颤栗了一阵,但依然顽固地立在那儿。

　　于是,明子便更加猛烈地对黑点儿进行鞭挞。

　　"黑点儿"忍受不住疼痛,朝羊群里逃窜。羊群便立即分开,并且很快合拢上,使明子很难追到"黑点儿"。

　　明子有点气急败坏,毫无理智又毫无章法地追赶着"黑点儿"。他越追心里越起急,越起急就越追不上,不由得在心里发狠:"逮着你,非揍死你不可!"当他终于逮住"黑点儿"后,真的拳脚相加地狠揍了它一通。

　　这时,父亲赶过来,与明子通力合作,将"黑点儿"硬拽到草滩中央。明子让父亲看着"黑点儿",自己跑到羊群后面,再次轰赶羊群。因"黑点儿"已被拽走,这次轰赶就容易多了。羊群终于被明子赶到草地中央。

　　明子和父亲瘫坐在草地上,心中升起一个特大的疑团:这群羊是怎么了? 为什么要拒绝这片草滩呢? 这片草滩又怎么了呢?

　　明子闻闻小蓝花,花是香的。

　　父亲掐了一根草叶,在嘴里嚼了嚼,味道是淡淡的甜。

　　父子俩不解,很茫然地望草滩,望羊群,望那草滩上的三两株苦楝树,望头顶上那片蓝得不能再蓝的天空。

　　使父子俩仍然还有信心的惟一理由是:羊没有吃过天堂草,等闻惯了这草的气味,自然会吃的。

　　他们尽可能地让自己相信这一点,并且以搭窝棚来增强这一信念。

　　羊群一整天就聚集在一棵楝树下。

　　不可思议的是,这片草滩除了天堂草之外,竟无任何一种其他种类的草存在。这使明子对这种草一下少了许多好感。明子甚至觉得这草挺恐怖的:这到底是一种什么样的草呀?

除了天堂草,只有几棵苦楝散落在滩上,衬出一片孤寂和冷清来。

搭好窝棚,已是月亮从东边水泊里升上芦苇梢头的时候。

明子和父亲坐在窝棚跟前,吃着干粮,心中升起一股惆怅。在这荒无人烟的孤僻之处,他们只能面对这片无言的夜空。他们说不清楚天底下究竟发生了什么,也不知道后面将会发生什么。他们有点恍惚,觉得是在一场梦里。

月亮越升越高,给草滩轻轻洒了一层银色。此时的草滩更比白天迷人。这草真绿,即使在夜空下,还泛着朦胧的绿色。这绿色低低地悬浮在地面上,仿佛能飘散到空气里似的。当水上吹来凉风时,草的梢头,便起了微波,在月光下很优美地起伏,泛着绿光和银光。

饥饿的羊群,并没有因为饥饿而骚动和喧嚷,却显出一种让人感动的恬静来。它们在楝树周围很好看地卧下,一动不动地沐浴着月光。在白色之上,微微有些蓝色。远远看去,像一汪水泊,又像是背阴的坡上还有晶莹的积雪尚未化去。公羊的犄角在闪亮,仿佛那角是金属的。

只有"黑点儿"独自站在羊群里。

明子和父亲还是感到不安,并且,这种不安随着夜的进行,而变得深刻起来。

父亲叹息了一声。

明子说:"睡觉吧。"

父亲看了一眼羊群,走进窝棚里。

明子走到羊群跟前,蹲下去,抚摸着那些饿得只剩一把骨头的羊,心里充满了悲伤。

第二天早晨，当明子去将羊群轰赶起来时，发现有三只羊永远也轰赶不起来了——它们已在皎洁的月光下静静地死去。

明子蹲在地上哭了起来。

父亲垂着脑袋，并垂着双臂。

然而，剩下的羊依然不吃一口草。

明子突然从地上弹起来，一边哭着，一边用树枝胡乱地抽打着羊群："你们不是嚷嚷着要吃草的吗？那么现在为什么不吃？为什么?!……"

羊群在草滩上跑动着，蹄子叩动着草滩，发出"吃通吃通"的声音。

父亲低声哀鸣着："这么好的草不吃，畜生啊!"

明子终于扔掉了树枝，软弱无力地站住了。

父亲弯腰拔了一株天堂草，在鼻子底下使劲闻着。他知道，羊这种动物很爱干净，吃东西很讲究，如果一片草被小孩撒了尿或吐了唾沫，它就会掉头走开去的。可是他闻不出天堂草有什么异样的气味。他想：也许人的鼻子闻不出来吧？他很失望地望着那片好草。

太阳光灿烂无比，照得草滩一派华贵。

羊群仍然聚集在楝树周围，阳光下，它们的背上闪着毛茸茸的金光。阳光使它们变得更加清瘦，宛如一匹匹刚刚出世的小马驹。它们少了羊的温柔，却多了马的英俊。

就在这如此美好的阳光下，又倒下去五只羊。

"我们把羊运走吧，离开这草滩。"明子对父亲说。

父亲摇了摇头："来不及了。它们会全部死在船上的。"

又一个夜晚。月色还是那么的好。羊群还是那样恬静。面对死亡，这群羊表现出了可贵的节制。它们在楝树下，平心静气地去接受着随时都可能再也见不到的月亮。它们没有闭上眼睛,而用残存的生命观望着这即将见不到的夜色,聆听着万物的细语。它们似乎忘记了饥饿。天空是那样的迷人,清风是那样的凉爽,湖水的波浪声又是那样的动听。它们全体都在静听大自然的呼吸。

"种不一样。"明子还记得那个船主的话。

深夜,明子醒来了。他走出窝棚往楝树下望去时,发现羊群不见了,只有那棵楝树还那样挺在那儿。他立即回头叫父亲:"羊没有了!"

父亲立即起来。

这时,他们隐隐约约地听到水声,掉过头去看时,只见大木船旁的水面上,有无数的白点在游动。他们立即跑过去看,只见羊全在水里。此刻,它们离岸已有二十米远。但脑袋全冲着岸边:它们本想离开草滩的,游出去一段路后,大概觉得不可能游过去,便只好又掉转头来。

它们游着,仿佛起了大风,水上有了白色的浪头。

明子和父亲默默地站立在水边,等着它们。

它们游动得极缓慢。有几只落后得很远。还有几只,随了风向和流向在朝旁边漂去。看来,它们已经在水上结束了生命。它们陆陆续续地爬上岸来。还有几只实在没力气了,不想再挣扎了。明子就走进水里,游到它们身旁,将它们一只一只地接回到岸上。它们水淋淋的,在夜风里直打哆嗦。有几只支撑不住,跌倒了下来。

"还把它们赶到楝树下吧。"父亲说。

明子去赶它们时,没有一只对抗的,都十分乖巧地往楝树下慢慢地走。

早晨,能够继续享受阳光的,只有二分之一了,其余的一半,都在拂晓前相继倒毙在草滩上。

父亲的脊梁仿佛一下子折断了,将背佝偻着,目光变得有点呆滞。

当天傍晚,这群羊又接受了一场暴风雨的洗礼。当时雷声隆隆,大雨滂沱,风从远处芦滩上横扫过来,把几棵楝树吹弯了腰,仿佛一把巨手按住了它们的脑袋。草被一次又一次地压趴。小蓝花在风中不住地摇晃和打颤。羊群紧紧聚拢在一起,抵挡着暴风雨的袭击。

透过雨幕,明子见到又是几只羊倒下了,那情形像石灰墙被雨水浸坏了,那石灰一大块一大块地剥落下来。

明子和父亲不再焦躁,也不再悲伤。

雨后的草滩更是绿汪汪的一片,新鲜至极。草叶和蓝花上都坠着晶莹的水珠。草滩上的空气湿润而清新。晚上,满天星斗,月亮更亮更纯净。

明子和父亲已放弃了努力,也不再抱任何希望。他们在静静地等待结局。

两天后,当夕阳沉坠在草滩尽头时,除了"黑点儿"还站立在楝树下,整个羊群都倒了下去。草滩上,是一大片安静而神圣的白色。

当明子看到羊死亡的姿态时,他再次想起船主的话:"种不一样。"这群山羊死去的姿态,没有一只让人觉得难看的。它们没有使人想起死尸的形象。它们或侧卧着,或屈着前腿伏着,温柔,安静,没有苦痛,像是在做一场梦。

夕阳的余晖,在它们身上撒了一层玫瑰红色。

楝树的树冠茂盛地扩展着,仿佛要给脚下那些死去的生灵造一个华盖。

几枝小蓝花,在几只羊的身边无声无息地开放着。它使这种死亡变得忧伤而圣洁。

无以复加的静寂。

惟一的声音，就是父亲的声音："不该自己吃的东西，自然就不能吃，也不肯吃。这些畜生也许是有理的。"

夕阳越发的大，也越发的红。它庄严地停在地面上。

棟树下的"黑点儿"，站在夕阳里，并且头冲夕阳，像一尊雕像。

明子小心翼翼地走过死亡的羊群，一直走到"黑点儿"身边。他伸出手去，想抚摸一下它。当他的手一碰到它时，它就倒下了。

明子低垂下脑袋……

25

当教堂的钟声再度响起时，明子感到一种震惊。如同雷击一般，他从椅子上弹起。他感到慌张和不安。四下里张望，可不知为什么而张望。他下意识地将手伸进口袋。当手指告诉他那口袋里是人家的一千元定金时，羞耻感一下子占满了他的心。

他望了一眼深邃的教堂大门，掉转身奔向公共汽车站。

他急切地想走到那座新盖起的大楼跟前，急切地想见到那个中年妇女以及她的邻居们。他想挽救并证明自己的灵魂。

然而情况非常糟糕，他找不到那座楼了。那天他是坐中年妇女的自行车去的，谈完生意，拿了定金，他心情有点慌张，也就没问明地址，糊里糊涂地走到了街上。他记得是穿过一条胡同之后见到那座楼的。但，现在明子看到通往这街的胡同有若干条。他试了两条，并走得很深很深，但均不见那座新楼。第三条胡同，他只走了一小半，便失去了信心。他的直觉告诉他，那天，他没有走过这条胡同。他在大街走着，见到胡同，就站在口上，向里眺望。这些胡同总是很深，并且总是在视力将要够不到的地方弯曲起来，从而使明子根本不可能一望到底。他又下定决心（半途中已明知不是）走了一条胡同。

明子茫然地站在大街上。

天空下，那群羊在一只一只地倒下去。

明子立即又发动疲惫的双腿，走进另一条胡同。

天黑时，明子依然没有找到那座新楼。他瘫坐在胡同口。他困乏极了，靠在墙上，闭起双眼打起盹来。路灯照着他疲倦的面庞。

天空下，那群羊在一只一只地倒下去。

明子惊醒，立即起来。他的腿冻麻了，慢慢活动了一阵之后，才以正常的步子往前走。他在昏暗的胡同里往前摸索。他能不断地看到胡同两侧人家的温暖灯光。正是晚饭时间，各种好闻的菜肴气味，不时地钻进他的鼻子。然而，他只能又冷又饿地走着。

走到半夜时，明子终于再也走不动了。他想赶回小窝棚，可是街上已没有汽车。他就在一户人家的门口坐下来。迷迷糊糊之中，有人拍着他的肩头。他醒来时，只见院门打开着，有一个中年男人站在他身旁。他像一只于晚间停在途中一户人家屋脊上的远飞的鸽子忽然受了惊动，本能地朝一边躲闪着。

那中年男人很和气："你怎么啦？生病了吗？"

明子摇摇头。

"那你怎么坐在这儿呢？外面天多冷！"

"……"

"没有住处？"

"……"

"这儿可不能坐。坐到天亮准会生病的。"

明子支撑起身体，准备离开这里。

"你往哪儿去？"

"……"

"天这么晚了，你还能往哪儿去？"

明子呆呆地站着。

那位中年男人犹豫了一阵："你先进我们家暖和一阵好吗？看我能不能帮助你？"

明子摇摇头，抬腿要走。

"你不要走，跟我进屋去。"中年男人拉住他，并朝屋里叫道："素英，你出来一下。"

叫"素英"的女主人走出屋子，定了定神问："是谁呀？"

"不认识，坐在我们家院门口睡着了。"

"哎哟！那怎么行呀。"女主人连忙过去，"让他快到我们屋里来。"

明子被两位好心的主人劝到了屋里。他呆呆地坐在椅子上。当女主人端上一碗热气腾腾的面条一个劲地让他吃时，他的泪水挡不住地流出来，并一边哭一边把事情的前前后后告诉了两位主人。

两位主人安慰明子："总能找到那座新楼的。"

明子说："应该今天早晨来干活的。"

男主人说："你不是不想找，而是找不着。我们来给你证明。"

明子心里充满感激。

明子在这个人家住了一夜,第二天又找了一个上午那座新楼,仍未找着,只好回窝棚去。他要把事情立即告诉三和尚和黑罐。可是,还未等他踏进窝棚,就被等在这里的公安局的人带走了。

三和尚和黑罐在后面跟着。他们不知道明子犯了什么法,又惊慌又担忧。

明子反而很平静,很顺从地上了公安局的吉普车。当车开动,他回头见到三和尚和黑罐站在路边时,才"哇"地一声哭起来。

新楼的那几户人家等了明子他们一天,见未等着,忽然起了疑心,互相说出疑问后,越发觉得受骗了,就报了案。公安局派人到木匠们等活的地方去打听明子的住处,鸭子正在场,以为是约活,就把明子他们的窝棚所在地详详细细地指点出来。公安局的人很容易就找到了这里。

明子被抓起来后,先是搜身,搜出了那一千块定金,紧接着就是审讯。

明子说什么也不回答问题。他怎么回答呢?说没有起贼心?那为什么拿了钱就踪影不见?说是找不着那座楼了,又有谁能相信?

审不出结果来,只好把明子先关起来。

这里,三和尚和黑罐很焦愁,几次去公安局打听明子的情况,都被拒之门外。三和尚无心干活,整天喝酒。喝醉了,就用拳头砸胸口,一个劲地责备自己:"我算什么师傅!我把两个孩子带坏了!我有罪过啊!……"

黑罐想起自己过去那件丑事,不禁将头低下去。

三和尚陷在深深的自责里。半夜里,酒劲过去,脑子变得清明时，他更加觉得自己不可原谅。他认为自己这个师傅做得很不地道，太缺师傅应有的风范，竟然给了两个孩子那么多坏的东西。他恨起自己来：你这个人怎么竟变成这样了呢？他觉得自己是个小人，是个无赖。他甚至觉得李秋云瞧不起他，也是活该！万一这明子真的被判为有罪，他将如何向明子的家人交代？又将怎样向自己的良心交代？三和尚懊悔得真恨不能揪扯自己的头发，无奈无头发可以揪扯，便只好连连地去捶击胸脯，直把胸脯捶得红一块白一块的。

黑罐就发呆，要么就无声地哭。

被关着的明子倒也不害怕，也不伤感。他坐在空无一物的小屋里，面对光光的墙壁，脑子里一忽空空洞洞的，一忽冷静得可怕地反省自己：虽说当天就去找那座新楼，可也差一点带着那一千块钱跑了呀——你不就是这样打算的吗？你虽然后来放弃了那个可耻的念头，可是你不容抵赖——你确实起过贼心！

一周后，公安局却把明子放了。使明子不解的是，公安局的人在给明子清楚地指出那座新楼的方位后说，那几户人家希望明子和师傅师兄早点儿去封那些阳台，人家在诚心诚意地等着。两天后，明子才明白：那个中年男人在明子走后，有了空，就骑了自行车转悠，终于找到了那座楼，并敲开505室，把明子如何寻找这座楼的情景向那中年妇女描绘了一番，使中年妇女以及得知情况的其他住户，心中感到十分愧疚，连忙集体去了公安局，要求释放明子。

对于这一切，明子永远不会忘却。

明子重回窝棚后，三和尚对他异常亲切和体贴。三和尚变得性情温和，并有长者的风度和朋友的平易。使明子不明白的是，打他回来后，每天的晚饭，三和尚总要为他做一道菜:红烧猪尾巴或白烧猪尾巴然后蘸酱油。猪尾巴烧烂了,带点黏性,不腻,十分好吃。明子总也吃不够。三和尚见他不厌,总是千方百计地去将它买到。黑罐告诉明子,这是很灵的偏方,是治尿床的,要连着吃三七二十一天。明子心里明白了,很感动。他装着不知三和尚的用意,每天晚上,总是有滋有味并且很认真地去吃猪尾巴。他渴望告别那个让他一想起来就感羞耻和抑郁的毛病,渴望着自己的身体不要负了三和尚的一片好心。他必须战胜它,他必须跨入一个新的生命阶段,他应该成人了。

26

又是一个春天。

这年的春天来得很有声势,几乎没有一个寒意料峭的初春,冰解雪融之后,就是一个暖融融的阳春。太阳总是很有精神,很有活力,仿佛它一下年轻了许多。它在天上流动着,把空气晒暖,把一切都唤醒。枯褐色的冬季,没有几天,便消逝了,代之而起的是鲜活鲜活的、新嫩新嫩的绿。一切都在生发着、膨胀着。生命、欲望、肉体和灵魂,都因这大好的光芒而不安地生长和发达。天空一天一天地高阔起来,空气一天一天地澄明起来,大地一天一天地湿润和活泛起来。

春天是神圣的、伟大的,让人顶礼膜拜的,尤其要被那些曾在寒冬中被厄运所缠,曾足够地领略到严寒之痛苦的人所青睐和崇拜。

当那轮金色的天体从橙红的霞光中高贵地升上天幕时,当它庄严地在天穹下由东向西运行直至在西天洒满安静的红光时,人们无论对它如何歌颂和赞美,都是不过分的。

春天使人的双眸发亮,春天使人的心情朗然,春天使人仿佛觉得一下子长高并成熟了许多。

在这样的季节里,明子从早到晚感到兴奋和愉悦。卸去冬衣之后,他仿佛一匹卸掉轭头的马一样,觉到了一种不可言说得轻松和自由。最近一段时间,生意也很好,收入不错。明子买了一些换季的衣服。人恃衣服马恃鞍,加之一副好心情,明子有了潇洒的派头。他不再觉得身体的单薄与虚弱,而觉得肉体在一点一点地生长着力量。他有了一种雄壮感和结实感。

三和尚和黑罐都一口咬定:"明子,你长个了,长了半头。"

明子也发现了这一点,因为他的衣服和裤子都短了一截。

那天,明子去逛商场,在一面大镜子跟前停住了:他见到了镜子里的他,已是一个很有光彩的小伙子。他走近镜子仔细瞧自己,发现自己的嘴上已长出不黑也不黄的茸茸毛。他忽然感到害臊,脸一下红起来。但他依然站在镜子跟前望着自己。他似乎很喜欢自己现在的样子。他的皮肤不再像过去那样黄兮兮的,细腻腻的,而呈红黑色,并且变得有点粗糙。他的鼻梁似乎挺直了一些,给背光的一侧笼了阴影。他的眼睛不及从前那样黑了,但眼窝比从前似乎深了一些,透出的光芒带着青春的活力。他还看到了自己正在微微挺起并且开阔了一些的胸脯。他旁若无人地欣赏自己变化了的身体,直到感觉到柜台里两个女服务员正在窃笑,才赶紧离开那面大镜子。

最使明子欣喜若狂的是,他不再尿床了。也许是那些猪尾巴的作用,也许是他长大了,反正现在不尿床了。他不再像从前那样昏睡不醒。夜里,他知道醒来了。他对身体已不再无可奈何,他能感觉并能把握它。他越来越能成为自己的主人了。尿床——这一与生俱来的毛病,一直纠缠着他的童年和少年。它使他有过深刻的羞耻感。现在,他终于与它诀别了。

明子要感谢三和尚,感谢猪尾巴,感谢自己那份转折了的生命。

一切向明子呈现的,都是好兆头。

明子现在是一个干净的、健康的、乐观和一心向上的男孩。

"他翅膀硬了。"三和尚来到她的住处,一边帮她焐豆芽,一边对她说。

她听出了三和尚的弦外之音:"你想让他走了。"

三和尚微微叹息了一声:"是的。"

"他还小。"她说。

"不小了。我像他这么大时,已独自出去干活了。"

"我总觉得他小。"

"他跟着我,总是个徒弟,总只能拿那么多钱。这是规矩。他的手艺已比我好了。我不能再留他。"

"黑罐呢?"

"他如果能出师,我也让他走。"

"往哪儿走呀?"

"可总得走呀。"

"人海茫茫的,他们的生路在哪儿?"

"我怎么知道?谁不都是自己闯出来的!"

她的眼眶中有了薄薄的泪水。

夏日将近的一天晚上,三和尚慷慨解囊,请明子和黑罐在一家很不错的酒店吃了一顿饭。回到窝棚后,三和尚点亮了四五支蜡烛,把小窝棚照得很明亮。接着,他从门外搬进来一个很大的木头墩。他把一把锋利的斧头稳稳地放在木头墩上,对明子和黑罐说:"我不想再留你们。各人有各人的前程。但谁能出师,总得有个说法。你们瞧见了,这是一个木头墩,还有一把斧头。你们每人砍三斧头,谁能三斧头皆砍在一个印迹里,谁就可以离开我。"他看了看明子和黑罐,"听明白了?"

明子和黑罐点了点头。

烛光静静地照着。

三人沉默着,脸上的表情很严肃很认真,仿佛有人要进天堂或要进地狱,仿佛面对着世界上的一个最重要的时刻。

三和尚再一次看了明子和黑罐一眼。

明子和黑罐互相对望了一阵,又把目光挪开去望那把斧头和木头墩。

"谁先来?"三和尚问。

"黑罐先来吧。"明子说。

三和尚说:"明子懂规矩。黑罐大,理应让他先来。"

黑罐走近木头墩,手微微颤抖地抓起了斧头。

三和尚掉过头去,"噗噗"几口,将所有蜡烛吹灭。他见黑罐半天没有动静,便叫道:"砍呀!"

黑暗里终于响起"咚"的一声,又一声,再一声。

三和尚又重新点亮蜡烛。

烛光下的木头墩上,是三道清晰的斧痕。

黑罐把斧子搁下,垂头丧气地站到了一边。

三和尚把木头墩掉了一个头,又把斧头稳稳地放在上面。一切停当之后,他看着明子,但不说话。

明子走上前去，一把操起斧头。

三和尚又看了明子一眼。

明子稳稳地站着，只是一脸的平静，没有半点其他表情。

三和尚"噗噗"几口，又将蜡烛吹灭。

小窝棚里满是蜡烛油的气味。

小窝棚里绝对黑暗。只有三个人的喘息声，再无其他声响。

"砍呀。"三和尚催促道。

明子没有反应。

三和尚又等了一会，见仍无动静，便欲要大声地喊"砍"，然而这"砍"字刚吐出一半，只听见"咚"、"咚"、"咚"连着发出三声斧头砍击木头墩的声音。那声音的节奏告诉人，砍者动作极其坚决，毫不犹豫。

三和尚将所有蜡烛又点亮。

烛光下，光光的木头墩上只有一道有力的斧痕。

明子把斧子靠在木头墩上，退到一旁。

三和尚好半天看着明子，然后说道："你可以走了。"他坐到床上去，点起一支烟，朝明子说道："你只砍了一斧头。"

黑罐忽地抬起头来。

明子很镇定地站着。

三和尚说："还有两声，是你用斧背敲击木头墩发出的。世界上，手艺再绝的木匠，也不能在黑暗里把三斧头砍在同一道印迹里。因为那是根本不可能的。"

烛光里，明子眼睛最亮。

三和尚对明子和黑罐倾吐了一番肺腑之言，那也是他半辈子的人生经验："认真想起来，这个世界不太好，可也不太坏。在这个世界上活着，人就不能太老实了，可又不能太无心肝。"他专门对着明子说，"这个道理，黑罐不懂，你懂。但这分寸怎么掌握着，全靠你自己了。我只把手艺教给了你，但没有把这分寸教给你，这是我做师傅的罪过。"他充满深情和信赖地看了明子一眼说，"天不早了，你们俩睡觉吧。明子明天走时，带上我的那套家伙。就算是你师傅的一片情意吧。"说完，他整了整假发，走出窝棚。

这里，明子和黑罐几乎说了一夜话。

第二天，三和尚从她那儿回到小窝棚时，明子已经收拾好东西。

"不留你了。"三和尚说。

明子背起家伙，看了看这小窝棚，走出门去。

三和尚和黑罐来给他送行。

"你有什么要说的？"三和尚问明子。

明子说："就是黑罐……"

三和尚说："你放心。他出不了师，我绝不撵他走。有我一碗饭，就有他半碗饭。"

明子想不哭的，可还是让泪幕蒙住了眼睛："过去，总让您生气，您就原谅我吧。"

三和尚说："不说这些了。要说不是，是我不是。我本可做出一个好师傅的样子来的，可这几年心里总是很糟，人也变得恶了一些……"

明子说："我该向她说一声的。"

"我代你说了。"三和尚说，"有件事，我跟你说：我同意跟李秋云离婚了。"

"……"明子不吃惊。

"她愿意跟着我，跟我回小豆村。"

"她是个好人。"明子说，"千万代我向她问声好。"

"我会的。"三和尚说。

又送了一程,三和尚拉住黑罐的手对明子说:"不送了。"

"回去吧。"明子说。

三和尚和黑罐站着不动。

"回去吧。"明子说。

三和尚掉转身去,可还未起步,又掉转头来对明子说:"记住,人活着,要活得像个人样子!"

明子点了点头。

三和尚拉着黑罐,掉头就走。

明子一直等三和尚和黑罐消失在大楼拐角处,才擦去泪水,转身往大街上走。

路过那片楼群时,明子远远又看到了那辆轮椅。他不由得加快了步伐,走上前去。

轮椅上坐着紫薇。她穿着一件洁白的薄毛衣,坐在明亮的阳光下。她的眼中又含了那份忧郁。

明子吃惊地望着她的腿。

"好久不见了。"她说,"明子,你好吗?"

"好,很好。"明子答道,仍然望着她的腿。

她微微有点悲伤地告诉他,两个月前,她又高烧昏迷不醒一个星期,醒来后,便又恢复到从前的状态里。

"他呢?"

"走了,出国了。"她问明子,"你上哪儿去?"

明子说:"我出师了,要离开这里了。"

"祝贺你。"紫薇说。

"谢谢。"明子说。

呆了一会,明子说:"我该走了。"

"嗯。"

明子走了几步，回过头来对紫薇说："不要紧的，你还会站起来的。"

紫薇把头点了点，向他摇着手。

明子大踏步走向大街，因为鸭子在那儿等着他。

鸭子一见到明子，连忙跑过来。

明子卸下肩上的家伙，放到了鸭子的肩上："走吧。"然后自己空手走在前面。

鸭子紧紧地跟在明子屁股后头。

"鸟呢？"明子问。

"放了。竿也撅了。"

"应该把它放了。"明子说，"跟着我。"

"我们往哪儿走？"鸭子疑惑地问。

"往哪儿走？"明子突然感到一阵困惑，停住了脚步。他茫然四顾，心一阵慌张。但他很快镇定下来，对鸭子说："你只管跟着我。"他坚定地朝前走去，但不太清楚自己究竟要走向何方。

那时天空的太阳，已是初夏的太阳。

图书在版编目（CIP）数据

山羊不吃天堂草／曹文轩著.—3版.—南京：江苏
凤凰少年儿童出版社，2005.3
ISBN 978-7-5346-0870-4

Ⅰ. 山… Ⅱ.曹… Ⅲ.长篇小说－中国－当代 Ⅳ.
I247.5

中国版本图书馆 CIP 数据核字(2005)第 024929 号

书　　名	曹文轩纯美小说系列——山羊不吃天堂草
著　　者	曹文轩
责任编辑	刘健屏　陈文瑛　张晓玲
封面绘画	潘小庆　姚　红
美术编辑	蔡　蕾
出版发行	江苏凤凰少年儿童出版社
地　　址	南京市湖南路 1 号 A 楼，邮编：210009
印　　刷	江苏扬中印刷有限公司
开　　本	890 毫米×1240 毫米　1/32
印　　张	8.375　插页 4
版　　次	2005 年 3 月第 3 版
	2009 年 6 月第 4 版
	2016 年 4 月第 5 版
	2017 年 9 月第 17 次印刷（总第 85 次印刷）
书　　号	ISBN　978-7-5346-0870-4
定　　价	22.00 元